世界上最具影响力的演讲词

The most influential speech in the world

斗南　耿文茹　主编

中华工商联合出版社

图书在版编目（CIP）数据

世界上最具影响力的演讲词 / 斗南，耿文茹主编 . -- 北京：中华工商联合出版社，2017.6（2021.6 重印）

ISBN 978-7-5158-2009-5

Ⅰ . ①世… Ⅱ . ①斗… ②耿… Ⅲ . ①演讲—世界—选集 Ⅳ . ① I16

中国版本图书馆 CIP 数据核字（2017）第 116763 号

世界上最具影响力的演讲词

编　　著：斗　南　耿文茹
责任编辑：李　瑛　袁一鸣
装帧设计：北京东方视点数据技术有限公司
责任审读：郭敬梅
责任印制：迈致红
出版发行：中华工商联合出版社有限责任公司
印　　刷：唐山富达印务有限公司
版　　次：2017 年 7 月第 1 版
印　　次：2021 年 6 月第 2 次印刷
开　　本：710mm × 1020mm　1/16
字　　数：260 千字
印　　张：16
书　　号：ISBN 978-7-5158-2009-5
定　　价：78.00 元

服务热线： 010-58301130
销售热线： 010-58302813
地址邮编： 北京市西城区西环广场 A 座 19-20 层，100044
http: //www.chgslcbs.cn
E-mail: cicap1202@sina.com（营销中心）
E-mail: gslzbs@sina.com（总编室）

前言

政治家的热忱、科学家的缜密、思想家的深邃、文艺家的浪漫与典雅、外交家的机敏与睿智……在人类社会和历史这个精彩的大舞台上，英雄豪杰、时代精英、志士仁人的一幕幕精彩演讲叩动和唤醒无数人的心灵，吹起行动的号角，产生巨大的力量，回响在悠悠的历史长河中。流传下来的一篇篇演讲词无不显露出演讲者的智慧与才情，它们是历史的音符、时代的记录、艺术的绝唱、智慧和思想的结晶。经过时间的磨洗，这些演讲词已成为超越民族、超越国别、超越时空的不朽经典，叩击着一代又一代人的心灵，给人们以思想上和艺术上的双重享受和熏陶。

演讲是一门语言逻辑巧妙运用的学问，无论是经过深思熟虑写成的讲稿，还是慷慨激昂的即兴演说，它的背后都有数年甚至数十年的口才训练和文化积淀；演讲更是一种机智幽默激励人心的艺术，它把社会文化、道德伦理、政治军事等有机融汇在一起，把语言的美与生活的真如艺术般完美而巧妙地结合。一次成功的演讲，可以对人类历史文明的进程产生重大的影响；一篇引人入胜的演讲词，往往能给人们带来心灵的享受和情感的震撼。一个人在其一生中，阅读一定数量的优秀演讲词，在领略演讲词的精彩语言和严谨思维的同时，体会演讲者所阐述的人生与社会哲理，了解历史和文化，不仅可以汲取其中的思想精华，增加知识储备，获得艺术熏陶，使自己的人生更加丰富完美，而且可以培养好的口才，在职位竞聘、主持活动、社交请赠等场合提高演讲技巧，为生活和工作提供帮助。

鉴此，我们组织编写了这本《世界上最具影响力的演讲词》，精选了数十篇古今中外著名政治家、军事家、科学家、文学家、艺术家、社会活动人士的演讲佳作。这些经典之作，有的高屋建瓴、气势逼人；有的引经据典、高谈阔论；有的慷慨激昂、奔放热烈；有的低回舒缓、委婉哀怨；有的汪洋恣肆、游刃有余……所选的演讲词形式多样、风格各异，具有较高的思想性和艺术性。通过阅读，读者可以在较短的时间里获得绝佳的阅读效果。

为了帮助读者深入理解作品，本书增设了“演讲词档案”“作品赏析”“作者简介”等版块。“演讲词档案”对每篇演讲词进行简要的介绍，让读者对下一步的阅读有一个初步的认识；“作品赏析”对每篇演讲的思想内容、语言特色、风格手法等进行精当的解析，引导读者从不同角度去品味；“作者简介”对演讲者的人生历程、成就等进行扼要的介绍，使读者对演讲者有一个清晰概括的了解。同时，为了让读者深入、具体形象地了解作品，我们还为每篇演讲词选配了与内容相契合的精美图片。图文联袂，相得益彰，通过有艺术美感的版式设计，创造出轻松的、富有文化魅力的阅读氛围。

我们希望通过本书，引领读者领略中外演讲的艺术魅力，进而启迪心智，陶冶性情，提高个人的演讲技巧、审美水准，为走向成功的人生打下坚实的基础。

目录 contents

我们是战无不胜的 / 伯里克利

演讲词档案

演讲者：伯里克利（约前 495—前 429）
演讲时间：公元前 432 年
演讲地点：雅典公民大会
演讲者身份：古雅典政治家，雅典黄金时期统治者

雅典人，我的意见完全和过去一样：对伯罗奔尼撒人，我反对作任何让步，虽然我知道，说服人们参加战争时的热烈情绪到了战争开始行动的时候是不会保持住的，并且人们的心理状态是随着事件的发展过程而变化的，但是我认为，这时候我一定要向你们提出和我过去所提出的完全相同的意见。我请求你们那些因我的言辞而被说服的人来全力支持我们现在正在一起所作出来的一些决议，我请求你们坚持这些决议，虽然在某些地方我们发现自己会遭遇着困难；因为，如果不是这样做的话，在事情进行得顺利的时候，你们不能表现你们的智慧。事物发展的过程往往不会比人们的计划来得更有逻辑性；正因为这样，所以当事物的发生出乎我们意料之外时，我们常常归咎于我们的命运。

很明显，过去斯巴达用阴谋反对我们，现在更加明显了。和约上规定：我们之间的争执应当由仲裁来解决，在仲裁之前，双方应当维持现状。对于他们所抱怨的事情，他们宁愿以战争来解决，而不愿意以和平谈判的方式来解决，现在他们到这里来，不是提出抗议，而是向我们下命令。他们命令我们解除波提狄亚之围，给予厄基那以独立和撤销麦加拉法令。最后，他们到我们这里来，宣称我们应当给予希腊人自由。

如果我们拒绝撤销麦加拉法令的话，你们任何人不要以为我们不应

该为这一点小事情而作战。这一点是我们特别坚持的。他们说，如果我们撤销这个法令的话，战争可以不发生；但是，如果我们真的作战的话，你们心中不要有一点怀疑，以为战争是为这一件小小事情的争执。对于你们来说，这点小小的事情是保证，是你们决心的证据。如果你们让步的话，你们马上就会遇到一些更大的要求，因为他们会认为你们是怕他们而让步的。但是如果你们采取坚决态度的话，你们向他们很明显地表示他们应当以平等地位来对待你们。你们打算怎样做，你们现在就一定要下定决心——不要在他们还没有伤害你们的时候，就向他们屈服。就是，如果我们将要战争的话（我认为这是应当的），就下定决心，不管外表上的理由是大的或小的；无论怎样，我们不会屈服，也不会让我们的财产经常受人干涉的威胁。在请求仲裁之前，处于平等地位的人向他们的邻人提出要求，而把这些要求当作命令的时候，向他们屈服，就是受他们的奴役，不论他们的要求是怎么大或怎么小。

至于战争以及双方所能利用的资源，我想要你们听听我的详细报告，认识到我们的势力不是较弱的一边。伯罗奔尼撒人自己耕种他们自己的土地；无论在个人方面或国家方面，他们没有金融财富。因此，他们没有在海外作战的经验，也没有长期战争的经验，因为他们彼此间所发生的战争，由于贫穷的缘故，都是短期的。这样的人民不能经常配备一个舰队的海员，也不能经常派遣陆军。因为这样，就会使他们离开自己的土地，花费自己的资金，何况我们还控制着海上。战争经费的支持依靠储金的积累，而不能依靠税收的突增。并且，那些耕种自己的土地的人在战争中，对他们的金钱比对他们的生命更为担心，他们有一种刻薄的观念，认为他们自己的生命是会安全地从危险中逃出的，但是他们的金钱在那时候是不是会完全被花光了，他们完全没有把握，特别是当战争出于他们意料之外的延长的时候。战争很可能是会延长的，在单独一个战役中，伯罗奔尼撒人和他们的同盟者能够抵抗其他所有的希腊人，但是他们不能跟一个和他们完全不同的强国作战，他们没有一个慎重考虑的中央政权可以做出迅速果决的行动，因为他们都有平等的代表权，他们来自各个不同的国家，每个国家只关心自己的利益——其结果，往往是一事无成，因为有些国家特别急于为他们自己报复一个敌人，而其他的国家并不那么焦急，以免自己受到损害。只经过很长的间隔时期后，他们才举行会议，就是在会议中，他们也只花费一小部分的时间来考虑他们的共同利益，大部分的时间都花费在处理他们个别的事件上。他们中间没有一个人想到一个国家的漠不关心会损害到全体的利益。每个国家都认为它自己的前途是其他国家的责任，因为每个国家暗地里都有这种思想，没有人注意到，这种情况使整个事业日趋衰微了。

但是最重要的一点是这样的：金钱的缺乏会使他们处于不利的地位，在筹得金钱的过程中，所需要的时间会使他们迟延。但是在战争中，机会是不等待任何人的。

并且，对于他们的海军，我们一点也用不着害怕，对于他们将来在亚狄迦建筑要塞的事，我们也用不着吃惊。关于这一点，要建筑一个城市，有足够的力量控制另一个城市的话，就是在平时，也不是一件容易的事；而现在要在敌国的境内，面临着我们自己的要塞来建筑一个城市，那么，这就更加困难得多了，何况我们的要塞有足够的力量对付他们所能建筑的任何东西。如果他们只建筑一些小的前哨据点的话，他们虽然能够从事劫掠，收容我们的逃亡者，给我们一部分土地带来一些灾祸，但是这绝对不能阻止我们利用我们的海军力量，航海到他们的领地上去，在那里建筑要塞，以此报复。因为我们从海军战役中所得到的陆战经验，远远超过他们从陆地战役中所得到的海战经验。至于航海技术，他们会觉得这是他们很难学得的一课。你们自从波斯战争以来，一直总是在这里学习，至今还没有完全精通这一项技术。那么，怎么能够认为他们在这方面有什么发展呢？他们是农民，而不是水手，并且他们也绝对没有学习的机会，因为我们将用强大的海军封锁他们。对抗一个弱小的封锁军队时，他们可能由于愚昧无知，相信自己的人数众多，而准备冒险作战。但是如果他们面对着一个强大的舰队，他们不会冒险冲出的，所以训练的缺少会使他们对于航海技术更加不能熟练了，而技术的缺少会使他们更加不敢冒失了。航海技术，也和任何其他技术一样，是一门艺术。它不是偶尔作为闲暇时的职业的，当然，一个从事航海事业的人也不可能有闲暇去学习别的东西。

假如他们攫取奥林匹亚或特尔斐的金钱，而提供高的薪水以吸引我国海军中的外国水手，那时候，假如我们自己和住在我国的异邦人都在船舰上服务，还不是他们的敌手的话，这就是一件严重的事了。但事实上，我们总是能够对付他们的。

还有一点也是很重要的：在我们自己的公民中间，所有的舵手和水手比希腊其他一切地区所有的舵手和水手总和起来还要多些。那么，我们的外国水手有多少人会为着几天的额外工资，不仅冒着被战败的危险，并且还冒着被他们自己的城市剥夺法律上的保护的危险，而去替对方作战呢?

对于伯罗奔尼撒人所处的地位，我认为我已经作了一个很公平的叙述。至于我们自己的地位，在我说到他们的缺点之中，我们一个也没有。至于其他方面，我们完全有自己的优点。如果他们从陆地上来进攻我国的话，我们一定从海上进攻他们的国家，结果，伯罗奔尼撒半岛一部分土地的破坏对于他们的影响，比整个亚狄迦的破坏对于我们的影响更要厉害些，因为他们除了伯罗奔尼撒以外，非经过战争不能再得到土地，而我们在岛屿上和大陆上都有充足的土地。

海上势力是非常重要的。让我们从这方面看看。假如我们住在一个岛上的话，难道我们不是绝对安全，不受他人的攻击吗？事实上，我们一定要努力把我们自己看作岛上居民；我们必须放弃我们的土地和房屋，保卫海上的城市。我们一定不要因为丧失土地和房屋而愤怒，以至和远优于我们的伯罗奔尼撒陆军作战。如果我们胜利了，我们还是不得不用同样多的军队来和他们再战；如果我们战败了，我们会丧失我们的同盟国，同盟国是我们力量的基础；如果我们所剩下来的军队不够派出去镇压同盟国的话，他们马上会暴动的。我们所应当悲伤的不是房屋或土地的丧失，而是人民生命的丧失。人是第一重要的，其他一切都是人的劳动成果。假如我认为能够说服你们去做的话，我愿意劝你们往外去，并且亲手把你们的财产破坏，对伯罗奔尼撒人表示，你们是不会为了这些东西的缘故而向他们屈服的。

只要你们在战争进行中，下定决心，不再扩大你们的帝国，只要你们不自动地把自己牵入新的危险中去，我还可以举出许多理由来说明你们对于最后的胜利是应当有自信心的。我所怕的不是敌人的战略，而是我们自己的错误。但是这一点，我要在另一个机会，当我们实际作战的时候再说了。

在目前，我建议：送回斯巴达的代表，并给他们带回我们下面的答复：我们愿意允许麦加拉人应用我们的市场和港口，只要斯巴达也同时对我们和我们的同盟者停止执行它禁止外人入境的法令（因为和约中并没有条款禁止他们的法令，也没有禁止我们反对麦加拉人的法令），我们愿意允许我们的同盟国独立，只要他们在订立和约的时候已经是独立了的，同时斯巴达人也要允许他们自己的同盟国独立，允许他们各自有他自己所愿意有的那种政府，而不是那种服从于斯巴达利益的政府。让我们又说：我们愿意，依照和约中明文的规定，提交仲裁，我们不会发动战争，但是我们将抵抗那些实际发动战争的人。这是一个正当的答复，同时也是我们这样一个城市所应当做的一个答复。我们要知道，这个战争是强加在我们身上的，我们愈愿意接受挑战，敌人向我们进攻的欲望将愈少。我们也要知道，无论对于城市也好，对于个人也好，最大的光荣是从最大的危险中得来的。当我们的祖先反对波斯人的时候，他们还没有我们现在所有的这样的资源，就是他们所有的那一点资源，他们也放弃了，但是他们驱逐了外族的入侵，把我们的城邦建成现在这个样子，这是由于他们的贤智，而不是由于他们的幸运；由于他们的勇敢，而不是由于他们的物质力量。我们要学他们的榜样，我们应当尽一切力量，抵抗我们的敌人，努力把与平常一样伟大的雅典遗传给我们的后代。

·作品赏析·

当时，面对斯巴达的挑衅，雅典是战是和，国内意见不一。作为力主建立雅典在希腊世界霸权地位的国家统治者，伯里克利发表了这篇颇具说服力和鼓动性的战前动员令。他在分析时事的基础上指出雅典应战的必然性，表达了自己必战的决心。雅典的国民公会最终作出了应战的决定，明确表示雅典将不屈服于任何威胁。一开篇伯里克利便掷地有声地表明态度：反对作任何让步。然后他详细论证应战的可行性，并指出雅典必将取得胜利。他的这篇演讲充满激情，说理充分，具有极强的感染力，激励了雅典人以破釜沉舟的决心迎击敌人。

作者简介

伯里克利雕像

伯里克利由于出身贵族，而且家庭极其富有，所以自幼就接受了良好的教育。他的青年时代是在希腊同盟抗击波斯侵略者的战火中度过的。公元前466年前后，他追随雅典民主派的首领埃菲阿尔特斯，成为雅典民主派的重要代表人物，埃菲阿尔特斯被雅典贵族派刺杀后，他成为雅典民主派和国家政权的重要领导人。从公元前443年起，他连续15年当选为雅典最重要的官职——首席将军，完全掌握了国家政权。公元前431年，雅典与斯巴达的战争爆发，斯巴达大军侵入雅典境内。战争的破坏和突然爆发的瘟疫为伯里克利的政敌提供了攻击他的借口，伯里克利在公元前430年被解除将军职务，并被控滥用公款处以罚款。但公元前429年，伯里克利再度当选为将军，不久，他就被鼠疫夺去了生命。

临终辩词 / 苏格拉底

演讲词档案

演讲者：苏格拉底（前 469—前 399）
演讲时间：公元前 399 年
演讲地点：雅典法庭
演讲者身份：古希腊著名哲学家

亲爱的雅典同胞们：

所剩的时间不多了，你们就要指责那些使雅典城蒙上污名的人，因为他们把那位智者苏格拉底处死。而那些使你们也蒙上污名的人坚称我是位智者，其实并不是。如果你们再等一段时间，自然也会看见一个生命终结的事情，因为我的年纪也不小，接近死亡的日子实在也不远了。但是我并不是要对你们说话，而是要对那些欲置我于死地的人说话。同胞们：或许你们会以为我被定罪是因为我喜好争辩，其实如果说我好辩的话，那么只要我认为对的话，我或许还可以借此说服你们，并替自己辩护，尚可免除死刑，其实我并不是因好辩被判罪，而是被控竟敢胆大妄为向你们宣传异端邪说，其实那些只不过像平常别人告诉你们的话一样罢了。

但是我不认为，为了避免危险起见，就应该去做不值得一个自由人去做的事，也不懊恼我用现在这样的方式替自己辩护。我宁可选择死亡，也不愿因辩护得生存。因为不管是我还是任何其他的人，在审判中或打仗时，利用各种可能的方法来逃避死亡，都是不对的。在战时，一个人如想逃避死亡，他可以放下武器，屈服在敌人的怜悯之下，其他尚有许多逃避死亡之策，假如他敢做、敢说的话。

但是，雅典的同胞啊！逃避死亡并不难，要避免堕落才是难的，因它跑得比死要快。我，因为上了年纪，动作较慢，所以就被死亡赶上了，而控告我的人，他们都年轻力壮，富有活力，却被跑得较快的邪恶、腐败追上了。现在，我因被他们判处死刑而要离开这个世界，但他们却背叛了真理，犯了邪恶不公之罪。既然我接受处置，他们也应该接受裁决，这是理所当然之事。

下一步，我要向你们预言到底是谁判我的罪，及你们未来的命运如何，因为人在将死之际，通常就成了先知，此时我正处于这种情况。同胞们！我告诉你们是谁置我于死地吧！而在我死后不久，天神宙斯将处罚你们，比你们加害在我身上的更加残酷，虽然你们以为对自己的所作所为不需负责，但我敢保证事实正相反。控告你们的人会更多，而我此时在限制他们，虽然你们看不见，并且他们会更加凶猛，由于他们较年轻，而你们也将更愤怒。如果你们认为把别人处死就可以避免人们谴责你们，那你们就大错特错了。这种逃避的方式既不可能也不光荣，而另有一种较光荣且较简单的方法，即是不去抑制别人，而注意自己，使自己趋向最完善。对那些判我死刑的人，我预言了这么多，我就此告辞了！

但对于那些赞成我无罪的人，我愿意趁此时法官正忙着，我还没有赴刑场之际，跟你们谈谈到底发生了什么事。在我死前陪着我吧！同胞们！我们就要互道再见了！此时没有任何事情能阻碍我们之间的交谈，我们被允许谈话，我要把你们当成朋友，让你们知道刚刚发生在我身上的事是怎么一回事。公正的审判官们！一件奇怪的事发生在我身上，因为在平常，只要我将做错事，即使是最微小的琐事，我的守护神就会发出他先知的声音来阻止我，但是此时，任何人都看到了发生在我身上的事，每个人都会认为这是极端罪恶的事，但在我早上离家出门时，在我来此赴审判时，在我要对你们作演讲时，我都没有听到神的警告，而在其他场合，他都常常在我说话说到一半时就阻止我再说下去。现在，不管我做了什么，或说了什么，他都不来反对我。那么，这是什么原因呢？我告诉你们：发生在我身上的事，对我来讲反而是一种祝福；我们都把死视为是一种罪恶，那是不正确的，因为神的信号并没有对我发出这样的警告。

再者，我们更可由此归纳出，死是一种祝福，具有很大的希望。因为死可以表示两回事：一者表示死者从此永远消失，对任何事物不再有任何感觉；二者，正如我们所说的，人的灵魂因死而改变，由一个地方升到另一个地方。如果是前者的话，死者毫无知觉，就像睡觉的人没有做梦，那么死就是一种奇妙的收获。假如有人选择一个夜晚，睡觉睡得很熟而没做什么梦，然后拿这个夜晚与其他的晚上或白天相比较，他一定会说，他一生经过的白日或夜晚没有比这个夜晚过得更好、更愉快的了。我想不只是一个普通人会这样说，即使是国王也会发现这点的。因此，如果死就是这么一回事的话，我说它是一种收获，因为，一切的未来只不过像一个无梦的夜晚罢了！

反之，如果死是从这里迁移到另一个地方，这个说法如果正确，那么所有的死人都在那里。审判官啊！那又有什么是比这个更伟大的幸福呢？因为假如死者到了阴府，他就可以摆脱掉那些把自己伪装成法官的人，而看到真正的法官在黄泉当裁判，像弥诺斯（希腊神话人物，冥府判官之一，决定鬼魂未来的命运，惩罚犯罪者的灵魂。）、剌达曼堤斯、埃阿科斯、特里普托勒摩斯，及其他一些半神半人，跟他们活着的时候一样。难道说这种迁移很可悲吗？而且，还可见到像俄耳甫斯、穆赛俄斯、赫西俄德及荷马等人。如果真有这回事，我倒真是希望自己常常死去，对我来讲，寄居在那儿更好，我可以遇见帕拉墨得斯、忒拉蒙的儿子埃阿斯及任何一个被不公平处死的古人。拿我的遭遇与他们相比，将会使我愉快不少。

但最大的快乐还是花时间在那里研究每个人，像我在这里做的一样，去发现到底谁是真智者，谁是伪装的智者。判官们啊！谁会失去大好机会不去研究那个率领大军对抗特洛伊城的人？或是俄底修斯？或是西绪福斯？或是其他成千上万的人？不管是男是女，我们经常会提到的人。跟他们交谈、联系，问他们问题，将是最大的快慰。当然了，那里的法官是不判人死刑的，因为住在那里的人在其他方面是比住在这里的人快乐多了，所以他们是永生不朽的。

因此，你们这些判官们，要尊敬死，才能满怀希望。要仔细想想这个真理，对一个好人来讲，没有什么是罪恶的，不管他是活着还是死了，或是他的事情被神疏忽了。发生在我身上的事并非偶然。对我来讲，现在死了，即是摆脱一切烦恼，对我更有好处。由于神并没有阻止我，我对置我于死地的人不再怀恨了，也不反对控告我的人，虽然他们并不是因这个用意而判我罪，控告我，只是想伤害我。这点他们该受责备。

然而，我要求他们做下面这些事情：如果我的儿子们长大后，置财富或其他事情于美德之上的话，法官们，处罚他们吧！使他们痛苦，就像我使你们痛苦一样。如果他们自以为了不起，其实胸中根本无物时，责备他们，就像我责备你们一样。如果他们没有做应该做的事，同样地责罚他们吧！如果你们这么做，我和儿子们将从你们的手中得到相同的公平待遇。

已到了我们要分开的时刻了——我将死，而你们还要活下去，但也唯有上帝知道我们中谁会走向更好的国度。

·作品赏析·

古希腊伟大的哲学家苏格拉底死于雅典的民主，对于了解雅典的民主运行方式和程序的人来说，这一点很容易理解。公元前399年，雅典法庭以“传播异端”和“腐蚀青年”罪将苏格拉底判处死刑。本文是苏格拉底在雅典法庭上所作的临终演讲，他在法庭上慷慨陈词，或反诘原告，为自己辩护，或抨击现实政治，或表达自己的人生哲学，都表现出超于常人的大气魄和大智慧。在演讲中，苏格拉底的主题集中在两个问题上，一是那些控诉他和判他死刑的人是邪恶的已经堕落了的雅典文明的践踏者，在谈论这些问题的时候苏格拉底基本采用诘问的方式；二是死亡问题，苏格拉底认为“死是一种祝福，具有很大的希望”。他无畏地选择了死亡，以此来表示对统治者的蔑视和对真理的坚定信念，在这一部分，苏格拉底更多地直抒胸臆。苏格拉底的演讲充满了理性思辨和智慧的光芒，修辞和语言都非常精彩。

作者简介

苏格拉底像

苏格拉底，出生于伯里克利统治的雅典黄金时期，自幼随父学艺，后来从兵，曾经3次参战。在40岁左右苏格拉底出了名，并进入五百人会议。

苏格拉底与他的学生之一柏拉图及柏拉图的学生亚里士多德并称“古希腊三贤”。苏格拉底一生未曾著述，其言论和思想多见于柏拉图和色诺芬的著作，他是柏拉图哲学路线的创始者。苏格拉底长期以教育为业，他的教学方式独特，他常常用启发、辩论的方式来进行教育。他重视伦理学，是古希腊第一个提出要用理性和思维去寻找普遍道德的人，是道德哲学的创始人。在欧洲哲学史上，他最早提出唯心主义的目的论。

大约公元前399年，苏格拉底因触犯了当时权贵的利益而被判死罪，在狱中被迫饮毒堇汁而死，终年70岁。

要么胜利，要么死亡 / 汉尼拔

演讲词档案

演讲者：汉尼拔（前 247—前 183）
演讲时间：公元前 218 年
演讲地点：前线军营
演讲者身份：迦太基军事统帅

士兵们：

你们在考虑自己的命运时，如果能记住前不久在看到被我们征服的人溃败时的心情，那就好了。因为那不仅是一种壮观的场面，还可以说是你们的处境的某种写照。我不知道命运是否已给你们戴上了更沉重的锁链，使你们处于更紧迫的形势。在你们的左面和右面都被大海封锁着，可用于逃遁的船只连一艘都没有。环绕着你们的是波河，它比罗纳河更宽，水流更急；后面包围着你们的则有阿尔卑斯山，那是你们在未经战斗消耗、精力充沛时，历尽艰辛才翻越过来的。

士兵们，你们已在这里同敌人初次交锋，你们必须战胜，否则便是死亡。命运使你们不得不投身战斗，它现在又站在你们面前。如果你们战胜，你们就能得到即使从永生的众神那儿都不敢指望得到的最大报酬。我们只要依靠勇敢去收复敌人，从我们先辈手里强夺去的西西里和萨迪尼亚，就会得到足够的补偿；罗马人通过多次胜利所取得和积聚起来的财富，连同这些财富的主人，都将属于你们。在众神的庇护下，赶快拿起武器去赢得这笔丰厚的报酬吧！

你们在荒凉的卢西塔尼亚和塞尔蒂韦里亚群山中追逐敌人为时已久，历经如许艰辛危难却一无所获，你们跋山涉水，转战数国，长途劳顿，现在是打响夺取丰富收获的战役，为你们的劳苦求得巨大报酬的时候了。这里的命运允许你们结束辛苦的努力，这里她将赐予与你们的贡献相称的报酬。你们不要按照这场战争表面上的巨大规模，而担心难于取胜。敌对双方受藐视的一方往往坚持浴血抗争，而一些著名的国家和国王却常被人并不费力地征服。

因为，撇开罗马徒有其表的显赫名声，它还有什么可与你们相比的？默默地回顾你们20年来以勇敢和成功而著称的战绩吧，你们从赫拉克勒斯支柱，从大洋和世界最遥远的角落来到这里，一路上征服了高卢和西班牙的许多最凶悍的民族，如今你们将同一支缺乏经验的军队作战，它就在今年夏天曾被高卢人击败、征服和包围过，至今它的统帅还不熟悉他的军队，而军队也不知道它的统帅。要把我同他作一比较吗？我的父亲是最杰出的指挥官，我在他营帐中出生、长大，我荡平了西班牙和高卢，我不仅征服了阿尔卑斯山诸国，还征服了阿尔卑斯山本身，而那个就任仅6个月的统帅是他的军队里的逃兵。如果把迦太基人和罗马人的军旗拿掉，我敢肯定他不知道自己是哪一支军队的指挥官。

你们中每一个人都看到了我的赫赫战功，同样，我作为你们英雄气概的目击者，能列举每一个勇敢人作战的具体时间和地点。士兵们，我认为这一点很重要。我在成为你们的指挥官以前是你们大家的学生，我将率领曾千百次地受过我表彰和犒赏的士兵，阵容威武地阔步迎击那支官兵互不熟悉的军队。

不论我把眼光转向何处，我看到的都是斗志旺盛、精神饱满的士兵，一支由各个最英勇的民族组成的久经沙场的步兵和骑兵——你们，我们最可靠、最勇敢的盟军！你们，迦太基人，即将为你们的国家并出于最正义的愤恨而出征！我们是战争中的攻击者，高举仇恨的旗帜进入意大利，将以远远超出敌方的胆量和勇气发起进攻，因为攻击者的信心和骁勇总是大于防卫者。此外，我们所受的痛苦、损伤和侮辱燃烧着我们的心，它们首先要求我、你们的领袖，其次要求曾围攻过萨贡塔姆的你们大家去惩罚敌人，如果我们畏缩怯战，它们将使我们受到最严厉的折磨。

那个最为残暴、狂妄的民族认为，一切都应归它所有，听它摆布；应当由它决定我们同谁交战、同谁媾和；它划定界限，以我们不得逾越的山脉河流把我们封锁起来，而它却不遵守自己规定的界限。它还说，不得越过伊比利亚半岛，不得干预萨贡廷人；萨贡塔姆在伊比利亚半岛，你们不得朝任何方向跨出一步！拿走我们最古老的省份——西西里和萨迪尼亚是件小事吗？你们还要拿走西班牙吗？让我从那里撤走，以便你们横渡大海进入阿非利加吗？

我说他们要横渡大海，是不是？他们已经派出本年度的两位执政官，一个派往阿非利加，一个派往西班牙。除了我们用武器保住的地方外，他们什么地方都没有给我们留下。有后路的人可能成为懦夫，他们可以通过安全的道路逃跑，回到自己的国土家园请求收容。但你们必须勇敢无畏。你们在胜利和覆灭之间绝无回旋余地，或者战胜，或者死亡。如果命运未卜，与其死于逃亡，毋宁死于沙场。如果这就是你们大家确实不变的决心，我再说一遍，你们就已经战胜了！这是永生的众神在人们夺取胜利时所赐予的最有力的鼓励。

·作品赏析·

这篇演讲是战前鼓动演说中颇为成功的典范之作。演讲一开始，汉尼拔就明确指出当时的形势是背水一战：“你们必须战胜，否则便是死亡，命运使你们不得不投身于战斗。”汉尼拔以巨大的热情和坚定的意志，鼓励将士们奋勇作战。他从袍泽之情出发，以鲜明的对比向部下传递必胜的信心，激励将士们必战的决心。这篇演说提振了本来有些低落的士气，为军队取得后来一系列战役的胜利提供了保障。

接下来，汉尼拔降伏了都灵地区的敌对部落，解除了后方的威胁。随后在波河流域提契诺附近，他运用骑兵优势打败罗马军队，罗马在当地的统治崩溃。不久，整个意大利北部部落全部倒向迦太基阵营，高卢与利古里亚佣兵也加入了汉尼拔的军队，汉尼拔的军队达到全盛状态。

作者简介

汉尼拔，北非古国迦太基统帅、军事家。迦太基将领哈米尔卡·巴卡之子。汉尼拔时代正逢古罗马共和国势力的崛起。他幼年随父渡海远征西班牙，受过良好的教育和军事训练。公元前221年，仅26岁的汉尼拔被任命为迦太基军事统帅。

汉尼拔像

第二次布匿战争爆发后，汉尼拔率大军征战高卢南境，翻越阿尔卑斯山，同年秋进入意大利。随后他率军粉碎罗马人的阻击，绕过敌人重兵设防的阵地向罗马挺进。公元前217年，在特拉西米诺湖战役中，汉尼拔指挥军队重创罗马军。次年，坎尼战役汉尼拔又获大胜，罗马陷于困境。但长期转战，汉尼拔军力耗竭。罗马人积蓄力量，派兵反击，占领新迦太基。公元前204年，罗马军在北非登陆，危及迦太基。翌年秋，汉尼拔奉命回国救援。公元前202年，汉尼拔在扎马战役中惨遭失败，迦太基被迫求和。

公元前196年，汉尼拔任迦太基最高行政长官。实行改革后，汉尼拔遭到贵族派反对和政敌诬陷，逃亡叙利亚。公元前183年，流亡小亚细亚的汉尼拔在罗马人的追捕下服毒自杀。

非战胜，决不离开战场

——在法萨卢之役战前的演讲／恺撒

演讲词档案

演讲者：恺撒（前100—前44）
演讲时间：公元前48年6月
演讲地点：法萨卢前线军阵
演讲者身份：古罗马军事统帅、政治家

我的朋友们，我们已经克服了我们更可怕的敌人，现在我们所要对抗的不是饥饿和贫乏，而是人。一切决定于今日。记着你们在提累基阿姆时所给我的诺言，记着你们是怎样当着我的面，彼此宣誓：非战胜，决不离开战场。同伴士兵们啊，这些人就是我们过去在赫丘利的石柱所遇着的那些人，就是在意大利从我们面前溜跑了的那些人。他们就是在我们十年艰苦奋斗之后，在我们完成那些伟大战争之后，在我们取得无数胜利之后，在我们为祖国在西班牙、高卢和不列颠增加了400个属国之后，不与我们以荣誉，不与我们以凯旋，不与我们以报酬，而要解散我们的那些人。我向他们提出公平的条件，不能说服他们，我给他们以利益，也不能争取他们。你们知道，他们中间有些人是我释放的，不加伤害，希望我们可以使他们有一点正义感。今天你们要回忆所有这些事实，如果你们对于我有些体会的话，你们也要回忆我对你们的照顾、我的忠实和我所慷慨地给予你们的馈赠。

吃苦耐劳的老练士兵战胜新兵也是不难的，因为新兵没有战斗经验，并且他们像儿童一样，不守纪律，不服从他们的指挥官。我听说，他害怕，不愿作战。他的时运已经过去了，他在一切行动中，变为迟钝而犹疑，他已经不是自己发号施令，而是服从别人的命令了。我说这些事情，只是对他的意大利军队而言。至于他的同盟军，不要去考虑他们，不要注意他们，根本不要和他们战斗，他们是叙利亚的、福里基亚的和吕底亚的奴隶，总是准备逃亡或做奴役的。我知道得很清楚，你们马上就会看见，庞培自己不会在战斗行列中给他们以地位的。纵或这些同盟军像狗一样向你们周围跑来威胁你们的时候，你们也只要注意意大利的士兵。当你们已经击溃敌人的时候，让我们饶恕意大利士兵，因为他们是我们的同族人，而只屠杀同盟军，使其他的人感到恐怖。为了使我知道你们没有忘记你们不胜即死的诺言起见，当你们跑去作战的时候，首先摧毁你们军营的壁垒，填起壕沟，这样，如果我们不战胜的话，我们就没有逃避的地方，使敌人看见我们没有军营，知道我们不得不在他们的军营里驻扎。

·作品赏析·

一支军队取得战争的胜利，兵力的多少固然重要，但更重要的是军队的战斗力，而影响军队战斗力最重要的因素便是士气的高低。法萨卢战役前夕，恺撒的演讲成功地鼓舞了军队的士气。面对两倍于自己的庞培军队，恺撒军队最终以少胜多，彻底击败庞培。此役之后，恺撒迅速平定了庞培剩余势力，胜利结束内战。公元前45年，恺撒集大权于一身，实现了他的军事独裁统治。

恺撒在演讲中首先指出这场战斗的重要性“一切决定于今日”，激励将士们勇敢杀敌，夺取彻底胜利。然后指出庞培军队的弱点，坚定将士们必胜的决心。演讲语言简洁干练，对比鲜明有力，展现了恺撒卓越的演讲才华。

作者简介

恺撒，古罗马军事统帅、政治家。他以军事才能和政治手腕著称于世。其所作所为改变了希腊、罗马的历史进程。

恺撒半身雕像

恺撒出身贵族。从政初期，支持平民反对苏拉派。公元前60年，他与庞培、克拉苏结成“前三头同盟”。公元前59年，恺撒当选执政官，随后出任山南高卢总督。自公元前58年起，8年间他率军屡次征服高卢全境。此后，他权势日重。公元前49年，元老院与庞培联合，解除恺撒军权并召之回国。他率军占领罗马，打败庞培，集执政官、终身保民官、大将军等大权于一身，实行独裁统治。公元前45年，恺撒被元老院封为终身独裁官。恺撒的专制日益招致元老院内贵族共和派的反对。公元前44年3月15日，恺撒被布鲁图斯、卡西乌等刺杀。

恺撒带兵打仗几十年，指挥过几十个战役，大都是以少胜多，出奇制胜。他的战略思想和战术原则为西方许多著名军事统帅所效法，对西方军事学的发展作出了杰出的贡献。此外，还曾与幕僚共同著有《高卢战记》、《内战记》、《亚历山大战记》、《阿非利加战记》等。

我们已遍地燃起自由的希望 / 西塞罗

演讲词档案

演讲者：西塞罗（前106—前43）
演讲时间：公元前43年3月
演讲地点：罗马
演讲者身份：古罗马政治家、哲学家

罗马人！在今天这次盛会中，你们遇见了这么多人，比我记忆中所见过的都要多，这种场面令我急切地渴望去保卫自己的国家，内心燃起重新把它建立起来的伟大希望，虽然我的勇气一直未曾衰竭过。最令人难熬的时刻，就是像现在——黎明前的微曦时。我恨不得立刻在保卫自由的阵线上，挺身而出成为一位领导者。然而，即使以前我有这种想法并可以去实践，可现在却已不是那种时代了。因为像今天，罗马的子民们（也许你们不相信，这种场面只是我们所面临许多事务中的一些琐事罢了），我们已替未来的行动打下了基础。元老院不再是口头上把"安东尼"视为敌人，而是以实际的行动表示他们已把他视为一个敌人。直到现在我心里还一直觉得很高兴，相信你们也一样，我们能够在这样完全一致、鼎沸的气氛中，一致认为他是我们的敌人，并通过了这项宣言。

罗马人，我赞美你——是的，我非常赞美你们。当你们激起那令人可喜的意志，跟随那最优秀的年轻人，或者甚至说他只是个孩子。他的名字是年轻人，那是由于他的岁数，他的行为已属于永恒而不朽。我曾收集到许多事迹，我曾听过许多事的情节，我也曾读过许多故事，但是在这个世界上，在漫长的历史中，却不曾见闻过这样的事。当我们被奴隶制度所压迫，当恶魔的数量与日俱增，当我们没有任何保障，当我们深恐马克·安东尼采取致命性的报复手段时，这个年轻人承袭了没有人愿意去承担的冒险计划，他以超越所有我们所能想象的方式来解决问题，他召集了属于他父亲的，一支所向无敌的军队，使安东尼想用武力方式造成国家不幸的那种最不仁义的狂乱遭到了阻力。

只要是在这里的人，谁都看得非常清楚！要不是多亏了恺撒（此处指屋大维，他是恺撒的甥孙及养子）所召集的军队，安东尼的报复不是早将我们夷为平地？因为这次他的回来，意志里燃烧着对所有人仇恨的火焰，身上更沾染着屠杀过市民的血腥，在他的脑海里除了全然地予以毁灭的意念之外，什么也容不下。如果恺撒没有组成这一支他父亲的最勇敢的军队，你们的安全保障和你们的自由靠谁来保护？为了表示对他的赞美和崇敬，为了他如神一般不朽精神的表现，他已被冠以最神圣而不朽的荣耀，元老院已接受了我的提议，通过了一项政令，会把最早的最好的头衔委任于他。

马克·安东尼啊！你还能玩弄什么坏主意呢？恺撒对你宣战，实在是应该受到极力称赞的。我们应该用尽最美丽的言辞来赞美这支队伍，也由此离弃你。这完全是因为你的缘故，如果你不是选择做我们的敌人而是成为议会的一员，这全部的赞美，全是你的。

罗马人！你们面对的不是一个放荡邪恶的人，而是一头没有人性、凶暴的野兽。现在，他既然已跌落陷阱之中，就在此地将其焚毁吧！要是让他逃了出来，你们就再也难逃暗无天日、苦闷的深渊。然而，他现在正被我们已出发的大军围困，四面紧紧地包围了起来。近日，新的执政官将派出更多的军队去支援。像你们目前所表现的，继续献身于此壮烈之举。在每一次为理想而战的战役中，你们从未表现出比今天更加协同一致，你们从未与元老院之间有过如此诚挚的配合。再也不要彷徨，今天的问题已不再是生活条件的抉择，而是我们如不能全然光荣地活着，就是面临放荡与耻辱的毁灭。

虽然凡人皆难免一死，此乃天性，然而，勇士们却善于保护自己，除去属于不逊或残酷的死。罗马的种族和名称是不容被夺取的，罗马人！我由衷地恳请你们——去保护它！这是我们所留下的产业和象征。虽然每一事物都是易流逝的，暂时而不确定的，唯有美德能够深深地扎下它的根基。它永不为狂暴所中伤、侵蚀，它的地位永远无法动摇。你们的祖先，正是靠着这种精神，才能首先征服了意大利，继而摧毁迦太基、打败诺曼底，在这个帝国的统领下，消灭了那最强悍的国王和最好战的国家。

不久的将来，由于各位与元老院之间史无前例完美而和谐的配合，以及我们的战士和将领们的英勇的表现和幸运的引导，你们可以看到那甘冒风险沦为盗贼的无名小子安东尼被打败。现在显示：很久以来，这是第一次的盛举，我们已遍地燃起自由的希望！

·作品赏析·

西塞罗为了促使人们积极行动起来，置安东尼于死地，他在演讲中把安东尼描述成一头没有人性、凶暴的野兽，鼓动人们不要彷徨，要为理想而战。与此相反，他把屋大维颂扬为最优秀的年轻人，认为他的行为已属于永恒而不朽。西塞罗对二者的刻画形成鲜明的反差，激起人们强烈的爱憎，不由自主地受到鼓动，拿起武器去进攻那个“邪恶”的敌人。作为一篇具有战前动员令性质的演说，它成功地激发了人们的斗志，为讨伐安东尼作了思想上的准备。公元前 43 年 4 月，安东尼被元老院与屋大维军队打败，被迫逃往山北高卢。

西塞罗是罗马最杰出的演说家，整篇演讲洋溢着他无处不在的乐观与自信。在这篇演讲中，他针对罗马平民的特点，专注于调动听众的情感，夸张的语句、生动形象的比喻使演讲气势磅礴、具有很强的感染力。

作者简介

西塞罗，古罗马著名政治家、演说家、法学家和哲学家。西塞罗出身于古罗马的奴隶主家庭。早年从事过律师工作，后进入政界。西塞罗因善于雄辩逐渐成为罗马政治舞台的显要人物。公元前 63 年，他在贵族的拥

西塞罗雕像

护下担任执政官。在任职期间，西塞罗镇压了卡提利那的阴谋暴乱。他因此而荣获“祖国之父”的称号。

公元前50年，当庞培和恺撒的矛盾日渐升级之时，西塞罗倾向支持庞培，但他也努力避免与恺撒为敌。公元前49年，恺撒侵入意大利，西塞罗逃往罗马。恺撒被刺后，西塞罗反对安东尼。他曾模仿德摩斯提尼反对马其顿国王腓力二世的演讲，连续发表了14篇反对安东尼的演讲。后来，安东尼和屋大维、雷必达结成了“后三头联盟”。在为恺撒复仇的口号下，他们对元老院共和派进行疯狂报复。公元前43年，西塞罗被安东尼所杀。

西塞罗一生发表了一百多篇政治演讲和法庭演讲，现存58篇。他的演讲词独具一格，被称为“西塞罗体”。著作有《论雄辩术》、《论演讲家》、《论国家》及《论法律》等。

在沃姆斯国会上的讲话 / 马丁·路德

演讲词档案

演讲者：马丁·路德（1483—1546）
演讲时间：1521年
演讲地点：沃姆斯帝国会议
演讲者身份：著名的宗教改革家

最尊贵的皇帝陛下、各位显赫的亲王殿下和仁慈的国会议员们：

遵照你们的命令，我今天谦卑地来到你们面前。看在仁慈上帝的份上，我恳求皇帝陛下和各位显赫的亲王殿下，聆听我为千真万确的正义事业进行辩护。请宽恕我，要是我由于无知而缺乏宫廷礼仪，那是因为我从未受过皇帝宫廷的教养，而且是在与世隔绝的学府回廊里长大的。

昨天，皇帝陛下向我提出了两个问题。第一个问题是：我是否就是人们谈到的那些著作的作者；第二个问题是：我是想撤回还是捍卫我所讲的教旨。关于第一个问题，我已经做了回答，我现在仍坚持这一回答。

关于第二个问题，我已经撰写了一些主题截然不同的文章。在有些著作中，我既是以纯洁而明晰的精神，又是以基督徒的精神论述了宗教信仰和《圣经》，对此，甚至连我的对手也丝毫找不出可指责的内容。他们承认这些文章是有益的，值得虔诚的人们一读。教皇的诏书虽然措辞严厉（指利奥十世1520年6月签发的《斥马丁·路德谕》，限路德60天内取消自己的论点，否则施以重罚。路德当众烧毁诏书，与教廷公开决裂。），但又不得不承认这一点。因此，如若我现在撤回这些文章，那我是做些什么呢？不幸的人啊！难道众人之中，唯独我必须放弃敌友一致赞同的这些真理，并反对普天下自豪地予以认可的教义吗？

其次，我曾写过某些反对教皇制度的文章。在这些著述中，我抨击了诸如以谬误的教义、不正当的生活和丑恶可耻的榜样，致使基督徒蒙受苦难，并使人们的肉体和灵魂遭到摧残的制度。这一点不是已经由所有敬畏上帝的人流露出的忧伤得到证实了吗？难道这还未表明，教皇的各项法律和教义是在纠缠、折磨和煎熬虔诚的宗教徒的良知吗？难道这还未表明，神圣罗马帝国臭名昭著的和无止境的敲诈勒索是在吞噬基督徒们的财富，特别是在吞噬这一杰出民族的财富吗？

如若我收回我所写的有关那个主题的文章，那么，除了是在加强这种暴政，并为那些罪恶昭著的不恭敬言行敞开大门外，我是在做些什么呢？那些蛮横的人在怒火满腔地粉碎一切反抗之后，会比过去更为傲慢、粗暴和猖獗！这样，由于我收回的这些文章，必然会使现在沉重地压在基督徒身上的枷锁变得更难以忍受——可以说使教皇制度从而成为合法，而且，由于我撤回这些文章，这一制度将得到至尊皇帝陛下以及帝国政府的确认。天哪！这样我就像一个邪恶的斗篷，竟然被用来掩盖各种邪恶和暴政。

第三点，也是最后一点，我曾写过一些反对某些个人的书籍，因为这些人通过破坏宗教信仰来为罗马帝国的暴政进行辩护。我坦率地承认，我使用了过于激烈的措辞，这也许与传教士职业不相一致。我并不把自己看作是一个圣徒，但我也不能收回这些文章。因为，如果我这样做了，就必然是对我的对手们不敬上帝的言行表示认可，而从此以后，他们必然会乘机以更残酷的行为欺压上帝的子民。

然而，我只不过是个凡夫俗子，我不是上帝，因此，我要以耶稣基督为榜样为自己辩护。耶稣说："如若我说了什么有罪的话，请拿出证据来指证我。"（《圣经·新约全书·约翰福音》第18章第23节）我是一个卑微、无足轻重、易犯错误的人，除了要求人们提出所有可能反对我教义的证据来，我还能要求什么呢？

因此，至尊的皇帝陛下，各位显赫的亲王，听我说话的一切高低贵贱的人士，我请求你们看在仁慈上帝的份上，用先知和使徒的话来证明我错了。只要你们能使我折服，我就会立刻承认我所有的错误，首先亲手将我写的文章付之一炬。

我刚才说的话清楚地表明，对于我处境的危险，我已认真地权衡轻重，深思熟虑，但是我根本没有被这些危险吓倒，相反，我极为高兴地看到今天基督的福音仍一如既往，引起了动荡和纷争。这是上帝福音的特征，是命定如此。耶稣基督说过："我来，并不是叫地上太平，乃是叫地上动刀兵。"（《圣经 · 新约全书 · 马太福音》第 10 章第 34 节）上帝的意图神妙而可敬可畏。我们应当谨慎，以免因制止争论而触犯上帝的圣诫，招致无法解脱的危险，当前灾难以至永无止境的凄凉悲惨。我们务必谨慎，使上天保佑我们高贵的少主查理皇帝不仅开始治国，且国祚绵长。我们对他的希望仅次于上帝。我不妨引用神谕中的例子，我不妨谈到古埃及的法老、巴比伦诸王和以色列诸王。他们貌似精明，想建立自己的权势，却最终导致了灭亡。"上帝在他们不知不觉中移山倒海。"（《圣经 · 旧约全书 · 约伯记》第 9 章第 5 节）

我之所以这样讲，并不表示诸位高贵的亲王需要听取我肤浅的判断，而是出于我对德国的责任感，因为国家有权期望自己的儿女履行公民的责任。因此，我来到陛下和诸位殿下尊前，谦卑地恳求你们阻止我的敌人因仇恨而将我不该受的愤怒之情倾泻于我。

既然至尊的皇帝陛下、诸位亲王殿下要求我简单明白，直截了当地回答，我遵命作答如下：我不能屈从于教皇和元老院而放弃我的信仰，理由是他们错误百出，自相矛盾，犹如昭昭天日般明显。如果找出《圣经》中的道理或无可辩驳的理由使我折服，如果不能用我刚才引述的《圣经》文句令我满意信服，如果无法用《圣经》改变我的判断，那么，我不能够，也不愿意收回我说过的任何一句话，因为基督徒是不能说违心之言的。这就是我的立场，我没有别的话可说了。愿上帝保佑我。阿门！

· 作品赏析 ·

路德的演说在语言上修辞非常谨慎，但是充满了毋庸置疑的正义感，演讲直接针对问题，非常有条理地回答了德皇向他提出的两个问题，并重点针对第二个问题作了阐释，其核心主题是他坚持自己的论点的理由。在自己的立场上，路德认为，他不能收回自己论点是因为它们是“敌友一致赞同的真理”和“普天下自豪地予以认可的教义”。也就是说，他不能够背叛自己认定的真理，路德认为自己所写的反对教皇制度的文章是抨击“诸如以谬误的教义、不正当的生活和丑恶可耻的榜样，致使基督徒蒙受苦难，并使人们的肉体和灵魂遭到摧残的制度”，如果他收回有关这些主题的文章，就会成为“邪恶的斗篷”，路德认为自己写过反对某些个人的文字，是因为这些个人“通过破坏宗教信仰来为罗马帝国的暴政进行辩护”，如果收回这些文章就等于对上帝不敬的人的言行表示认可，他坚持自己的论点是在充分意识到自己处境危险的基础上作出的选择，但是他缜密理性的演说表明他的立场是坚定不移的，不可动摇的。

作者简介

马丁·路德，出生于德国萨克森州的埃斯勒本，两岁那年举家迁往曼斯费尔德。18 岁时，马丁·路德进入爱尔福特大学攻读法律，四年后获硕士学位。1505 年，22 岁的马丁·路德进入圣奥古斯丁修道院当修士。1512 年，他获得维登堡大学的神学博士学位，并成为该校的一名教授。1517 年万圣节前夕，教皇派人到德国大量兜售“赎罪券”，宣称只要交钱上帝就会免除其罪行。马丁·路德对教皇的做法非常不满，于是写了《九十五条论纲》张贴在维登堡卡斯尔教堂的大门上，引起了强烈反响，由此拉开了德国宗教改革的序幕。1519 年，马丁·路德在莱比锡与天主教神学家艾克进行了一场大辩论，他借机宣传自己的宗教改革主张。为了避免遭到教会的迫害，他隐居到瓦特堡，从事《圣经》的德文翻译工作。1546 年 2 月，因病去世，被葬于维登堡大教堂墓地。

马丁·路德像

地球在转动 / 伽利略

演讲词档案

演讲者：伽利略（1564—1642）
演讲时间：1632 年
演讲者身份：意大利著名物理学家和天文学家，近代实验科学的奠基人之一

昨天我们决定在今天碰头，把那些自然规律的性质和功用谈清楚，并且尽量地谈得详细一点。关于自然规律，到目前为止，一方面有拥护亚里士多德和托勒密立场的人提出的那些，另一方面还有哥白尼体系的信徒提出的那些。由于哥白尼把地球放在运动的天体中间，说地球是像行星一样的一个球，所以我们的讨论不妨从考察逍遥学派攻击哥白尼这个假设不能成立的理由开始，看看他们提出些什么论证，论证的效力究竟多大。

在我们的时代，的确有些新的事情和新观察到的现象，如果亚里士多德现在还活着的话，我敢说他一定会改变自己的看法，这一点我们从他自己的哲学论述方式上，也会很容易地推论出来，因为他在书上说天不变等等，是由于没有人看见天上产生过新东西，也没有看见什么旧东西消失。言下之意，他好像在告诉我们，如果他看见了这类事情，他就会作出相反的结论，他这样把感觉经验放在自然理性之上是很对的。如果他不重视感觉经验，他就不会根据没有人看到过天有变化而推断天不变了。

如果我们是在讨论法律上或者古典文学上的一个论点，其中不存在什么正确和错误的问题，那么也许可以把我们的信心寄托在作者的信心、辩才和丰富的经验上，并且指望他在这方面的卓越成就能使他把他的立论讲得娓娓动听，而且人们不妨认为这是最好的陈述。但是自然科学的结论

必须是正确的、必然的，不以人们的意志为转移的，我们讨论时就得小心，不要使自己为错误辩护，因为在这里，任何一个平凡的人，只要他碰巧找到了真理，那么一千个狄摩西尼和一千个亚里士多德都要陷于困境。所以，辛普利邱，如果你还存在着一种想法或者希望，以为会有比我们有学问得多、渊博得多、博览得多的人，能够不理会自然界的实况，把错误说成真理，那你还是断了念头吧。

亚里士多德承认，由于距离太远很难看见天体上的情形，而且承认，哪一个人的眼睛能更清楚地描绘它们，就能更有把握地从哲学上论述它们。现在多亏有了望远镜，我已经能够使天体离我们比离亚里士多德近三四十倍，因此能够辨别出天体上的许多事情，都是亚里士多德所没有看见的。别的不谈，单是这些太阳黑子就是他绝对看不到的。所以我们要比亚里士多德更有把握地对待天体和太阳。

某些现在还健在的先生们，有一次去听某博士在一所有名的大学里演讲，这位博士听见有人把望远镜形容一番，可是自己还没有见过，就说这个发明是从亚里士多德那里学来的。他叫人把一本课本拿来，在书中某处找到关于天上的星星为什么白天可以在一口深井里看得见的理由。这时候那位博士就说："你们看，这里的井就代表管子，这里的浓厚气体就是发明玻璃镜片的根据。"最后他还谈到光线穿过比较浓厚和黑暗的透明液体使视力加强的道理。

实际的情形并不完全如此。你说说，如果亚里士多德当时在场，听见那位博士把他说成是望远镜的发明者，他是不是会比那些嘲笑那位博士和他那些解释的人，感到更加气愤呢？你难道会怀疑，如果亚里士多德能看到天上的那些新发现，他将改变自己的意见，并修正自己的著作，使之能包括那些最合理的学说吗？那些浅薄到非要坚持他曾经说过的一切话的鄙陋的人，难道他不会抛弃他们吗？怎么说呢？如果亚里士多德是他们所想象的那种人，他将是顽固不化、头脑固执、不可理喻的人，一个专横的人，把别人都当作笨牛，把他自己的意志当作命令，而凌驾于感觉、经验和自然界本身之上。给亚里士多德戴上权威和王冠的，是他的那些信徒，他自己并没有窃取这种权威地位，或者据为己有。由于披着别人的外衣藏起来比公开出头露面方便得多，他们变得非常怯懦，不敢越出亚里士多德一步，他们宁可随便地否定他们亲眼看见的天上那些变化，而不肯动亚里士多德的一根毫毛。

·作品赏析·

这篇演讲重在说理，浓烈的理性色彩是其显著特点。伽利略演讲成功的根本在于他抓住了要害，就是“如果亚里士多德活着，会不会改变自己的观点”，他首先从亚里士多德的论述中提炼了其认知方法：“把感觉经验放在自然理性之上。”这是一个很巧妙的角度，既然亚里士多德采用这样的认知方法，并且是科学的，那么就可以拿来说明目前的问题。在此基础之上，伽利略还指出了文学艺术等人文社会科学与自然科学在认知方式上的必然区别，他坚信亚里士多德的科学方法和科学态度，而盲目信奉亚里士多德的具体学说的教条者则并没有实际上继承亚里士多德的科学的认知方法和科学的态度。伽利略从各个角度反复论证，并且重点论述了他对亚里士多德人品和学品的认识，坚信如果亚里士多德还活着，也会在科学事实面前改变自己的观点。

作者简介

伽利略，出生于意大利的比萨城。1581年，17岁的伽利略进入著名的比萨大学攻读医学。在比萨大学，伽利略并没有认真学医，而是把主要精力放在了数学、物理学和天文学的学习上。

1590年，伽利略在比萨塔上给人们演示了著名的自由落体实验。在比萨塔实验后，伽利略名声大振，被聘为帕多瓦大学的数学教授。他在帕多瓦大学从

伽利略像

事了18年的教学和研究工作，对力学、热学、光学等进行了探索。1609年，他成功研制出人类历史上第一架天文望远镜。

1610年，伽利略把他的发现写成《星际使者》一书。该书在意大利引起巨大反响，得到许多科学家的高度评价，也受到一些保守学者的猛烈抨击。1616年，罗马教廷审讯伽利略，要他放弃关于地球和星宿异端学说。1632年，伽利略出版了其最著名的著作《关于两种世界体系之间的对话》。他在书中用大量科学事实证实了哥白尼“日心说”的正确性，遭到罗马教廷的迫害。1633年，受到不断迫害的伽利略，被迫公开声称反对哥白尼学说，他的余生一直处于囚禁状态。1642年1月8日，78岁的伽利略停止了呼吸。

论出版自由 / 弥尔顿

演讲词档案

演讲者：弥尔顿（1608—1674）
演讲时间：1644 年 11 月 24 日
演讲地点：英国国会
演讲者身份：英国诗人、政论家

如果我们想依靠对出版的管制，以达到淳正风尚的目的，那我们便必须管制一切消遣娱乐，管制一切人们赏心悦目的事物。除端肃质朴者外，一切音乐都不必听，一切歌曲都不编不唱。同样，舞蹈也必设官检查，除经获准，确属纯正者外，其余一切姿势动作俱不得用以授徒。此节柏拉图书中本早有规定（指柏拉图在其《共和国》一书已有规定）。但要想对家家户户的古琴、提琴、吉他逐一进行检查，此事确乎非动用 20 个以上检查官莫办。这些乐器当然都不能任其随便絮叨，而只准道其所应道。但是那些寝室之内低吟着的绵绵软语般的小调恋歌又应由谁去制止？还有窗前窗下、阳台露台也都不应漏掉；还有坊间出售的种种装有危险封皮的坏书，这些又由谁去禁绝？ 20 个检查官够用吗？村里面自然也不应乏人光顾，好去查询一下那里的风笛和三弦都宣讲了些什么，再则，都市中每个乐师所弹奏的歌谣、音阶等等，也都属在查之列，因为这些便是一般人的《理想乡》(《理想乡》为英国诗人菲力浦·锡特尼 1580 年以古希腊传说中的理想仙乡为背景所写的一本田园浪漫故事，这里指《理想乡》这类书籍）与蒙特梅耶（指蒙特梅耶所写的那类书籍。蒙特梅耶为葡萄牙诗人与作家，代表作为《多情的黛亚娜》，内容写牧人与牧女间的恋爱故事。这本书是将古希腊传说中之“理想乡”移入葡萄牙语的另一尝试，曾被译为欧洲许多文字）……脱离现实世界而遁入到那些碍难施行的“大西岛”（即《新大西岛》，培根所著的一本带些小说性质的理想国著作）或“乌托邦”式的政体中去，决不会对我们的现状有所补益。想要有所补益，就应当在这个充满邪恶的浊世中，在这个上帝为我们所安排的无可逃避的环境中，更聪明地去进行立法。

正像在躯体方面，当一个人的血液活鲜，各个基本器官与心智官能中的元气精液纯洁健旺，而这些官能又复于其机敏活泼的运用中恣聘其心智的巧慧的时候，往往可以说明这个躯体的状况与组织异常良好。同理，当一个民族心情欢快，意气欣欣，非但能绰有余裕地去保障其自身的自由与安全，且能以余力兼及种种坚实而崇高的争议与发明的时候，这也向我们表明了它没有倒退，没有陷入一蹶不振的地步，而是脱掉了衰朽腐败的陈皱表皮，经历了阵痛而重获青春，从此步入足以垂懿范于今兹的真理与盛德的光辉坦途。我觉得，我在自己的心中仿佛瞥见了一个崇高而勇武的国家，好像一个强有力者（指力士参孙，见《旧约·士师记》16 章 13~14 节）那样，正从其沉酣之中振身而起，风鬓凛然。我觉得，我仿佛瞥见它是一只苍鹰，正在振脱着它幼时的健翮，它那目不稍瞬的双眼因睁对中午的炎阳而被燃得火红，继而将它久被欺诓的目光疾扫而下，俯瞰荡漾着天上光辉的清泉本身，而这时，无数怯懦群居的小鸟（指当时议会中反对言论自由的保守派），还有那些性喜昏暗时分的鸟类，却正在一片鼓噪，上下翻飞，对苍鹰的行径诧怪不已，而众鸟的这种恶毒的叽叽喳喳将预示着未来一年的派派系系。

·作品赏析·

弥尔顿的这篇演说非常简短，但是条理清晰，他在演说中从两个方面讨论了新闻出版自由的必要性，他首先例举了出版检查的弊端，用假定的种种可能嘲讽了出版检查动机的荒唐可笑，“如果我们想依靠对出版的管制，以达到淳正风尚的目的，那我们便必须管制一切消遣娱乐，管制一切人们赏心悦目的事物。”这显然是不现实的事情，即使真的实现了这个措施，结果可想而知。弥尔顿只是假设这样一个与出版管制在实质上一样的可能，使听者发现此项立法的荒唐可笑。接着，弥尔顿谈论了言论自由的好处所在，通过比方说明一个人、一个国家、一个民族保持其智慧、思想和灵魂自由的重要意义，表明思想言论的自由代表一个民族“没有陷入一蹶不振的地步，而是脱掉了衰朽腐败的陈皱表皮，经历了阵痛而重获青春，从此步入足以垂懿范于今兹的真理与盛德的光辉坦途”。全篇演说语言生动形象，论述简洁犀利，准确明白地表达了演讲者的态度和立场。

作者简介

弥尔顿像

弥尔顿，出生于伦敦一个富裕的清教徒家庭。父亲爱好文学，受其影响，弥尔顿从小喜爱读书，尤其喜爱文学。1625 年弥尔顿入剑桥大学，并开始写诗，1632 年取得硕士学位。因目睹当时国教日趋反动，他放弃了当教会牧师的念头，闭门攻读文学 6 年。1638 年，弥尔顿到当时欧洲文化中心意大利旅行，拜会了当地的文人志士，其中有被天主教会囚禁的伽利略。第二年，当他听说英国革命即将爆发，便仓促回国，投身革命运动。1641 年，弥尔顿开始参加宗教论战，反对封建王朝的支柱国教。他在一年多的时间里发表了 5 本有关宗教自由的小册子，1644 年又为争取言论自由而写了《论出版自由》。中年以后，弥尔顿从政，他写了许多观点鲜明的政治文章。在英国内战期间，弥尔顿曾在其国务会议中任拉丁文秘书。1652 年因劳累过度，双目失明。

1660 年，王朝复辟，弥尔顿被捕入狱，不久又被释放。弥尔顿重新开始诗歌创作并以口述的形式写就了使他名扬后世的三部伟大著作:《失乐园》(1667),《复乐园》(1671) 和《力士参孙》(1671)。1674 年 11 月 8 日卒于伦敦。

华盛顿就职演说 / 华盛顿

演讲词档案

演讲者：华盛顿（1732—1799）
演讲时间：1789 年 4 月 30 日
演讲地点：纽约
演讲者身份：美国首任总统，被尊为美国国父

参议院和众议院的同胞们，本月 14 日收到根据两院指示送达给我的通知。阅悉之余，深感惶恐。我一生饱经忧患，唯过去所经历的任何焦虑均不如今日之甚。一方面，因祖国的召唤，要我再度出山，对祖国的号令，我不能不肃然景从。然而，退居林下，系我一心向往并已选定的归宿。我曾满怀奢望，也曾下定决心，在退隐之地度过晚年。对此退隐的居所，除喜爱之外，已经习惯，看到自己的健康，因长期操劳，随着时光的流逝而日益衰退之时，对之更感需要和亲切。另一方面，祖国委我以重托，其艰巨与繁剧，即使国内最有才智和最有阅历的人士，亦将自感难以胜任，何况我资质鲁钝，又从未担任过政府行政职务，更感德薄能鲜，难当重任，处于此种思想矛盾中，但我一直认真致力于正确估量可能影响我执行任务的每一种情况，以确定我的职责，这是我所敢断言的。我执行任务时，如因往事留有良好的记忆而使我深受其影响，或因我的当选使我深感同胞对我高度信任，并为此种感情所左右，以致对自己从未担负过的重任过少考虑自己能力的微薄及缺乏兴趣，我希望，我的动机将减轻我的错误，国人在判断错误的后果时，也会适当考虑所以产生此种偏颇的根源。

既然这就是我在响应公众召唤就任现职时所抱有的想法，在此举行就职仪式之际，如不虔诚地祈求上帝的帮助时极欠允当，因为上帝统治着

全宇宙，主宰世界各国，神助能弥补凡人的任何缺陷。愿上帝赐福，保佑美国民众的自由与幸福，及为此目的而组成的政府，并保佑他们的政府在行政管理中顺利完成其应尽的职责，在向公众和个人幸福的伟大缔造者谢恩之际，我确信我所表述之意愿同样是诸位及全国同胞的意愿。美国民众尤应向冥冥之中掌管人间一切的神力感恩和致敬。美国民众在取得独立国家地位的过程中，每前进一步，似乎都有天佑的征象。联邦政府制度的重要改革甫告完成，虽然性质不同的集团为数众多，但均能心平气和，互谅互让，经过讨论，卒底于成。若非我们虔诚的感恩得到回报，若非过去似乎已经呈现出预兆，使我们可以预期将来的赐福，这种方式是无法与大多数国家组建政府时采取的方式相比的。在目前这一紧急关头，产生这些想法，确系深有所感而不能自已。我相信你们与我会有同感，即没有任何一个政府像我们这个新的自由政府这样，从一开始就诸事顺利。

根据设立行政机构条款的规定，总统有责任“将他认为必要和有益的措施提请你们考虑”。现在和你们会见的这一场合，我无法详细谈论这个问题，我只想提一提我国的伟大宪法，我们就是根据宪法的规定举行这次会议的。宪法为诸位规定了权力范围，也指出了诸位应该注意的目标。在今天这次大会上，我将不向诸位提出某些具体的建议，而是颂扬被选出来考虑和采纳这部宪法的代表们的才能、正直和爱国热忱。这样才更适合这次会议的气氛，我的感情也驱使我这样做。我从诸位这些高尚品德中，看到了最可靠的保证，一方面是，地方偏见或感情以及党派的分歧，都不能转移我们统观全局和一视同仁的视线。我们的视线是理应照顾各方面的大联合和各方面的利益的。所以，在另一方面，我们国家的政策将建筑在纯正不移的个人道德原则的基础上，这个自由政府将以它能博得公民的热爱与全世界的尊重等特点而显示出它的优越性。

我对祖国的热爱激励我以满怀愉悦的心情展望未来。这是因为，在我国的体制和发展趋势中，出现了又有道德又有幸福，又尽义务又享利益，又有公正和宽仁的方针政策作为切实准则，又有社会繁荣昌盛作为丰硕成果的不可分割的统一，这已是无可争辩的事实。这也因为，我们已充分认识，上帝决不会将幸福赐给那些把他所规定的秩序和权利的永恒准则弃之如粪土的国家。这还因为，人们已将维护神圣的自由火炬和维护共和政体命运的希望，理所当然地、意义深远地、也许是最后一次地，寄托于美国民众所进行的这一实验上。

· 作品赏析 ·

这篇演讲是华盛顿的首次就任总统的演说词，作为第一任美国总统，华盛顿的这篇演说开美国总统就职演说之先河。赢得人民的拥戴，接受总统的职务，心情应该是振奋和激昂的，但是华盛顿演讲中流露出的却是一种沉重的任重道远的责任感和交织着信念与焦虑的复杂心情。华盛顿是一个伟大的政治家，他在演说中阐释重大问题，表明对政府的基本立场和政治理想都显示出一个新生国家和时代的政治高度。这篇就职演说词语言朴素平实、情感真实，但是思想深刻，见解高远，显然所有的话都经过深思熟虑的，演讲者的真挚情感和严肃的态度使得演讲给人以强烈的震撼，并从中得到极大的鼓舞和感动。华盛顿的演讲涉及许多对国家和社会的重大看法，这些看法都倾注着演讲者本人长期花费心血的思索，包含着极大的热情和责任感，而在这些问题中，宪法是当时人们关注的焦点，也就是，一个国家，能不能真正维护好自己的宪法，关系到这个新生国家的前途和命运，华盛顿对这个问题高度重视，所以他特别提到“我们伟大的宪法”，并指出：“上帝决不将幸福赐给那些把他所规定的秩序和权利永恒的准则弃之如粪土的国家。”这种坚定的信念同样给听众以无限的信心。华盛顿向来口才极好，言谈富于幽默感，加上在美国民众中的崇高威望，其演讲必然对民众产生极大的感染力。

作者简介

华盛顿，出生于美国弗吉尼亚州，1753 年开始军旅生涯。1758 年，他当选为弗吉尼亚议员。

1773 年，波士顿倾茶事件爆发，华盛顿积极投入到反对英国在北美

华盛顿塑像

殖民统治的斗争中。1774年，第一届大陆会议召开，华盛顿支持通过了不惜以武力抵抗为最后手段的决议。1775年4月19日，英军同美洲殖民地民兵在列克星顿发生枪战，北美独立战争开始。同年5月10日，在费城举行了第二届大陆会议，决定任命华盛顿为大陆军总司令。被推举为制宪会议主席，主持制定了沿用至今的美国宪法，在美国建立了民主共和制。1788年3月4日，第一届国会在纽约开幕，选举团全票选举华盛顿为美利坚合众国第一任总统。此后，华盛顿又担任了一届总统。

1799年12月14日，华盛顿在家乡平静地去世。

不自由，毋宁死 / 帕特里克·亨利

演讲词档案

演讲者：帕特里克·亨利（1736—1799）
演讲时间：1775 年 3 月 23 日
演讲地点：弗吉尼亚州第二届议会
演讲者身份：美国独立战争时期重要的演说家和政治家

议长先生：

我比任何人更钦佩刚刚在议会上发言的先生们的爱国精神和才能。但是，对同一事物的看法往往因人而异。因此，尽管我的观点与他们截然不同，我还是要毫无保留地、自由地予以阐述，并且希望不要因此而被认为是对先生们的不敬。现在不是讲客气的时候，摆在议会代表们面前的问题关系到国家的存亡。我认为，这是关系到享受自由还是蒙受奴役的大问题，而且正由于它事关重大，我们的辩论就必须做到各抒己见。只有这样，我们才有可能弄清事实真相，才能不辜负上帝和祖国赋予我们的重任。在这种时刻，如果怕冒犯别人而闭口不言，我认为就是叛国，就是对比世间所有国君更为神圣的上帝的不忠。

议长先生，对希望抱有幻觉是人的天性。我们易于闭起眼睛不愿正视痛苦的现实，并倾听海妖惑人的歌声，让她把我们化作禽兽。在为自己而艰苦卓绝的斗争中，这难道是有理智的人的作为吗？难道我们愿意成为对获得自由这样休戚相关的事视而不见、充耳不闻的人吗？就我来说，无论在精神上有多么痛苦，我仍然愿意了解全部事实真相和最坏的事态，并为之做好充分准备。

我只有一盏指路明灯，那就是经验之灯。除了过去的经验，我没有什么别的方法可以判断未来。而依据过去的经验，我倒希望知道，10年来英国政府的所作所为，凭什么足以使各位先生有理由满怀希望，并欣然用来安慰自己和议会？难道就是最近接受我们请愿时的那种狡诈的微笑吗？不要相信这种微笑，先生，事实已经证明它是你们脚边的陷阱。不要被人家的亲吻出卖！请你们自问，接受我们请愿时的和气亲善和遍布我们海陆疆域的大规模备战如何能够相称？难道出于对我们的爱护与和解，有必要动用战舰和军队吗？难道我们流露过决不和解的愿望，以至为了赢回我们的爱，而必须诉诸武力吗？我们不要再欺骗自己了，先生们。这些都是战争和征服的工具，是国王采取的最后论辩手段。我要请问先生们，这些战争部署如果不是为了迫使我们就范，那又意味着什么？哪位先生能够指出有其他动机？难道在世界的这一角，还有别的敌人值得大不列颠如此兴师动众，集结起庞大的海陆武装吗？不，先生们，没有任何敌人了。一切都是针对我们的，而不是别人。他们是派来给我们套紧那条由英国政府长期以来铸造的铁链的。我们应该如何进行抵抗呢？还靠辩论吗？先生，我们已经辩论了10年了。难道还有什么新的御敌之策吗？没有了。我们已经从各方面深思熟虑，但一切都是枉然。难道我们还要苦苦哀告，卑词乞求吗？难道我们还有什么更好的策略没有使用过吗？先生，我请求你们，千万不要再自欺欺人了。为了阻止这场即将来临的风暴，一切该做的都已经做了。我们请愿过，我们抗议过，我们哀求过，我们曾拜倒在英王御座前，恳求他制止国会和内阁的残暴行径。可是，我们的请愿受到蔑视，我们的抗议反而招致更多的镇压和侮辱，我们的哀求被置之不理，我们被轻蔑地从御座边一脚踢开了。事到如今，我们怎么还能沉迷于虚无缥缈的和平希望之中呢？没有任何希望的余地了。假如我们想获得自由，并维护我们多年以来为之献身的崇高权利，假如我们不愿彻底放弃我们多年来的斗争，不获全胜，决不收兵。那么，我们就必须战斗！我再重复一遍，我们必须战斗！我们只有诉诸武力，只有求助于万军之主的上帝。

议长先生，他们说我们太弱小了，无法抵御如此强大的敌人。但是我们何时才能强大起来？是下周，还是明年？难道要等到我们被彻底解除武装，家家户户都驻扎英国士兵的时候？难道我们犹豫迟疑、无所作为就能积聚起力量吗？难道我们高枕而卧，抱着虚幻的希望，待到敌人捆住了我们的手脚，就能找到有效的御敌之策了吗？先生们，只要我们能妥善地利用自然之神赐予我们的力量，我们就不弱小。一旦300万人民为了神圣的自由事业，在自己的国土上武装起来，那么任何敌人都无法战胜我们。此外，我们并非孤军作战，公正的上帝主宰着各国的命运，他将号召朋友们为我们而战。先生们，战争的胜利并非只属于强者。他将属于那些机警、主动和勇敢的人们。何况我们已经别无选择，即使我们没有骨气，想退出战斗，也为时已晚。退路已经切断，除非甘受屈辱和奴役。囚禁我们的枷锁已经铸成。叮噹的镣铐声已经在波士顿草原上回响。战争已经不可避免——让它来吧！我重复一遍，先生们，让它来吧！

企图使事态得到缓和是徒劳的。各位先生可以高喊：和平！和平！但根本不存在和平。战斗实际上已经打响，从北方刮来的风暴把武器的铿锵回响传到我们的耳中。我们的弟兄已经奔赴战场！我们为什么还要站在这里袖手旁观呢？先生们想要做什么？他们会得到什么？难道生命就这么可贵，和平就这么甜蜜，竟值得以镣铐和奴役作为代价？全能的上帝啊，制止他们这样做吧！我不知道别人会如何行事，至于我，不自由，毋宁死！

·作品赏析·

著名革命家帕特里克·亨利的这篇讲演《不自由，毋宁死》发表于弗吉尼亚州第二届议会，当时北美殖民地正面临历史性的抉择。本篇演讲直接指出了武装争取独立的必要性，对美国独立战争的爆发产生过重要的积极影响，这篇演讲以热烈激昂的情绪和对事实的分析，在揭露殖民者对殖民地的各种手段的事实之后得出一个无可辩驳的结论，唯有以生命作为代价获得真正的独立和自由，才是殖民地摆脱压迫和奴役，获得真正和平幸福生活的途径。紧接着帕特里克·亨利铿锵有力地说：“对希望抱有幻觉是人的天性。我们易于闭起眼睛不愿正视痛苦的现实，并倾听海妖惑人的歌声，让她把我们化作禽兽。在为自己而艰苦卓绝的斗争中，这难道是有理智的人的作为吗？难道我们愿意成为对获得自由这样休戚相关的事视而不见、充耳不闻的人吗？就我来说，无论在精神上有多么痛苦，我仍然愿意了解全部事实真相和最坏的事态，并为之做好充分准备。”一旦有了这样一种冲锋陷阵的大无畏精神，则后面所谈的一系列问题就不会成为纸上谈兵。在会上，亨利热血沸腾地疾呼：“难道生命就这么可贵，和平就这么甜蜜，竟值得以镣铐和奴役作为代价？”他的喊声未落，独立战争的第一枪就在三个星期后打响了。

作者简介

帕特里克·亨利是美国独立战争时期一个显赫的人物。1763 年，他以律师的身份凭借激昂的演讲，赢得了“教区牧师的起因”案件的胜诉，引起了英国政府的震惊。1765 年，亨利进入弗吉尼亚殖民地的立法机关议院。同年，他提出了弗吉尼亚邮票法案决议。1775 年 3 月 23 日，亨利作了敦促市民议院对英国殖民统治者采取反抗的报告。美国独立战争期间，为保卫弗吉尼亚，亨利做出了不懈的努力。战争结束后，亨利对宪法的修正也作出了很大的贡献。从 1776 年开始，他连续担任了两届弗吉尼亚第一州长。晚年与华盛顿总统政见不合，拒绝在新政府中供职。

帕特里克·亨利像

1799 年，亨利去世，享年 63 岁。

杰斐逊就职演说 / 杰斐逊

演讲词档案

演讲者：杰斐逊（1743—1826）
演讲时间：1801 年 3 月 4 日
演讲者身份：美国第 3 任总统，著名的政治家和思想家

朋友们、同胞们：

我应召担任国家的最高行政长官，值此诸位同胞集会之时，我衷心感谢大家寄予我的厚爱。诚挚地说，我意识到这项任务非我能力所及，其责任之重大，本人能力之浅薄，自然使我就任时感到忧惧交加。一个沃野千里的新兴国家，带着丰富的工业产品跨海渡洋，同那些自恃强权、不顾公理的国家进行贸易，向着世人无法预见的天命疾奔——当我冥思这些超凡的目标，当我想到这个可爱的国家，其荣誉、幸福和希望都系于这个问题和今天的盛典，我就不敢再想下去，并面对这宏图大业自惭形秽。确实，若不是在这里见到许多先生在场，使我想起无论遇到什么困难，都可以向宪法规定的另一高级机构寻找智慧、美德和热忱的源泉，我一定会完全心灰意冷。因此，负有神圣的立法职责的先生们和各位有关人士，我鼓起勇气期望你们给予指引和支持，使我们能够在乱世纷争中同舟共济，安然航行。

在我们过去的意见交锋中，大家热烈讨论，各扬其长，以至于有时情况相当紧张，忽略了这些行为可能对那些不惯于自由思想和自由言论的人施加了一些影响。但如今这种意见争执的结果已由全国的民意作出决定，而且根据宪法的规定予以公布，所有的意志会在法律的意志下，彼此

妥善安排，并且为共同的幸福团结一致，共同努力。大家当然也不会忘记那个神圣的法则，这就是虽然在任何情况下多数人的意见会被采纳，但是那些意见，必须合理而正当，而且其他的少数人也拥有同样的权利，平等地受到法律的保护。如果予以侵犯，那无异于高压手段。

因此，让我们一心一意地团结起来！让我们恢复和谐与友爱的社会！因为如果没有和谐和友爱，那么自由，甚至于生活的本身，就将成为枯燥而无味的事情。让我们仔细想想，那些使人类长期流血、受苦的宗教偏见，已被我们驱逐于国土之外。如果我们让政治上的偏见存在，使之成为与宗教上的不宽容一样专制与邪恶，并造成痛苦与流血的迫害，那么我们的努力便会付之东流。

当旧世界经历痛苦和激变时，当盛怒的人们挣扎着想通过流血和战争寻找他们失去已久的自由时，那种波涛般的激动，甚至会冲击到遥远而和平的彼岸，这些都不足为奇。它会引起某些人颇深的感慨与恐惧，而某些人却不会。因此，对安全的衡量，不同人就会有不同的意见。但是，并非每一个意见上的差异都是原则上的差异，只是在同一原则上，我们有不同的说法罢了。我们都是共和党成员，我们也都是联邦主义者。如果我们当中有人想解散这一联邦，或改变它的共和形式，那就让他们不受干扰，以便使其有言论自由的保障。这样错误的意见能被容忍，而我们则可根据理智加以判断并作出抉择。

我知道，事实上，有些正直的人士担心共和政府无法强大，恐怕这个政府不够强大。但是，一个最诚实的爱国者，在成功试验的大潮中，难道会因一种理论和空想的疑惧，就以为这个政府，这个全世界最高的希望，可能缺乏力量维护自己，从而放弃这个到目前为止带给我们自由和安全的政府吗？我相信不会。相反，我相信这是世界上最强大的政府。我相信，在这个政府之下，无论何人，一经法律的召唤，就会按照法律的要求，将公共秩序所受到的侵犯视为个人的事。有些人可能会认为，人们自己管自己都是不可靠的，那么，难道受别人的管束就很可靠吗？或者说，在国王的管理下，我们就能发现天使吗？就让历史来回答这个问题吧！

因此，让我们以勇气和信心，追寻我们自己的联邦与共和的原则，并热爱我们的联邦和代议制政府。由于大自然和大洋仁慈的阻隔，我们得以幸免于地球另一区域毁灭性的灾害。我们品格高尚，不能容忍他人的堕落，我们拥有幅员广阔的国土，足以容纳千万代的子孙，我们充分意识到，在发挥自己的才能，争取我们的劳动所得，博取同胞对我们的行为而不是我们的出生背景的尊敬与信心等方面，我们都享有同等的权利。我们有良好的宗教，虽然各以不同的形式自称和实践，但出发点都是教育人们诚实、坦白、自制、感恩和爱他人。我们承认和崇拜万能的上帝，由于他的支配管理，使这里的人们享受着幸福而且直到永远。有了这所有的恩赐，还有什么比这更能使我们成为一个幸福和繁荣的民族呢？同胞们！还有一点，那就是我们仍需要一个睿智和廉洁的政府，它能制止人们互相伤害，使人们自由地从事自己的工作并进行改善，而且不剥夺任何人以劳动所赚取的报酬。这是一个良好的政府所要具备的，也是我们达到幸福圆满所必需的条件。

同胞们，我即将开始履行职责，它包括了一切对你们而言珍贵而有价值的东西。此时你们应当了解，什么是我们政府所坚持的主要原则，以及接下来制定政策的依据。我将把这些原则，尽量简要地加以讲述，只讲一般原则，而不涉及其所有的限制。不论其地位、观点、宗教的或政治的派别，所有人一律公正和平等；与所有国家和平相处，相互通商，并保持真诚的友谊，但不与任何国家结盟；维护各州政府的一切权利，使其成为处理内政方面最能胜任的行政机构，并成为抵抗反共和势力的坚强堡垒。维护联邦政府在宪法上的地位，作为对内安定与对外安全保障的最后依靠，注意维护人民的选举权——对于革命战争中由于缺乏和平手段所产生的权利滥用的弊端，要以一种温和而安全的方式予以矫正，绝对服从多数人的决议，是共和制的重要原则，如果为推翻这项决议而施以强制手段，就是独裁统治的主要原则和直接根源。维持一支训练有素的民兵，作为和平时期和战争初期的最好依靠，直到正规军来接替。民权高于军权，节省公共开支，以减轻公民负担。诚实偿付我们的债务，以郑重维持人民对政府的信心。鼓励农业，并促进商业发展，协助农业；传播知识，并在公共理性的审判席上控诉一切弊端；保障宗教自由及出版自由，并根据人身保障法保障民众自由；公正地选出陪审员以从事审判和判决。这些原则在革命和改革时期，已成为我们的指明灯，为我们指引前进的道路。

先哲的智慧和英雄们的鲜血，都是为了这些理想的实现。它们应当是我们政治信仰的信条，公民教育的范本，检验我们工作的试金石。如果我们因为一时的错误想法或过分警觉而背弃了这些原则，就应当赶快调整脚步，重返这唯一通向和平、自由与安全的大道。

同胞们！我现在开始担负起你们所委派给我的职务。根据以往在其他任职中所获得的经验，我已觉察到这是所有任务中最艰巨的一项。我知道，一个不尽完美的人，当其卸任时，很少能够得到他在任时所享有的声望与荣誉。我不敢要求大家对我也能像过去对我们的第一位也是最伟大的革命元勋一样抱以高度的信任，他卓越的功绩使他深受全国人民的爱戴，他的英名在历史上享有最崇高的地位。我仅要求大家给我相当的信任，使我在处理你们全体的事务时，能够满怀信心并力求完美。由于判断失误，我将时常出现差错。即使我的想法是对的，那些不是站在统筹全局的立场上看问题的人，也会认为我是错的。我希望大家能宽容我所犯的错误，那绝不是有意的，也希望大家能支持我，以修正他人因未能从大局着眼而对我产生的误解。从大家的投票结果来看，我知道我过去的表现已获得大家的赞许，使我感到莫大的安慰。未来我所渴望的是，如何使那些已经给我嘉许的人，继续保持着良好的印象，对其他人，如何在自己力所能及的情况下，尽最大的努力，以博得他们对我的好感与尊敬。同时，我要为所有同胞的幸福与自由而努力。

最后，仰承诸位善意的恩惠，我将尽忠职守，一旦大家感觉到在你们权力范围内可做好更好的选择，我便准备辞去此职。同时，祈求主宰宇宙命运的神灵，使我们的行政机构日臻完善，并且给我们一个良好的开端，使大家能享受和平与昌盛。

·作品赏析·

杰斐逊去宣誓就职的那天，他仍像往常去上班一样，跟几个朋友同事走在一起，也不坐马车，穿过两条烂泥街道，向国会走去。他认为自己不过是个受雇于人民做事的打工仔，多余的排场毫无必要，因此他总是尽量把总统形象平民化，被人们称为平民总统。他的就职演说真诚、朴素、谦虚、坦白，同时具有政治家的胸有成竹，充满资产阶级民主思想。他在演讲中强调“各种意见的分歧并不是原则的分歧”，“我们都是共和党人，我们都是民主党人”，并提出了一系列符合当时时代潮流的“杰斐逊民主”的施政原则。从演讲中可以注意到杰斐逊在自由问题上花了大量的篇幅，他不遗余力地对听众阐明了他对民主的理解和对有关民主具体实施的建议和设想。作为美利坚合众国的第一代政治家，杰斐逊同他的战友一样注意维护宪法的权威性和有效实施，这在使得美国的自由民主得以薪火相传的过程中具有非同寻常的意义。真诚和谨慎的品质及政治上的现实能力使得杰斐逊的演说同样出色并感染听众，赢得信任。

作者简介

杰斐逊，出生于弗吉尼亚州的一个贵族家庭，受过良好的教育。1769年，他成功竞选为弗吉尼亚议会议员，开始走上政坛。1773年，他与P.亨利发起成立弗吉尼亚通讯委员会，积极投入反英斗争。1775年5月，北美殖民地第二届大陆会议在费城召开，杰斐逊作为弗吉尼亚代表参加了这次具有重大历史意义的会议。在会上，杰斐逊当选为“独立宣言起草委员会”的首席委员，执笔起草《独立宣言》。

杰斐逊像

1800年，杰斐逊当选为美国第3任总统，4年后连任，被誉为美国的“民主之父”。1809

年，杰斐逊离任后，退居蒙蒂塞洛私邸。他晚年致力于科学研究和发展教育事业。1812 ~ 1825 年，他筹建了著名的弗吉尼亚大学。

1826 年 7 月 4 日，杰斐逊在美国的国庆日与世长辞，享年 83 岁。

莎士比亚纪念日的讲话 / 歌德

演讲词档案

演讲者：歌德（1749—1832）
演讲时间：1771 年 10 月 4 日
演讲地点：德国法兰克福莎士比亚命名日纪念大会
演讲者身份：德国著名文学家

我觉得我们最高尚的情操是：当命运已经把我们带向正常的消亡时，我们仍希望生存下去。先生们，对我们的心灵来说，这一生太短促了，理由是：每一个人，无论最低贱或最高尚，无论是最无能或最尊贵，只有在他厌烦了一切之后，才对人生产生厌倦。同时，没有一个人能达到他自己的目的，尽管他渴望着这样做，因为他虽然在自己的旅途上一直很幸运，往往能亲眼看到自己所向往的目标，但终于还是掉入只有上帝才知道是谁替他挖好的坑穴，并且被看成一文钱不值。

一文钱不值啊！我！我就是我自己的一切，因为我只有通过我自己才能了解一切！每个有所体会的人都这样喊着，他阔步走过这个人生，为彼岸无尽头的道路做好准备。当然各人按照自己的尺度，这一个人带着最结实的旅杖动身，而另一个人却穿上了七里靴，并赶过前面的人，后者的两步就等于前者一天的进程。不管怎样，这位勤奋不倦的步行者仍是我们的朋友和伙伴，尽管我们对他的阔步表示惊讶与钦佩，尽管我们跟随着他的脚印并以我们的步伐去衡量着他的步伐。

先生们，请踏上这一征途！对这样的一个脚印的观察，比起呆视那国王入城时带来的千百个驾从的脚步更会激动我们的心灵，更会开阔。

今天我们来纪念这位最伟大的旅行者，同时也为自己增添了荣誉，在我们身上也蕴藏着我们所公认的那些功绩的因素。

你们不要期望我写出许多像样的话来！心灵的平静不适合作为节日的盛装，现在我对莎士比亚想得还很少，在我的热情被激发起来之后，我才能臆测出，并感受出最高尚的。我读到他的第一页，就使我这一生都属于他了，当我首次读完他的一部作品时，我觉得原来自己好像是一个先天的盲人，这时的一瞬间，一只神奇的手赋予了我双目的视力。我认识到，他很清楚地领会到我的生活是被无限地扩大了，一切对于我都是新鲜的，陌生的，还未习惯的光明刺痛着我的眼睛。我慢慢学会看东西，这要感谢天资使我具有了识别能力！我现在还能清楚地体会到我所获得的是什么东西。

我没有踌躇过一刹那，去放弃那遵循格律的戏剧。地点的一致对我犹同牢狱般的可怕，情节的统一和时间的一致是我们想象力的沉重桎梏。我跳到了自由的空气里，这才感到自己的手和脚。现在，当我认识到那些讲究规格的先生们从他们的巢穴里给我硬加上了多少障碍，以及看到有多少自由的心灵还被围困在里面时，如果我再不向他们宣战，再不每天寻找机会以击碎他们的堡垒的话，那么我的心就会愤怒得碎裂。

法国人用作典范的希腊戏剧，按其内在的性质和外表的状况来说，就是这样的：让一个法国侯爵效仿那位亚尔西巴德却比高乃依追随索福克勒斯要容易得多。

形象开始是一段敬神的插曲，然后悲剧庄严隆重地以完美的单纯朴素，向人民大众展示出先辈们的各个惊心动魄的故事情节，在各个心灵里激动起完整的、伟大的情操，因为悲剧本身就是完整的，伟大的。

在什么样的心灵里啊！

希腊的！我不能说明这意味着什么，但我感觉出这点。为简明起见，我在这里根据的是荷马、索福克勒斯及忒俄克里托斯，他们教会我去感觉。

同时，我还要连忙接着说：小小的法国人，你要拿希腊的盔甲来做什么？它对你来说是太大了，而且太重了。

因此所有的法国悲剧本身就变成了一些摹仿的滑稽诗篇。不过那些先生们已从经验里知道，这些悲剧如同鞋子一样，只是大同小异，它们中间也有一些乏味的东西，特别是经常都在第四幕里，他们也知道这该又是如何按照格律来进行的。这方砚就无需多花笔墨了。

我不知道是谁首先想出把这类政治历史大事题材搬上舞台的。对这方面有兴趣的人，可以借此机会写一篇论文，加以评论。这发明权的荣誉是否属于莎士比亚，我表示怀疑，总而言之，他把这类题材提高到至今似乎还是最高的程度，眼睛向上看是很少的，因此也很难设想，会有一个人能比他看得更远，或者甚至能比他攀登得更高。

莎士比亚，我的朋友啊！如果你还活在我们当中的话，那我只会和你生活在一起。我是多么想扮演配角匹拉德斯，假如你是俄来斯特的话！而不愿在德尔福斯庙宇里做一个受人尊敬的司祭长。

先生们，我想停笔，明天再继续写下去，因为现在滋长在我内心里的这种心情，你们也许不容易体会到。莎士比亚的戏剧是个美妙的万花镜，在这里面，世界的历史由一根无形的时间线索串连在一起，从我们眼前掠过。他的构思并不是通常所谈的构思，但他的作品都围绕着一个神妙的点，在这里，我们从愿望出发所想象的自由，同在整体中的必然进程发生冲突。可是我们败坏了的嗜好是这样迷糊住了我们的眼睛，我们几乎需要一种新的创作，来使我们从这暗影中走出来。

所有的法国人及受其传染的德国人，甚至于维兰也在这件事情上和其他一些更多的事情一样，做得不太体面。连向来以攻击一切崇高的权威为职业的伏尔泰在这里也证实了自己是个十足的台尔西特。如果我是尤利西斯的话，那他的背脊定要被我的王笏打得稀烂！

这些先生当中的大多数人对莎士比亚的人物性格表示特别反感！

我却高呼：自然，自然！没有比莎士比亚的人物更自然的了！

这样一来，于是乎他们一起来扭住我的脖子。

松开手，让我说话！

他与普罗米修斯竞争着，以对手做榜样，一点一滴地刻画着他的人物形象，所不同的是赋予了巨人般的伟大，正因为如此，我们才认不出他们是我们的兄弟，然后以他的智力吹醒了他们的生命。他的智力从各个人物身上表现出来，因此大家看出他们之间的亲属关系。

我们这一代凭什么敢于对自然加以评断？我们从什么地方来了解它？我们从幼年起在自己身上感受到的以及在别人身上所看到的，这一切都是被束缚住的和矫揉造作的东西。我常常站在莎士比亚面前，内心感到惭愧，因为有时发生这样的情形，在我看了一眼之后，我就想到，要是我的话，一定会把这些处理成另外一个样子！接着我便认识到自己是个可怜虫，从莎士比亚描绘出的是自然，而我所塑的人物却都是肥皂泡，是由虚构狂所吹起的。

虽然我还没有开过头，可是我现在却要结束了。

那些伟大的哲学家们关于世界所讲的一切，也适用于莎士比亚，我们所称之为恶的东西，只是善的另外一个面，对善的存在是不可缺少的，与之构成一个整体，如同热带要炎热，拉伯兰要上冻，以致产生了一个温暖的地带一样，莎士比亚带着我们去周游世界，而我们这些娇生惯养、无所见识的人遇到每个飞蝗却都要惊叫起来：先生，它要吃我们呀！

先生们，行动起来吧！请你们替我从那所谓高尚嗜好的乐园里唤醒所有的纯洁心灵，在那里，他们饱受着无聊的愚昧，处于半睡半醒的状态，他们内心里虽充满激情，可是骨头里却缺少勇气，他们还未厌世到致死的地步，便是又懒到无所作为，所以他们就躺在桃金娘和月桂树丛中，过着他们的萎靡生活，虚度光阴。

·作品赏析·

这篇是歌德于1771年10月4日在德国法兰克福的莎士比亚命名日纪念大会上的演讲，当时歌德只有22岁。看看这个慷慨激昂、文采飞扬的少年之作，它几乎使许多过往者和后来者羞愧难当。歌德的演讲完全是针对诗和莎士比亚的，他在演说中表现出使人信服的对莎士比亚在学识上和美学领悟上的把握，这是最难得的。这篇演讲交织着理性的学识和感性的慷慨情绪，表达了歌德对莎士比亚的高度认同和无限热爱。作者的表达盛满充沛的诗意，事实上它就是一首完美的诗，一个即将形成的美学和艺术哲学的宣言。作者在极力称颂莎士比亚，高度赞扬他的艺术成就。同时，以莎士比亚本身为参照，批判了法国小市民粗浅的所谓悲剧或喜剧的艺术。作者有机会把这次演讲当成一次美学斗争，文章开头即劈头盖脸、无可置疑地说出:“我觉得我们最高尚的情操是:‘当命运看来已经把我们带向正常的消亡时，我们仍希望生存下去。’”歌德这样说当然有他的目的，接下来他肯定了莎士比亚的生命和创造所造就的伟大激情和生命的意蕴，并且以莎士比亚作为“武器”，来批判一种世俗萎缩的灵魂处境和它的衍生物——“所有的法国的悲剧本身就变成了一些模仿的滑稽诗篇。”而歌德宣称:“没有比莎士比亚的人物更自然的了。”高呼着:“松开手，让我说话。”一个属于思想和艺术斗争的时代便开始了。

作者简介

歌德，18世纪后期至19世纪初德国著名诗人、欧洲启蒙运动后期最伟大的作家、德国狂飙突进运动的主将。生于法兰克福一个富裕市民家庭。先后在莱比锡大学、斯特拉斯堡大学学习法律。1775年后到魏玛做官。1786年到意大利专心研究自然科学，从事绘画和文学创作。1788年回魏玛任剧院监督。主要作品有书信体小说《少年维特之烦恼》、长篇小说《威廉·迈斯特》、诗剧《浮士德》、长篇叙事诗《赫尔曼与窦绿台》等。

捍卫自由 / 杰克逊

演讲者：杰克逊（1767—1845）
演讲时间：1829 年
演讲者身份：美国第 7 任总统

公民们：

在我即将承担一个自由的民族经过挑选所委派于我的艰巨职责时，我仅利用这一合乎惯例而又庄严的时刻来表达我被你们的信任所激起的感激之情，并接受我的职守所规定的责任。你们极大的关注使我深信，任何感谢之词都不足以报答你们所授予我的荣誉，同时又告诫我，我所能作出的最好的报答，就是将我微薄的能力热忱地奉献给为你们谋福利尽义务的事业上。

作为联邦宪法的工具，在一段规定的时期内，执行合众国的法律，主管外交及联邦各州关系，管理税收，指挥武装部队，通过向立法机构传达意见，普遍保护并促进其利益等职责将移交给我。现在由我简要地解释一下我将赖以努力完成这一系列职责的行动准则是颇为适当的。

在实施国会的法律时，我将始终铭记总统权力的限制及范围，希望借以执行我的职能而不越权。在与外国的交往方面，我将致力于研究调停各种可能存在和可能产生的争端，以更多地表现出适合于一个大国的克制而不只是一个勇敢的民族所具有的敏感，在公正和体面的条件下维护和平及缔结邦交。

在我可能被要求执行的有关各州权利的措施里，我希望对我们合众国各个自主州的适当尊敬将激励我工作，我将小心翼翼，绝不混淆他们为自己保留的权利和他们赋予联邦政府的权力。

国家税收的管理——在所有的政府中这都是一件棘手的工作，是我们政府中最微妙和最重要的职责之一，它当然不会只引起我无足轻重的关注，从各个方面来考虑厉行节约，看来将大有裨益。我之所以热切希望能达到这个目标，是因为它既有利于偿清国债，而不必要的漫长期限是同真正的独立不相容的，又由于它将能抵制政府和个人恣意浪费的趋势，而政府的庞大开支是极易造成这种浪费的。国会明智地制定了关于公款的拨用和政府官员欠账偿付期限责任的规定，这将大大有助于达到这一良好的目的。

至于旨在充实国家纳税对象的适当选择，我认为构成宪法的公正、谨慎和互让的精神，要求农业、商业和制造业的巨大利益应当受到同样的关照（亚当斯于 1828 年签署了“可憎的关税率”法案，引起南方强烈不满。杰克逊竞选时曾对这一税率大加攻击，得到了南方支持。）也许这一原则唯一的例外在于，对其中任何一种于民族独立必不可缺的产品给以特殊的鼓励。

国内的进步以及知识的传播是极其重要的，它们将能受到联邦政府宪法条例的尽力鼓励。

考虑到常备军在和平时期对自由政府构成的危险，我将不寻求扩大现在的编制，我也不会无视政治经验提供的有益教训，即军方必须隶属于文官政府。我国海军要逐步增强，让它的战旗在遥远的海域飘扬，显示出我们航海的技术和武器的声誉，我们的要塞、军火库和码头要得到维持，我们的两个兵种在训练和技术上要采用先进的成就等等，这些都有审慎的明文规定，恕我在此不絮谈其重要性。但是我们的国防堡垒是全国的民兵，在我国目前的才智和人口的状况下，它一定会使我们坚不可摧。只要我们的政府为民众谋福利，按他们的意志进行管理，只要它保障我们人身和财产的权利，保护信仰自由和出版自由，它定将值得捍卫，只要它值得捍卫，一支爱国的民兵将以坚不可摧的盾来护卫它。我们可能会遭受部分的伤害和偶尔的屈辱，但是，成百万掌握作战方法的武装的自由人绝不会被外国敌人所征服。因此，对任何以加强国家的这个天然屏障为目标的正义制度，我都乐于尽力给以支持。

对我们境内的印第安部落，我真诚地永久希望遵循一项公正和宽容的政策，我们将对他们的权利和要求给予人道的和周到的考虑，而这种权利和要求是同我国政府的习惯和人民的感情相一致的。

最近表露出来的公众情绪已经在行政任务表里铭刻了改革的任务，字字清晰，不容忽视。这项任务特别要求纠正那些使联邦政府的保护同选举的自由发生冲突的滥用职权的弊端，并抵制那些扰乱合法的任命途径和将权力交给或继续留在不忠实和不称职的人的手中的情况。

在执行这样大致阐述过的任务时，我将努力选择这样一些人，他们的勤勉和才干将确保他们在各自的岗位上有效和忠实地进行合作，为了推进这项公职，我将更多地仰赖政府官员的廉正和热忱，而不在于他们的数量。

我对自己的资格缺乏自信，也许这是正确的，这将教导我对我杰出的前任留下的公德的榜样无比敬仰，对那些缔造和改革我国制度的伟人们的光辉思想敬慕不已。这种缺乏自信同样促使我希望得到与政府并列的各个部门的教诲和帮助，以及广大公民们的宽容和支持。

我坚定地仰赖着上帝的仁慈，它的天佑保护了我们的民族于襁褓之中，迄今为止在各种盛衰荣枯之中维护我们的自由，这将激励我奉献热忱的祈祷，愿上帝继续给我们可爱的国家以神佑和美好的祝福。

·作品赏析·

本文是杰克逊1829年发表的就职演说。其最大的特点在于简单务实，语言简练，所谈的事情无一例外都是与国家和政府以及民众生活密切相关的事情，看上去像是一篇例行公事的演说。杰克逊在阐明自己对将拥有的权力的认识之后，面面俱到地说明了自己在外交、州与联邦政府之间的权力分配关系、国家的税收管理、文化教育、军队建设、与少数民族关系、政治改革等方面的打算，其中税收管理和军队建设以及政府改革在演讲中被着重强调，杰克逊表明自己将“从各个方面来考虑厉行节约”，在税收对象的原则上将坚持“公正、谨慎和互让的精神”，“对其中任何一种于民族独立必不可缺的产品给予特殊的鼓励”。显然这些问题都不是泛泛而谈，而是具有现实意义和针对性。杰克逊对国防表示出极大的信心，他阐明了自己对国家和军队关系的认识：“只要我们的政府为民众谋福利、按他们的意志进行管理；只要它保障我们人身和财产的权利，保护信仰和出版的自由，它定将值得捍卫；只要它值得捍卫，一支爱国的民兵将以坚不可摧的盾来护卫它。”杰克逊在演讲中还表明了政务改革的决心，这个决心同样通过简短的言语来表达。这篇演讲看似简单朴实，但是细读会发现其中蕴含的严谨和实际的力量。

作者简介

杰克逊，是第一位出生在贫穷人家的总统。他的父母来自爱尔兰，在他出生前父亲就去世了。年轻时，他是一名优秀的骑手。后来，他开始学习法律，并向西移居到今天的田纳西州纳什维尔的一个边境小村庄。当田纳西州的居民组织起军队同印第安人的一支克里克人交战时，他当选为将军。他虽然没有受过什么军事训练，但事实证明，他是一名优秀的将领——他打败了克里克印第安人。第二年，即1814年，他被联邦军队任命为少将。在美英1812年战争中的最后一役中，他率领士兵在新奥尔良大败英军，成为整个国家的英雄。在1828年的选举中，杰克逊获得了压倒性的胜利。全国仰慕杰克逊的普通民众前来聆听他的就职誓言。1832年，他得以连任。他任内最著名的政绩，是要求废除美国中央银行。

杰克逊像

在米兰的演说 / 拿破仑

演讲词档案

演讲者：拿破仑（1769—1821）

演讲时间：1796 年 5 月 15 日

演讲地点：米兰

演讲者身份：法国近代史上著名的军事家和政治家，法兰西第一帝国皇帝

士兵们：

你们像山洪一样从亚平宁高原上迅速地猛冲下来。你们战胜并消灭了一切阻挡你们前进的敌人。

从奥地利暴政下解放出来的皮埃蒙特，表现出了与法国和平友好相处的天然感情。

米兰是你们的，在全伦巴迪亚上空，到处都飘扬着共和国的旗帜。

帕尔马公爵和莫德纳公爵能够保留政治生命，完全归功于你们的宽宏大量。号称能够威胁你们的敌军，再也找不到更多的可以凭借的障碍物，来抵挡你们的勇气了。波河、提契诺河和阿达河不再阻挡你们前进，意大利这些所谓了不起的堡垒看来都是不堪一击的，你们像征服亚平宁山脉一样迅速地征服了它们。

你们取得这样多的胜利使祖国充满喜悦，你们的代表们规定了节日，以表示对你们胜利的庆贺，共和国所有的公社都在庆祝这个节日。你们的父亲、母亲、妻子、姊妹以及你们所有心爱的人，都为你们的胜利而欢欣鼓舞，他们都以自己是你们的亲人而感到自豪！

是的，士兵们！你们做了许多事情，可是，这是不是说你们再没有什么事可做了呢？人们在谈到我们时会不会说，我们善于取得胜利，却不

善于利用胜利呢？后代会不会责备我们，说我们在伦巴迪亚碰上了卡普亚呢？不过我已经看见你们在拿起武器，懦夫般的休养生活已经使你们烦恼啦！你们为荣誉而花去的时光，也是为了自己的幸福而花去的时光。总而言之，让我们前进吧！目前我们还需要急行军，我们必须战胜残敌，我们要给自己戴上桂冠，必须报复敌人给我们的侮辱！

让那些准备在法国挑起内战的人等着吧！让那些卑鄙地杀死我们的驻外使节和烧毁我们土伦军舰的人等着吧！复仇的时刻到了！

但是，要叫老百姓放心，我们是一切老百姓的朋友，特别是布鲁图家族、西庇阿家族和一切我们奉为典范的大人物的后裔的忠实朋友。恢复卡皮托利小山上的古迹，在那儿恭敬地竖起一些能使古迹驰名的英雄雕像。唤醒罗马人，使他们摆脱几百年的奴役造成的昏沉欲睡的状态，这些将是你们的胜利果实，这些果实将在历史上创造一个新的时代。不朽的荣誉将归于你们，因为你们改变了欧洲这一最美丽地方的面貌。

自由的、受全世界尊敬的法国人民正在给全欧洲带来光荣的和平，这种和平将补偿它在六年中所忍受的一切牺牲。那时你们回到自己的家乡，你们的同胞就会指着你们说：他是在意大利方面军服过役的！

·作品赏析·

本篇演讲是1796年5月15日拿破仑和他的军队进驻米兰后对士兵发表的演说，拿破仑的演说非常富有激情，具有极大的鼓动性和号召力，他在演说中高度赞扬了士兵们在战争中英勇的表现和所建立的卓越功勋：“你们战胜并消灭了一切阻挡你们前进的敌人。”“号称能够威胁你们的敌军，再也找不到更多的可以凭借的障碍物，来抵挡你们的勇气了。”这些华丽壮美的语言充分体现了拿破仑在演讲和修辞方面的天赋，“他们都以自己是你们的亲人而感到自豪。”拿破仑在演讲中对前景胜利的期许和对前景的展望极大地鼓舞了士兵，更加激发了他们无畏的战斗精神和坚强的战斗力量。“人们在谈到我们时会不会说，我们善于取得胜利，却不善于利用胜利呢？”这样的反问实际上更大地起到了激励的作用，“让我们前进吧！目前我们还需要急行军，我们必须战胜残敌，我们要给自己戴上桂冠，必须报复敌人给我们的侮辱！”拿破仑的这篇演讲大量使用呼告和排比，充满战斗的激情和意志力。

作者简介

拿破仑，出生在科西嘉岛的阿雅克肖城。15 岁那年进入巴黎陆军学校学习，毕业后成为一名炮兵少尉。

拿破仑像

1793 年，拿破仑奉命参加土伦战役，因战功卓著被破格提升为准将。1796 年 3 月初，年仅 26 岁的拿破仑被任命为法国意大利军司令官。他统率数万大军直驱意大利，取得了一系列的辉煌胜利。1798 年 5 月，拿破仑挥师东下，远征埃及。1799 年，拿破仑率亲信离开埃及，返回巴黎。11 月 9 日，发动雾月政变成功，成为第一执政官。1804 年，加冕称帝，即拿破仑一世，法国进入了法兰西第一帝国时期。

1807 年 10 月，拿破仑发动了征服伊比利亚半岛的战争，并占领葡萄牙和西班牙的大部分。1809 年 5 月 12 日，拿破仑打败奥军主力，随后占领维也纳、罗马等地。1812 年，拿破仑集兵 50 万远征俄罗斯，但最终大败而归。1814 年的莱比锡战役中拿破仑又败给了反法同盟，被流放到意大利的厄尔巴岛。1815 年，拿破仑成功逃出流放地，返回法国，再次登上皇帝宝座。但在滑铁卢战役中法军惨败，拿破仑第二次退位，流放到圣赫勒拿岛。1821 年 5 月 5 日，拿破仑在岛上病逝，终年 52 岁。

关于音乐的创作 / 贝多芬

演讲者：贝多芬（1770—1827）
演讲时间：1811 年
演讲者身份：德国伟大的音乐家

有关于我的创作的一切情由，在我的感觉中都是那么神秘而不可捉摸。但我急于要说明的是，当一个主题被自然地放在了前面时，我的旋律就从热情的源泉，不竭地涌现出来，我追踪它，再次热情地抓住它，我眼看着它飞逝而去，在一团变幻激情中消失得无影无踪，然后我又激情满怀，再次捕捉到了它，让我同它分离是不可能的，我只有急急忙忙地将它转调，加以展开，最后，我还是把它占有了——这就是一部交响曲啊！音乐，尽管变化多端，它归根到底是精神生活与感官生活之间的调解者。我想同歌德谈谈这个问题，他会理解我吗？

把我的意思告诉歌德吧，跟他说，让他听听我的交响曲，他就会同意我这样说是对的。我们不知道认识究竟能给我们带来什么，被包裹着的种子只有在潮湿、带电荷温暖的土壤中才会发芽、思考和表现自己，音乐便是这种带电荷的土壤。在音乐中，我们的头脑可以思考，可以生活和建设一切。哲学便是头脑带电本质的结晶，哲学的目标是寻求基本原理的基础，头脑是需要借助于哲学才能达到崇高境界的，虽然头脑并不能超越产生它的东西，但它在超越的过程中却会得到幸福。所以，每种现实的艺术创造都是独立的，而且比艺术家本人更有力量，它通过艺术的表现回向神圣。艺术创造和艺术家也只有回向神圣，才能证明神圣的东西在他身上获得了调解。万物都带电，它刺激头脑去创造音乐，创造流动性的、不断往外涌现出来的东西。

我的本性也是带电的，我一定要改变我的智慧不易外露的习惯，为了表达我的智慧我可以做到心里是怎样想的，口头上就怎么说，我将写信告诉歌德，问问他是否明白我所说的意思。

·作品赏析·

贝多芬的音乐天赋是他的酒鬼老爸发掘出来的。他老爸当时的动机纯粹是希望把“乐圣”训练成神童莫扎特第二，好利用他来赚钱。因此孩童时代的贝多芬常为了练琴挨鞭子，也常常边流泪边弹琴。

贝多芬生性热情，崇尚自由。他曾对拿破仑有所期待，还写了一首曲子打算献给拿破仑，这首曲子就是大家熟知的第三交响曲——《英雄》。可是，当曲子完成时，他却听到拿破仑自立为帝的消息，他生气地把献词撕毁，而且说了一句很有名的话：拿破仑也不过是一个普通人而已。

贝多芬十分喜欢把他的诗学思想贯穿于艺术创作之中，他通过自己的创作，反映了那个时代伟大的人民运动和最进步的思想。他以时代和个人的命运为主题，通过深刻的哲理和感人的艺术形象的结合，写出了一系列不朽的作品。他的作品中包含了大量的当时德国古典文化哲学的基调，所以，他在演讲中说：“每种现实的艺术创造都是独立的，而且比艺术家本人更有力量，它通过艺术的表现回向神圣。艺术创造和艺术家也只有回向神圣，才能证明神圣的东西在他身上获得了调解。”贝多芬的艺术创作，也的确是在一种“回向神圣”的崇高信念的指导下进行的。正像他所说的，音乐的爆发是从内心“热情的源泉，不择地涌现出来”，他可以“热情地抓住它”，正是这种对音乐的狂热崇拜与他深浸其中的头脑感悟，使他的“自白”具有丰富的人生与诗学精神。

超人的天赋和对生命与艺术的深刻体验所构成的深邃的艺术与人生哲理思想，使贝多芬焕发出独特的气质，浪漫主义的乐观情怀使人们感受到他的演讲所富有的深远的意义和感召的力量。

作者简介

贝多芬，德国作曲家，维也纳古典乐派代表人物之一。出生于莱茵河畔波恩城的一个音乐世家，自幼从父学音乐。1792 年起在维也纳定居，进行音乐创作和教学。26 岁听力发生障碍，晚年全聋，但仍然坚持创作。在欧洲音乐史上，他集古典派之大成，开浪漫派先河。其作品展现出慑人的活力、罕见的高贵情操以及完美的技巧，他创作的九部交响乐，两首弥撒曲，还有不胜枚举的序曲、协奏曲、奏鸣曲和弦乐四重奏曲，都深深影响了后来作曲家的风格。他为人类留下了一笔宝贵财富，对世界音乐的发展也产生了巨大的影响，因而被世人尊称为“乐圣”。

哲学开讲词 / 黑格尔

演讲词档案

演讲者：黑格尔（1770—1831）
演讲时间：1816 年 10 月 28 日
演讲地点：海德堡大学
演讲者身份：德国著名哲学家

诸位先生：

我所讲授的对象是哲学史，今天我是初次来到本大学，所以请诸位让我首先说几句话，就是我感到特别愉快，恰好在这个时机我能够在大学里面重新恢复我讲授哲学的生涯。因为这样的时候似乎业已到来，即可以期望哲学重新受到注意和爱好，这门几乎消沉的科学可以重新扬起它的呼声，并且可以希望这个对哲学久已不闻不问的世界又将倾听它的声响。时代的艰苦使人对于日常生活中平凡的琐屑兴趣予以大大的重视，现实上很高的利益和为了这些利益而作的斗争，曾经大大地占据了精神上一切的能力和力量以及外在的手段，因而使得人们没有自由的心情去理会那较高的内心生活和较纯洁的精神活动，以致许多较优秀的人才都为这种艰苦环境所束缚，并且部分被牺牲在里面。因为世界精神太忙碌于现实，所以它不能转向内心，回复到自身。现在现实的这股潮流既然已经打破，日耳曼民族既然已经从最恶劣的情况下开辟出道路，且把它自己的民族性——一切有生命的生活的本源拯救过来了，那我们希望，除了那吞并一切兴趣的国家之外，教会也要上升起来，除了那为一切思想和努力所集中的现实世界之外，天国也要重新被思维到，换句话说，除了政治的和其他与日常现实相联系的兴趣之外，科学、自由合理的精神世界也要重新兴盛起来。

我们将在哲学史里看到，在其他欧洲国家内，科学和理智的教养都有人以热烈和敬重的态度在从事钻研，唯有哲学，除了空名字外，其他都衰落了，甚至到了没有人记起，没有人想到的情况，只有在日耳曼民族里，哲学才被当作特殊的财产保持着。我们曾接受自然的较高的号召去做这个神圣火炬的保持者，如同雅典的优摩尔披德族是爱留西的神秘信仰的保持者，又如萨摩特拉克岛上的居民是一种较高的崇拜仪式的保存者与维持者，又如更早一些，世界精神把它自己最高的意识保留给犹太民族，俾使它自己作为一个新精神从犹太民族里产生出来。但是像前面所提到的时代的艰苦和对于重大的世界事变的兴趣，都曾阻遏了我们深彻地和热诚地去从事哲学工作，分散了我们对于哲学的普遍注意。这样一来，坚强的人才都转向实践方面，而浅薄空疏就支配了哲学，并在哲学里盛行一时。我们可以说，德国自有哲学以来，哲学这门科学的情况看起来从来没有像现在这样坏过。空洞的词句、虚骄的气焰从来没有这样飘浮在表面上，而且以那样自高自大的态度在这门科学里说出来做出来，就好像掌握了一切的统治权一样。为了反对这种浅薄思想而工作，以日耳曼人的严肃性和诚实性来工作，把哲学从它所陷入的孤寂境地中拯救出来——去从事这样的工作，我们可以认为是接受我们时代的较深精神的号召。让我们共同来欢迎这一个更美丽的时代的黎明。在这个时代里，由此向外驰骋的精神将回复到它自身，得到自觉，为它自己固有的王国赢得空间和基地，在那里，人的性灵将超脱日常的兴趣，而虚心接受真实的、永恒的和神圣的事物，并以虚心接受的态度去观察和把握那最高的东西。

我们老一辈的人是从时代的暴风雨中长成的，我们应该赞羡诸君的幸福，因为你们的青春正是落在这样一些日子里，你们可以不受扰乱地专心从事于真理和科学的探讨。我曾经把我的一生贡献给科学，现在我感到愉快，因为我得到这样一个地方，可以在较高的水准，在较广的范围内，与大家一起工作，使较高的科学兴趣能够活跃起来，并帮助引导大家走进这个领域。我希望我值得并赢得诸君的信赖。但我首先要求诸君只须信赖科学，信赖自己。追求真理的勇气和对于精神力量的信仰是研究哲学的第一个条件。人既然是精神，则他必须应该自视为配得上最高尚的东西，切不可低估或小视他本身精神的伟大和力量。人有了这样的信心，没有什么东西会坚硬顽固到不对他展开。那最初隐蔽蕴藏着的宇宙本质，并没有力量可以抵抗求知的勇气时，它必然会向勇毅的求知者揭开它的秘密，并将它的财富和宝藏公开给他，让他享受。

·作品赏析·

这篇演讲是黑格尔于1816年10月28日在海德堡大学讲授哲学史的开讲词，是黑格尔极负盛名的一篇关于哲学的演讲词，其内容主要是对哲学史的一个概括的导引。对于大多数人来讲，哲学是枯燥的，但是对于真正的大师而言，他懂得并且能够用简单通俗的语言解释给大众来听。当然，在这篇演讲中，黑格尔并没有完全深入到具体的哲学阐释中去，他只是作一个简单的概括和引导，但是他的语言非常生动，在严谨的表述中充满对哲学这门学科的热情和信念。黑格尔用通俗朴素的语言首先说明了哲学的社会人生价值，“科学、自由合理的精神世界也要重新兴盛起来”。黑格尔从哲学的探究和维护出发，赞美了日耳曼民族，号召他们来做一样工作，“在这时代里，由此向外驰骋的精神将回复到它自身，得到自觉，为它自己固有的王国赢得空间和基地，在那里人的性灵将超脱日常的兴趣，而虚心接受真实的、永恒的和神圣的事物，并以虚心接受的态度去观察和把握那最高的东西”。尽管从言语方式上来讲，谈论哲学并不能完全回避逻辑严密的概念和判断，但是在本篇演讲里，我们得到的对黑格尔的印象却是一个谈笑风生的、随意自如的人，他使一个相对枯燥的事物变得不再使人望而生畏。

作者简介

黑格尔，出生于德国斯图加特市一个政府公务员家庭，从小接受了良好的正规教育。18岁时，他进入图宾根神学院学习哲学和神学。

1800年，黑格尔来到当时德国哲学和文学的中心耶拿，与大学时的同学谢林共同创办了《哲学评论》杂志。1801年，黑格尔发表他的第一篇哲学论文《费希特和谢林哲学体系的差异》，开始引起哲学界的关注。同年他被耶拿大学聘为哲学讲师，5年之后升为教授。1808年，他来到纽伦堡，在一所中学当了8年校长。

黑格尔像

1816年秋天，黑格尔受聘为海德堡大学的哲学教授。次年，他把讲课提纲编辑成《哲学全书》。1818年，黑格尔被普鲁士王国任命为柏林大学的教授。1829年，被任命为柏林大学校长和政府代表。

1831年11月14日，黑格尔在柏林病逝，享年61岁。

在贵族院的演说 / 拜伦

演讲者：拜伦（1788—1824）
演讲时间：1812 年
演讲者身份：英国著名诗人

你们把这些人叫作贱民，放肆、无知而危险的贱民，你们认为似乎只有砍掉他的几个多余的脑袋才能制服这个“Bellua multotum Capitum”，你们是否还记得你们在好多方面都有赖于这些贱民？这些贱民正是在你们田地上耕作、在你们家里伺候，并且组成你们海军和陆军的人。

……

但在这个时候，即成千成百陷入迷途而又惨遭不幸的同胞正在极度困苦与饥饿中挣扎的时候，你们那种远施于国外的仁慈，看来现在应该推及国内了。

……

抛开不谈新法案中显而易见的欠缺公道和完全不切实际，难道你们现有的法典中判处刑罚的条文还不够多么？

……

你们打算怎样实施这个新法案？你们能够把全郡同胞都关到监狱里去么？你们是否要在每块土地上都装上绞刑架，像挂上稻草人那样绞死活人？既然你们一定要贯彻这项措施，你们是否准备十个人中必杀一个？是否要宣布该郡处于戒严状态，把周围各地都弄得人烟稀少，满目荒凉？这些措施，对饥饿待毙，走投无路的人民来说，又算什么？难道那些快要饿死的、在你们的刺刀面前拼命的，困苦到极点的人，会被你们的绞架吓退么？当死成为一种解脱时，这看来是你们所能给出的唯一解脱，死能够迫使他们俯首听命么？

·作品赏析·

1809年，拜伦承袭了在贵族院的议席。1812年，他在议会中发表了第一次演说，为那些被判处死刑的纺织工人辩护。他强烈谴责英国政府迫害工人的反动政策，指责议员们投票赞成和法国打仗，指出只要用这笔战争费用的十分之一便足够救济工人们，但议员老爷们却想用监禁与绞刑把工人们镇压下去。为此，拜伦写了一首著名的讽刺诗《"制压捣毁机器法案"制订者颂》，他愤怒地质问道："在这哀鸿遍野、到处一片呻吟的时候，为什么人命不值一双袜子，而捣毁机器竟至骨折身亡？"之后拜伦又在议会发表了两次演说。本篇是拜伦在1812年2月27日，在贵族院讨论通过惩治机器破坏罪法案时发表的演说。在这篇演说里，拜伦对上层社会展开了暴风雨式的诘问和批判，充满热烈的激情和斗争精神，连续的排比和责问揭露了大量的血腥残酷的事实。拜伦的立场非常鲜明，不容置疑，凛然的正气激荡着贵族院，当然，也给他自己带来了麻烦。不久，拜伦就明白了，议会不过是掩饰大资产阶级和封建地主阶级暴力统治的遮羞布，它不会为人民做一点好事的，于是他决意和它分道扬镳。由于他卓越的诗歌创作有力地支持了法国大革命后席卷全欧的民主民族革命运动，并在一定程度上批判了资本主义社会的种种弊端，他成为欧洲文学界的一面光辉旗帜。

作者简介……………………………………

拜伦，19世纪英国著名浪漫主义诗人，出身于贵族家庭。1805年入剑桥大学，接触到早期的浪漫主义诗歌。1809年开始在欧洲各地游历，期间写下著名的《恰尔德·哈洛尔德游记》前两章（后两章在瑞士完成）。1812年，他出席上议院，慷慨陈词，抨击英国政府枪杀破坏机器的工人，指责政治黑暗，遭到英国政府的嫉恨。1816年，政府利用诗人离婚之机对他大加诽谤，诗人不得不离开祖国，取道瑞士前往意大利，在瑞士和雪莱相识，两人结下了深厚的友谊。期间，诗人写下了《普罗米修斯》、《锡庸的囚徒》。在意大利期间，诗人参加烧炭党人反对暴政的起义，同时写下了长诗《青铜时代》、《唐璜》等。1823年，诗人前往希腊参加希腊人民反抗土耳其侵略的战斗。次年，诗人在战场上感染伤寒，医治无效，献出了自己的生命。

拜伦像

生命的最后一刻 / 约翰·布朗

演讲者：约翰·布朗（1800—1859）
演讲时间：1859 年 11 月
演讲者身份：美国废奴运动领袖

如果法庭允许的话，我有几句话要说。

首先，除了我始终承认的，即我的解放奴隶计划之外，我否认其他一切指控。我确实有意完全消灭奴隶制，如去年冬天我曾做过的，当时我到密苏里，在那里双方未放一枪便带走了奴隶，通过美国，最后把他们安置在加拿大，我计划着扩大这行动的规模，这就是我想做的一切。我从未图谋杀人、叛国、毁坏私有财产或鼓励、煽动奴隶造反、暴动。

我还有一个异议，那就是：我受到这样的处罚是不公平的。我在法庭上所承认的事实已经得到相当充分的证明，我对于证人提供的大部分事实的真实性和公允性是很钦佩的。但是，假如我的作为是代表那些富人、有权势者、有才智者，即所谓大人物的人，或者是代表他们的朋友——无论是其父母、兄弟、姐妹、妻子、儿女，或其中任何人的利益，并因此而受到我在这件事上所受到的痛苦和牺牲，那就万事大吉。这法庭上的每个人都认为，我的行为不但不应受罚，而且值得奖赏。

我想，这法庭也承认上帝的法律是有效的。我看到这里有一本你们吻过的书，我想是《圣经》或至少是《新约全书》，它教导我：人怎样待我，我也要怎样待人，它还教导我：记着缧绁中的人们，就如同和他们被监禁在一起一样，我努力遵循这训条行事。我说，我还太年轻，不能理解上帝是会偏袒人的。我相信，我一直坦率地为上帝的穷苦子民所做的事，并没有错，而且是正确的。现在，在这个奴隶制的国度里，千百万人的权利全被邪恶、残暴和不义的法制所剥夺，如果认为有必要，我应当为了贯彻正义的目的付出我的生命，把我的鲜血、我子女的鲜血和千百万人的鲜血流在一起，我请求判决，那就请便吧！

请让我再说一句。

我对在这次审讯中所受到的处置感到完全满意。考虑到各种情况，它比我所料想的更为宽大。但是，我不认为我有什么罪，我开始时就已经说过什么是我的意图，什么不是我的意图。我从未想过要去破坏别人的生活、要去犯叛国罪、去煽动奴隶造反或发动全面起义。我从未鼓动任何人去这样做，总是打消任何这种想法。

请再允许我说一句那些与我有关的人们所说的话，我听到他们中有人说我引诱他们与我联合，但事实恰恰相反。我这样说并非要伤害他人，而是深为他们的软弱感到遗憾。他们与我的联合没有一个人不是出于自愿的，而且他们中大部分是自愿与我联合的。他们中间有很多人直到来找我的那天，我从未与他们见过面，也没有与他们交谈过，这就是为了说明我已经阐明的目的。

现在，我的话已经说完了。

·作品赏析·

美国独立后，北部各州先后废除黑人奴隶制。但南部诸州由于棉花种植业的迅速发展，种植园奴隶制不断扩大，威胁着美国人民的民主权利。19 世纪 20 年代前后，废奴运动的组织在美国开始出现。

废奴运动领袖约翰·布朗 1859 年 10 月 16 日在弗吉尼亚州发动武装起义，遭到奴隶主的残酷镇压，布朗受伤后被俘。同年 11 月 2 日，州法院以“谋反罪”判处他绞刑。本篇演说是他被判处死刑后在法庭上即兴发表的。

本篇演说的最大特点是突破了一般演讲的程式，没有什么开场白，也没有严谨的结构，各段落之间似乎没有什么逻辑上的必然联系，每段各陈述和论证一个问题。但是阅读全篇，就会发现，布朗通篇都是在用事实设辩，以谴责敌人滥杀无辜为主旨，无情地揭露了在“公允”论辩后面的政治偏见和阶级私利，断然否认法庭强加给他的一切“叛国”指控，演说在这样的一个主题下浑然成为一个整体。演说的语言朴实无华，用词准确犀利，具有很强的论辩性质。演说的最后，布朗以双方都承认的权威理论《圣经》设辩：“我看到这里有一本你们吻过的书，我想是《圣经》或至少是《新约全书》。”“人怎样待我，我也要怎样待人。”布朗通过这样的引证严正地指控法庭的非正义和不公正，充分地发挥了引证法在辩论中的作用。整篇辩护演讲层层深入，表现了一位废奴领袖为真理和正义而献身的大无畏精神。

作者简介

约翰·布朗，出生在美国康涅狄格州托林顿一个白人农民家庭。1834年，布朗组织了一个废奴主义团体。1854年，南方种植园奴隶主派遣武装匪徒窜犯堪萨斯，激起了美国人民的反对。布朗派他的5个儿子前往当地参加战斗，不久布朗自己也赶去了，并在达奇亨利渡口歼灭了一批敌人，从此，布朗的名字传遍各地。

约翰·布朗像

1859年10月16日晚，布朗在哈帕斯渡口发动武装起义。18日，经过最后一场激烈战斗，布朗率领的起义军终因寡不敌众而失败了。1859年12月2日，布朗英勇就义。

林肯就职演说 / 林肯

演讲词档案

演讲者：林肯（1809—1865）
演讲时间：1861 年 3 月 4 日
演讲者身份：美国第 16 任总统

合众国民们：

按照一个与政府本身同时产生的惯例，我来到你们面前发表简短的讲话，并遵照合众国宪法对总统在“就职前”必须宣誓的规定，当着你们的面宣誓。

我想，我现在不必讨论那些并不特别令人忧虑或激动的行政问题。

南方各州人民似乎更担心，共和党一旦执政，将会危及他们的财产、和平与个人安全。这种担心从来就没有什么合理的根据，实际上，足以说明相反事实的充分证据却一直存在着，并且随时可以进行检查。这种证据在现在向你们讲话的这个人的几乎所有发表过的演说中都可以找到。我只引述其中的一篇，我曾宣布——

“我无意直接或间接地干涉各蓄奴州的奴隶制度，我认为我没有那样做的合法权利，而且也没有那样做的意向。”

提名并选举我的那些人完全知道我作过这一声明和许多类似的声明，而且我从未宣布撤回这些声明。不仅如此，他们还把一个鲜明有力的决议列入竞选政纲，并为我所接受，作为彼此都应遵守的准则，我现在读一读这个决议：

维护各州的各种权利不受侵犯，特别是每一个州完全根据自己的判断决定并管理其内部机构的权利不受侵犯，这对我们政治结构的完善与持久所依赖的权力平衡是必不可少的。我们谴责非法使用武力侵犯任何一个州或准州的领土，不论其凭借何种借口，都是最严重的罪行。

我现在重申这些看法，我这样做只是提醒公众注意有关这一情况的最确实的证据，即任何地区的财产、和平与安全都不会受到即将掌权的政府的危害。我还要补充一下，所有各州如果合法提出要求，政府都乐于给予符合宪法和法律的保护，而不论其出于什么原因，不分地区都一样愉快地对待。

关于从劳务或劳役中逃亡出来的人的引渡问题，人们有着许多争论。我现在要读的这个条款和宪法其他条款一样清楚：

“凡依一州法律应在该州服劳务或劳役者逃往他州时，不得依后者任何法律或法规解除该项劳务或劳役，而应依享有该项劳务或劳役的当事人的要求予以引渡。”

毫无疑问，制定这一条款的那些人的意图在于要求归还我们所说的逃奴，而立法者的意图就成了法律。所有国会议员都宣誓拥护全部宪法——包括这一条款和其他任何条款。对于把符合该条款所列条件的奴隶“予以引渡”的主张，他们的誓言是一致的。那么，如果他们能心平气和地进行努力，难道就不能以几乎同样的一致来草拟并通过一项法律，以便使那个一致的誓言同样有效吗？

关于这一条款究竟应由联邦政府抑或由州政府来执行，现在存在某些分歧。如果奴隶要被遣还事宜，这对该奴隶或其他人来说并没有什么差别。难道会有人仅因在履行誓言的方式上存在无关紧要的争议就愿意违背誓言吗？

应该不应该把文明的、人道的法学中保证自由的所有规定都列入与这个问题有关的任何法律，以便使一个自由人在任何情况下都不会沦为奴隶？与此同时，可以不可以通过法律使宪法中关于保证“每州公民在其他各州均应享有公民的一切特权和豁免权”的条款得以实施？

我今天正式宣誓时，并没有保留意见，也无意以任何苛刻的标准来解释宪法和法律，尽管我不想具体指明国会通过的哪些法案是适合施行的，但我确实要建议，所有的人，不论处于官方还是私人的地位，都得遵守那些未被废止的法令，这比泰然认为其中某个法案是违背宪法的而去触犯它，要稳当得多。

自从第一任总统根据我国宪法就职以来已经72年了。在此期间，有15位十分杰出的公民相继主持了政府的行政部门。他们在许多艰难险阻中履行职责，大致说来都很成功。然而，虽有这样的先例，我现在开始担任这个按宪法规定任期只有短暂4年的同一职务时，却处在巨大而特殊的困难之下。联邦的分裂，在此以前只是一种威胁，现在却已成为可怕的行动。

从一般法律和宪法角度来考虑，我认为由各州组成的联邦是永久性的。在各国政府的根本法中，永久性即使没有明确规定，也是不言而喻的。我们有把握说，从来没有哪个正规政府在自己的组织法中列入一项要结束自己执政的条款。继续执行我国宪法明文规定的条款，联邦就将永远存在，毁灭联邦是办不到的，除非采取宪法本身未予规定的某种行动。

再者，假如合众国不是名副其实的政府，而只是具有契约性质的各州的联盟，那么，作为一种契约，这个联盟能够毫无争议地由缔约各方中的少数加以取消吗？缔约的一方可以违约，也可以说毁约，但是，合法地废止契约难道不需要缔约各方全都同意吗？

从这些一般原则往下推，我们认为，从法律上来说，联邦是永久性的这一主张已经为联邦本身的历史所证实。联邦的历史比宪法长久得多。事实上，它在1774年就根据《联合条款》组成了。1776年，《独立宣言》使它臻于成熟并持续下来。1778年，《邦联条款》使联邦愈趋成熟，当时的13个州都信誓旦旦地明确保证联邦应该永存。最后，1787年制定宪法时所宣布的目标之一就是“建设更完善的联邦”。

但是，如果联邦竟能由一个州或几个州按照法律加以取消的话，那么联邦就远不如制宪前完善了，因为它丧失了永久性这个重要因素。

根据这些观点，任何一个州都不能只凭自己的决议就能合法地脱离联邦。凡为此目的而作出的决议和法令在法律上都是无效的，任何一个州或几个州反对合众国当局的暴力行动都应根据情况视为叛乱或革命。

因此，我认为，根据宪法和法律，联邦是不容分裂的。我将按宪法本身明确授予我的权限，就自己能力所及，使联邦法律得以在各州忠实执行。我认为这仅仅是我份内的职责，我将以可行的方法去完成，除非我的合法主人——美国人民，不给予我必要的手段，或以权威的方式作出相反的指示。我相信大家不会把这看作是一种威胁，而只看作是联邦已宣布过的目标：它一定要按照宪法保卫和维护它自身。

进行这项工作不需要流血或诉诸暴力，除非强加于国家当局，流血和暴力绝不会发生。委托给我的权力将被用来保持、占有和掌握属于政府的财产和土地，征以普通税和关税。但是，除了为达到这些目的所必需进行的工作外，将不会对人民有任何侵犯，不会对任何地方的人民或在他们之间使用武力。在国内任何地方，如果对联邦的敌意非常强烈而普遍，致使有能力的当地公民不能担任联邦公职，在那种地方就不要企图强使引起反感的外地人去担任那些职务。尽管政府握有强制履行这些职责的合法权利，但那样做会激怒大众，它几乎是行不通的，所以我认为目前还是放弃履行这些职责为好。

邮件，除非被人拒收，否则将继续投递至联邦各地。我们要尽力使各地人民获得最有助于冷静思考和反省的充分的安全感。这里表明的方针必将得到贯彻，除非当前的一些事件和经验表明需要我们作适当的修正或改变。对任何事件和变故，我都将根据实际存在的情况，抱着和平解决国家困难并恢复兄弟般同情与友爱的观点和希望，以最慎重的态度加以处理。

某些地区有人企图破坏联邦，并且爱用各种借口去实现这一点，对此我既不肯定也不否认，但若真有这样的人，对他们我什么话都不必讲。然而，对于真心热爱联邦的那些人，我能不说点什么吗？

在开始讨论关系到我国的政体，它所带来的一切利益、美好的往事以及未来的希望都面临着毁灭这样一个严重问题之前，先弄清我们究竟为什么要这样做，难道不是一种明智的做法吗？当你想要逃避的灾难可能并不真正存在时，你还会不顾一切地去冒险吗？你如果是走向一个比你所躲避的灾难更大的不幸，你还甘愿冒风险去犯这么大的错误吗？

大家都声称，如果宪法所规定的各项权利都能得到保证，就愿意留在联邦内。那么，宪法明文规定的权利是否真有哪一项被否定了呢？我认为没有。幸运得很，人脑的构造使得任何一方都不敢那样做。你们能找出一个例子来说明宪法中明文规定的条款有哪一条曾被否定掉吗？如果多数人只靠数目上的力量就去剥夺少数人应该享受的任何一项明文规定的宪法权利，就道德观点而言，这就可以证明进行革命是有理的。如果那是一项重要的权利，当然应该进行革命。但是我们的情况并非如此，少数人和个人的一切重要权利都得到宪法中所列的各种肯定和否定、保证和禁止的明确保障，在这方面从未引起过任何争议。但是，任何组织法都不能在制定时就针对实际行政工作中可能出现的每一个问题都提出专门适用的条款。对于一切可能发生的问题，没有那样的先见之明，也没有任何篇幅适当的文献容得下那么多明文规定。逃避劳役的人应由联邦政府抑或由州政府遣还？宪法未作明确规定。国会可以禁止各个准州的奴隶制吗？宪法未作明确规定。国会应保护各个准州的奴隶制吗？宪法未作明确规定。

从这类问题中产生了我们有关宪法的各种争议，由于这些争议我们分成了多数派和少数派。如果少数派不能默然同意多数派，多数派就得默然同意少数派，否则政府就不能存在下去。别无其他选择，因为要使政府能继续存在，就必须有这一方或那一方默然同意对方。在这种情况下，如果少数派宁愿退出联邦而不肯默然同意多数派，他们就创立了一个导致自我分裂和毁灭的先例，因为他们本身也有多数少数之分，一旦多数派拒绝接受少数派的控制，他们自己的少数派便会退出。举例来说，正如我们现在这个联邦的某些部分目前要求退出一样，一个新联盟的任何部分一二年后为什么就不可以任意退出呢？一切怀有分裂情绪的人正在接受着这样的熏陶。

在想要组成一个新联盟的各个州之间，是否有着完全一致的利益，足以使它们和睦相处而不会重新发生退出联盟的事呢？很明显，退出联邦的中心思想实质上是无政府主义。一个接受宪法所规定的检查和限制，并经常按照公众舆论和情绪的审慎变化而转变的多数派，乃是自由人民的唯一真正的统治者，凡拒绝接受它的人，必然走向无政府主义或者专制主义。完全一致的意见是不可能有的。由少数人实行统治，并作为一种永久的办法，是完全不能接受的。因此，如果否定少数服从多数这条原则，那么剩下的就只有某种形式的无政府主义或专制主义了。

我没有忘记某些人认为各种有关宪法的问题应由最高法院进行裁决的主张，我也不否认这样的裁决在任何案例中对诉讼各方以至诉讼的目的都具有约束力，同时它们在所有类似案例中也值得受到政府其他各部门的高度尊重与考虑。尽管在某一特定案例中，这样的裁决可能明显有误，但随之而来的不良后果却只限于这个案例，且有被驳回的可能，而绝不会成为其他案例可借鉴的先例，因而同采取其他措施所产生的后果相比，这还是比较可以接受的。与此同时，诚实的公民必须承认：如果政府在那些影响到全体人民的重大问题上的政策也得由最高法院的裁决来确定的话，那么，个人之间的普通诉讼案件一经裁定，人民就不再享有自主权，因为到了那种程度，人民实际上已经将政府交给了那个显赫的法庭。上述看法不是对法院和法官的攻讦，他们无可推卸的责任便是裁定以正当方式提交给他们的案件，如果别人想把他们的裁决转用于政治目的，那绝不是他们的过错。

我国一部分地区认为奴隶制是正确的，应该得到扩展，而另一部分地区认为它是错误的，不应得到扩展。这就是唯一的实质性争论。在人民的道德观念并不完全支持法律的社会里，宪法中有关逃亡奴隶的条款和禁止贩卖外籍奴隶的法律都得和其他任何法律一样严格执行。人民中的大多数能够遵行这两项枯燥的法律义务，但每一项都被少数人触犯。我认为这是无法完全纠正的，这两种情况在上述两种地区分离之后还会更糟。如外籍奴隶贩卖，现在没有完全遭到禁止，最终会在一个地区不受限制地恢复起来；而逃亡奴隶，另一地区现在只是部分地遣返，那时就根本不会遣返。

以自然条件而言，我们是不能分开的。我们无法把各地区彼此挪开，也无法在彼此之间筑起一堵无法逾越的墙垣。夫妻可以离婚，不再见面，互不接触，但是我们国家的各地区就不可能那样做。它们仍得面对面地相处，它们之间还得有或者友好或者敌对的交往。那么，分开之后的交往是否可能比分开之前更有好处，更令人满意呢？外人之间订立条约难道还比朋友之间制定法律容易吗？外人之间执行条约难道还比朋友之间执行法律忠实吗？假定你们进行战争，你们不可能永远打下去，在双方损失惨重，任何一方都得不到好处之后，你们就会停止战斗，那时你们还会遇到诸如交往条件之类的老问题。

这个国家及其机构，属于居住在这个国家里的人民。一旦他们对现存政府感到不能容忍，就可以行使他们的宪法权利去改组政府，或者行使革命权利去解散或推翻政府。我当然知道，许多可贵的、爱国的公民渴望宪法能得到修改。尽管我未提出修改宪法的建议，但我完全承认人民对整个这一问题所具有的合法权力，他们可以施行宪法本身所有的两种方式中的任何一种。在目前情况下，我应该赞同而不是反对公平地为人民提供对此采取行动的机会。我愿大胆补充说明：在我看来，采取会议的形式是可行的，因为它可以让人民自己提出修正案，而不是只让人民去采纳或反对别人所提出的某些方案，那些人不是专为这一目的而被推选出来的，那些方案也并非恰恰就是人民想要接受或拒绝的。我知道，国会已经通过一项宪法修正案——但我尚未看到那项修正案，其大意是：联邦政府永远不得干涉各州的内部制度，包括对应服劳役者规定的制度。为了避免对我所说的话产生误解，我放弃不谈某些特定修正案的打算，而只是提出：鉴于这样一项条款现在已意味着属于宪法中的条款，我不反对使它成为明确的、不可改变的规定。

总统的一切权力来自人民，但人民没有授权给他为各州的分离规定条件。如果人民有此意愿，那他们可以这样做，但作为总统来说，则不可能这样做。他的责任是管理交给他的这一届政府，并将它完整地移交给他的继任者。

为什么我们不能对人民所具有的最高的公正抱有坚韧的信念呢？世界上还有比这更好或一样好的希望吗？在我们目前的分歧中，难道各方都缺乏相信自己正确的信心吗？如果万能的主将以其永恒的真理和正义支持你北方这一边，或者支持你南方这一边，那么，那种真理和那种正义必将通过美国人民这个伟大法庭的裁决而取得胜利。

就是这些美国人民，通过我们现有的政府结构，明智地只给他们的公仆很小的权力，使他们不能为害作恶，并且同样明智地每隔很短的时间就把那小小的权力收回到自己手中。只要人民保持美德和警惕，无论怎样作恶和愚蠢的执政人员都不能在短短 4 年的任期内十分严重地损害政府。

我的同胞们，大家平静而认真地思考整个这一问题吧。任何宝贵的东西都不会因为从容对待而丧失。假使有一个目标火急地催促你们随便哪一位采取一个措施，而你绝不能不慌不忙，那么那个目标会因从容对待而落空。但是，任何好的目标是不会因为从容对待而落空的。你们现在感到不满意的人仍然有着原来的、完好无损的宪法，而且，在敏感问题上，你们有着自己根据这部宪法制定的各项法律；而新的一届政府即使想改变这两种情况，也没有直接的权力那样做。那些不满意的人在这场争论中即使被承认是站在正确的一边，也没有一点正当理由采取鲁莽的行动。理智、爱国精神、基督教义以及对从不抛弃这片幸福土地的上帝的信仰，这些仍然能以最好的方式来解决我们目前的一切困难。

不满意的同胞们，内战这个重大问题的关键掌握在我手中。政府不会对你们发动攻击，你们不当挑衅者，就不会面临冲突。你们没有对天发誓要毁灭政府，而我却要立下最庄严的誓言：“坚守、维护和捍卫合众国宪法”。

我不愿意就此结束演说，我们不是敌人，而是朋友！我们一定不要成为敌人，尽管情绪紧张，也决不应割断我们之间的感情纽带。记忆的神秘琴弦，从每一个战场和爱国志士的坟墓伸向这片广阔土地上的每一颗跳动的心和家庭，必将再度被我们奏响！

·作品赏析·

作为共和党人领袖的林肯，在1860年当选为美国总统，但是他面临的困难也是空前的，因为当时南方和北方的关系已经十分紧张，内战不可避免。林肯在首任总统仪式上发表的就职演说也着重地谈论了与此相关的问题，使得这篇演讲的主题无比沉重，它关系到一个国家的存亡。在这篇张扬着自由和民主精神的演说中，林肯开篇即阐明了国家政府与人民的关系，指出“人民有改组或推翻政府的绝对权力”，“在目前情况下，我应该赞同而不是反对公平地为人民提供对此采取行动的机会”。这是一个前提，这个前提是为了说明“人民没有授权给他（总统）为各州的分离制造条件”。在关键的历史时期，林肯需要民众的支持，所以他强调：“如果全能的主以其永恒的真理和公正支持北方这一边，或者支持南方这一边，那么，真理和公正必将通过美国人民这个伟大法庭的裁决而取得胜利。”林肯是非常善于演讲的，作为一个国家的总统，他即使深知内战无法避免，也还坚持在演讲中呼吁和平解决问题。这是一种负责的态度。他在演讲中反复说理，用极其真诚的态度来对待听众，其中倾注着对民族、国家和人民的感情，使演讲达到非常良好的效果。

作者简介

林肯，出生在肯塔基州一个农民家庭。1830年，林肯在伊利诺伊州发表了第一次政治演说，开始走上仕途。1834年，他被选为该州的州议员。1844年，他成功当选为国会议员，来到首都华盛顿。1854年，林肯加入了主张废除奴隶制的共和党，并很快成为该党的领袖。1860年，他以共和党候选人的身份当选为美国第16任总统。

林肯坐像

内战初期，由于联邦政府没有进行充分的战争准备，加上军事指挥的失利，屡次被南方同盟打败。为了扭转不利局面，林肯在 1862 年先后颁布了《宅地法》和《解放黑奴宣言》，并进行了军事上的改革。1865 年 4 月 9 日南方同盟向联邦政府投降，持续 4 年之久的内战结束，美国重新恢复了统一。

战争的胜利并没有消除南方奴隶主对林肯的仇恨。1865 年 4 月 14 日，林肯在华盛顿的福特剧院遇刺，时年 56 岁。

普希金纪念像揭幕致词 / 屠格涅夫

演讲词档案

演讲者：屠格涅夫（1818—1883）
演讲时间：1880 年 6 月 6 日
演讲地点：斯特拉斯特内伊广场
演讲者身份：俄国著名作家、诗人和剧作家

女士们、先生们：

为普希金建造纪念像得到了素有教养的全俄罗斯人民的参与、赞同，我们这么多优秀的人物，来自乡村、政府、科技、文学和艺术各界的代表在此聚会庆祝，这一切向我们表明了社会对它的一位优秀成员的由衷爱戴。我们尽量简练地阐述一下这种爱戴的内涵和意义。

普希金是俄罗斯第一位诗人艺术家，艺术这个词从广义上理解应包括诗歌在内。艺术是理想的再现和反映，理想存在于人民的生活根基内，决定了人民的道德风貌，艺术活动是人的基本特性之一。在人类本性中早已发现了的、明确了的艺术活动——艺术，事实上是模仿，即使在人类生存的最早期，它也已经表达出崇高精神和人类某种最优秀的东西。石器时代的野蛮人用尖石块在适当的断骨片上画熊或麋鹿头，此时其实他们已不再是野蛮人、动物类了。但人类只有到了天才们用创造力自觉、充分、有特色地表现自己艺术的那一刻，它才获得了自己的精神面貌和自己的声音，从而有了宣布自己在历史中自身地位的权利。于是，它开始和那些承认它的民族友好共处。怪不得希腊被称为荷马的国家，德国被称为歌德的国家，英国被称为莎士比亚的国家。我们不想否定人民生活在宗教、国家等领域内其他现象的重要性，而我们现在所指的特性是人民从自己的艺术、自己的诗歌那里得到的，人民的艺术是它活生生的个体灵魂、它的思想、它高层次含义上的语言，这也就不足为奇了。艺术一旦得以充分的表现，它甚至比科学更能成为全人类的财富，因为它是有声响的、人类的、思索着的灵魂、这一灵魂是不死的，因为它能比自己的人民，自己的肉体存活得更久。希腊给我们留下了什么？留下的是她的灵魂。宗教形态以及随后科学形态的东西同样比表现它们的人民存活得长久，这是由于在它们里面有着共同的、永恒的东西。诗歌、艺术的长存是由于有着个体的、生动的东西。普希金，让我们再重复一遍，是我们第一位诗人艺术家。诗人充分表达了人民性本质，在他身上融合了这一本质的两个基本原则：相容性原则和独立性原则，我们可大胆地补充解释成女性和男性原则。俄国人加入欧洲大家庭比别的民族来得迟，这两种原则在我国染上了特殊的色彩。我们的相容性是双重的，既对本国的生活也对其他西方民族的生活相容，其中对西方生活中的所有精华以及有时在我们看来是苦涩的果实都能相容，我们的独立性也获得一种特殊的、不平衡的、阵发性的，但有时又是很完美的力量。这种独立性必须同外界的复杂情况、同自身的矛盾作斗争。请回忆一下彼得大帝吧！他的本性与普希金有点相似，难怪普希金对彼得大帝怀有特殊的仰慕、敬爱之情。我们现在所讲的这种双重的相容性意味深长地反映在我们诗人的生活之中。首先，他诞生在旧贵族老爷的家里，其次，贵族学校的外国化教育，由外部渗透进来的当时社会的影响，伏尔泰、拜伦，和 1812 年伟大的人民战争，最后是俄国腹地的放逐，对人民生活、民间语言的沉迷，以及那著名的老奶妈讲的平凡的故事。至于涉及独立性，那么它在普希主身上很快就被激发出来，他不再摸索、徘徊，他进入了自由创作的天地。

女士们、先生们，任何艺术都是把生活拔高到理想境界，持日常琐碎生活观点的人总是低于这一境界，这是一个应该努力去攀登的高峰。不管怎么说，歌德、莫里哀和莎士比亚始终是真正含义上的人民诗人，即民族诗人。让我们作一比较，例如：贝多芬或莫扎特，无疑都是民族的，德国的作曲家，他们的音乐大部分是德国音乐，然而在他们所有的作品里你非但找不到一点从平民百姓那儿借用来的音乐痕迹，甚至也找不到与它们有相似的地方，这正是因为这种民间的、还处于自然阶段的音乐已经渗入他们的血肉之中，促使他们活跃。这好比艺术理论完全消溶于他们体内，也好像语法规则在作家活生生的创作中无影无踪一样。在另外一些脱离日常生活观点更远一点，更封闭一点的艺术领域内，“民间性”的提法是不可思议的。世界上有民族画家拉斐尔、伦勃朗，但却没有民间的画家。我顺便指出，在艺术、诗歌、文学领域里提出民间性口号只会是那些弱小的民族，他们尚未成熟或者处于被奴役、被压迫的状态下。他们的诗歌当然要去服务于另一个十分重要的目的：维护好民族自身的存在。上帝保佑，俄罗斯并不处于类似的环境中，它既不弱小也不奴役其他民族，它用不着为自身的存在而担惊受怕，用不着死死地固守着独立性，它甚至可以去爱那些能指出它缺点的人。我们还是回到普希金的话题来吧！有人问，他是否能称之为与莎士比亚、歌德和其他大艺术家相提并论的诗人？这一点我们暂且不谈，但他创造了我们诗歌的文学的语言，我们和我们的后代只需沿着他的才智所开辟的道路前进就可以了。从我们以上所说的话中，你们已经可以相信，我们不会同意那些好心肠人的意见，他们认为，根本就不存在什么俄罗斯的标准语，而只是民众和其他一些慈善机构为我们创造的。我们反对这种说法，在普希金创造的语言里我们看到的是所有生命力的条件，俄罗斯的创作、俄罗斯的相容性，在这壮丽的语言中它们严谨地融合在一起。普希金本人就是一位出色的俄罗斯艺术家，的确如此，俄罗斯的！他诗歌的核心本质、所有特性正是和我国人民的特点本质相一致的。

一切虽是这样，但是我们能否有权利称普希金为世界级的民族诗人呢？（这两种表达法往往是相吻合的）就好比我们这样称呼莎士比亚、歌德、荷马一样呢？普希金还不能与他们完全相提并论。我们不该忘记，他孤身一人却必须去做两项工作，在其他国家是相隔整整一个世纪甚至更长时间来完成的，这两项工作分别是创立语言和造就文学，再加上残酷的命运又增加了他的负担，命运之神几乎是幸灾乐祸地对我们的天才穷追不舍，把他从我们身边夺走，当时，他未满 37 岁。可是，我们不去局限在这些悲剧的偶然性上，正因为这种偶然性，本身富有悲剧色彩。我们从黑暗中再返回光明，重来谈谈普希金的诗歌，我没有篇幅和时间一一列举他单独的作品，别人会把这件事做得更好。我们仅仅想指出，普希金在自己的创作中为我们留下了许多典型范例、典型形象（这是天才人物的又一无可置疑的特点），它们仍将在我们以后的文学创作中体现出来。请你们只要回味一下《鲍里斯·戈都诺夫》中小酒馆的场面、《格罗欣村的编年史》等便可以了，而诸如毕明以及《上尉的女儿》中的主要角色已经证明了他心目中的过去同样存活在今天，存活于他所预见过的未来。

然而，普希金终未逃脱诗人艺术家、创业者所共有的结局。他感受到了同时代人对自己的冷漠，以后的几代人离他就更远了，不再需要他，不再以他的精神来教育自己。直到前不久我们才渐渐看见重新着手读他诗歌的局面，我们已经指出了一个值得庆幸的事实，青年人重新回头阅读、研究普希金了，但我们不能忘记，好几代人延续不断地从我们眼前经过，在他们看来，普希金的名字也就像其他名字一样总会被人遗忘。我们也不想过分怪罪于上几代人，我们只想扼要说明，为什么这种遗忘是不可避免的，但我们也不该不为回归诗歌的境况感到欣慰。我们特别高兴，是因为我们的青年人回头阅读，并不是像那些追悔莫及、万念俱灰、被自己的失误拖得精疲力竭的人那样寻找着他们曾经抛弃的避风港和安身处。我们很快就发现，这种回归是满足的表现，尽管只有一点满足。我们还找到了以下情况的证据：某些目标，不管是被认为可以达到，还是必须达到的，都是在于把一切与生活无关的东西清除掉，把生活压缩在唯一的轨道上运行。于是，人们承认这些目标达到了，未来又会预示向其他目标进取。然而，已经没有任何东西会妨碍以普希金为主要代表的诗歌在社会生活众多合法现象中占有自己一席合法的地位。曾几何时，美文学几乎成了再现当时生活唯一的方式，但接着又完全退出生活舞台。美文学当时的范围过于宽大，而诗歌又被压缩到几乎等于零。诗歌一旦找到了自己自然的界限，便会永远巩固住自己的地盘。在老一代的，并不是老朽的导师的影响下，我们坚信，艺术的规则、艺术的方法又会起作用，谁精通这些呢？也许会有某位新的、尚无人知晓的、超过自己导师的天才问世，他完全可以无愧于世界级民族诗人这一称号，这个称号我们还没决定赋予普希金，但也不敢从他身上剥夺去。

无论如何，普希金对俄罗斯的功绩是伟大的、值得人民感激的。他把我们的语言进行了最后的加工，以至于使它在文字的丰富性、力度感、形式美方面甚至得到了国外语言学家的首肯，几乎被认为继古希腊语之后的第一流语言。普希金还用典型形象、不朽的音响影响了整个俄罗斯的生活风尚，最终是他第一个用强劲的大手把诗歌这面旗帜深深地插入了俄罗斯大地。如果在他去世后，论战掀起的尘土暂时遮盖住了这面光辉的旗帜，那么今天尘土已开始跌落，由他升起的常胜大旗重又辉耀高空。发出光辉吧，就像矗立在古老首都中心位置的伟大青铜圣像一样！向未来的一代又一代人宣告吧，我们有权利被称为伟大的民族，因为在这一民族中诞生了一位和其他伟大人物一样的人物，正像人们一提起莎士比亚，则所有刚识字的人都必然会想成为他的新读者。我们同样也希望，我们每一个后代都怀着爱心驻足在普希金的雕像前理解这种爱的意义。这样也就证明，他像普希金一样成了更俄罗斯化、更有教养、更自由的人了！女士们、先生们，这最后一句话请你们不必惊奇！在诗歌里蕴含着解放的力量，因为这是一种高昂的道德力量，我们更希望在不久的将来，甚至那些至今仍不想读我们诗人作品的平民百姓们的儿女也会明白，普希金这个名字意味着什么？他们会自觉地反复念叨一直在我们耳际回响的喃喃自语声：“这是一座为导师而立的纪念像！”

·作品赏析·

屠格涅夫把演讲的主题定位为“阐述一下这种爱戴的内涵和意义”。他从“艺术”一词谈起，充分表达了他对普希金的思念和无限崇敬，高度赞扬了普希金在文学上的不朽贡献。他认为普希金是“俄罗斯第一位诗人艺术家”，他的诗使俄语成了“继古希腊语之后的第一流语言”。屠格涅夫指出，普希金一个人完成“创立语言和造就文学”的伟大使命，而且是在残酷的命运下。他肯定普希金的成就，说“无论如何，普希金对俄罗斯的功绩是伟大的、值得人民感激的”，而且认为普希金不应该被人遗忘，并为青年人开始回顾普希金的作品而感到高兴。屠格涅夫说出了建立纪念像的必要性，得到听众们的认同。屠格涅夫用一句“这是一座为导师而立的纪念像”作为结尾，使得整个演讲戛然而止，既扣住了演讲的主题，又引人深思。

作者简介

屠格涅夫像

屠格涅夫，出生于俄国奥廖尔省。1833 年进入莫斯科大学文学系，一年后转入圣彼得堡大学哲学系语文专业，毕业后赴德国柏林大学学习。1843 年春，屠格涅夫和李根共同发表叙事长诗《巴拉莎》，受到别林斯基的好评。1847—1851 年，他在进步刊物《现代人》上发表成名作《猎人笔记》。此作品主张废除农奴制，触怒了当局。政府以屠格涅夫发表追悼果戈理文章违反审查条例为由，将其拘捕、放逐。1860 年以后，屠格涅夫主要在西欧生活，结交了如左拉、莫泊桑、都德等著名作家、艺术家，并参加了在巴黎举行的“国际文学大会”。屠格涅夫在俄罗斯文学与欧洲文学的沟通方面起到了重要作用。

屠格涅夫被称为“小说家中的小说家”。他的作品语言优美，充满浪漫的氛围和淡淡的哀愁，让人回味无穷。主要作品有长篇小说:《罗亭》、《贵族之家》、《父与子》等。

支持“物种起源”的学说 / 赫胥黎

演讲词档案

演讲者：赫胥黎（1825—1895）
演讲时间：1860 年
演讲者身份：英国博物学家

我曾经说过，科学家是在理性的最高法庭上对自然界最忠实的诠释者。但是，假如无知成为法官的顾问，偏见成为陪审团的审判长时，科学家诚实的发言又有什么用处呢？据我所知，几乎所有伟大的科学真理，在得到普遍接受以前，那些最有地位的大人物总坚持认为各种现象应直接以神意为依据，谁要是企图去研究这些现象，不但枉费心机，而且简直是对神的亵渎。这种反对自然科学的态度，具有异常顽固的生命力。在每次战役中，上述的反对态度都被击溃、受到重创，但却似乎永远不会被消灭。今天，这种反对态度已经遭到上百次的挫败，但是仍然像在伽利略时代那样猖獗横行，幸而危害性已经不那么大了。

请让我借用牛顿的一句名言：有些人一生在伟大真理海洋的沙滩上拾集晶莹的卵石。他们日复一日地注视着那虽然缓慢，但却确定无疑地上涨的气势磅礴的海潮，这股海潮的胸怀包藏着无数能把人类生活装点得更高尚美好的珍宝。要是他们看到那些现代的克纽斯式小人物，俨然坐在宝座上，命令这股巨大的海潮停止前进，并扬言要阻止那造福人类的进程时，他们会觉得这种做法即使不那么可悲，也是可笑的。海潮涨上来了，现代的克纽斯们只好逃跑。但是，他们不像古时那位勇敢的丹麦人，学得谦虚一些。他们只是把宝座挪到似乎是安全的远处，便又重复地干着同样的蠢事。

大众当然有责任阻止这类事情发生，使这些多管闲事的蠢人声誉扫地。这些蠢人以为不许人彻底研究全能上主所创造的世界，就是帮了上主的忙。

物种起源的问题并不是在科学方面要求我们这一代人解决的第一个大问题，也不会是最后一个。当前人类的思潮异常活跃，注视着时代迹象的人看得很清楚，19 世纪将如 16 世纪般发生伟大的思想革命与实践革命。但是，又有谁能知道在这新的改革过程中，文明世界要经受什么样的考验与痛苦的斗争呢？

然而，我真诚地相信，无论发生什么情况，在这场斗争中，英国会起到伟大而崇高的作用。英国将向全世界证明，至少有一个民族认为，专制政治和煽动宣传并不是治国的必要选择，自由与秩序并非必然互相排斥，知识高于威严，自由讨论是真理的生命，也是国家真正统一的生命。

英国是否会起到这样的作用呢？这就取决于你们大众对科学的态度了。珍惜科学、尊重科学吧，忠实地、准确地遵循科学的方法，将之运用到一切人类思想领域中去，那么，我们这个民族的未来就必定比过去更加伟大。

假如听从那些窒息科学、扼杀科学的人的意见，我恐怕我们的子孙将要看到英国的光辉像亚瑟王在雾中消失那样黯淡下来，等到他们发出像基妮法那样的哀哭时，反悔已经来不及了。

·作品赏析·

演讲中，赫胥黎并没有从正面论述进化论是如何如何的正确，而是站在哲学的角度，用锋利的言辞把禁锢人们思想的宗教势力抨击得体无完肤。他强调，宗教总是对新生事物进行无情的摧残。他高声呼喊：“假如听从那些窒息科学、扼杀科学的人的意见，我恐怕我们的子孙将要看到英国的光辉像亚瑟王在雾中消失那样黯淡下来，等到他们发出像基妮法那样的哀哭时，反悔已经来不及了。”赫胥黎的演讲很短，但是却有力地打击了打着神的旗号的宗教，开辟了科学通向人们内心的道路。

这是一篇激情洋溢的精彩演讲，从头至尾充满了科学的哲理和革命的激情。赫胥黎的这次演讲锋芒毕露，妙语连珠，气势宏大，震撼了每一个听众的心灵。这篇演说，使进化论得到更多人的认同，也得到更大限度的传播。

作者简介

赫胥黎像

赫胥黎，英国博物学家。生于伊灵一个教师家庭。少年时代未受过正规教育，后自修法、德、意、拉丁、希腊等语言，博览群书。17 岁时开始在查林·克劳斯医院学医。1845 年发表第一篇论文，在伦敦大学获得医科学位，同时取得皇家外科医学院的资格证明书。1846 年服役于英国海军，任助理外科军医。1846 至 1850 年随“响尾蛇”号军舰探查和测量澳洲沿海情况。在此期间研究海洋生物，撰写科学论文。1850 年回国后获得声誉。1851 年当选为皇家学会会员。次年获皇家奖章。1854 至 1895 年在皇家矿业学校任教授。1873 年起任伦敦皇家学会秘书。1883 年起任该学会会长。此外还担任过阿伯丁大学、欧文学院、伦敦大学、曼彻斯特大学等大学的校长，在许多学院任教并在政府内担任官职。他一生从事动物学、比较解剖学、植物学、古生物学、人类学、地质学和进化论的研究，发表过 150 多篇科学论文。对海洋动物的研究尤为著名，曾指出腔肠动物的内外两层体壁相当于高等动物的内、外两胚层。达尔文的《物种起源》一书发表后，他竭尽全力地支持和宣传进化学说，与当时的宗教势力进行顽强斗争，并进一步发展达尔文的思想。他是第一个提出人类起源问题的学者。

赫胥黎主要著作有:《人在自然界中的地位》、《论有机界现象的起因》、《进化论与伦理学》(一部分由严复译成中文后称为《天演论》)等。

成功之路 / 卡内基

演讲者：卡内基（1835—1919）
演讲时间：1885 年 6 月 23 日
演讲地点：柯里商学院
演讲者身份：卡内基公司创始人

年轻人应该从头学起，担当最基层的职务，这是件好事。匹兹堡有许多大企业家在创业之初都肩负过重任。他们与扫帚结伴，以清扫办公室度过了企业生涯的最初时光。我注意到现在的办公室都配备了男女工友，这使我们的年轻人不幸失去了这个有益的企业教育的内容。不过，比如哪一天早晨专业清扫工碰巧没来，某一位具有未来合伙人气质的青年就会毫不犹豫试着拿起扫帚。有一天，一位颇为时髦、溺爱孩子的密歇根母亲问一位小伙子是否见过像她女儿普里茜拉那样的女郎如此潇洒地在房间里打扫卫生。小伙子说从未见过，那位母亲高兴得乐不可支。但小伙子顿了顿说："我想看到的是她在室外清扫。"如有必要，新来者在办公室外清扫对他丝毫无损。我本人就曾打扫过的。

假如你们都得到了聘用，而且都有了良好的开端，我对你们的忠告是"志存高远"。对那些还没有把自己视为某家重要公司的合伙人或领军人物的年轻人，我会不屑一顾。你们在思想上一刻也不要满足于充当任何企业的首席职员、领班或总经理，不管这家企业的规模有多大。你们要对自己说："我的位置在最高处。"你们要梦寐以求登峰造极。

获得成功的首要条件和最大秘密是：把精力、心思和资本完全集中于所从事的事业上。一旦开始干这一行，就要下决心干出个名堂来，就要独占鳌头，就要不断进取，就要采用最好的机器，而且要精通此行。

失败的企业往往是那些分散了资本的企业，即分散了精力的企业。它们东投资，西投资，这里投一下，那里投一下，遍地开花。“别把所有的鸡蛋都放进一个篮子”之说大错特错。我告诉你们，“要把所有的鸡蛋都放进一个篮子，然后照管好那个篮子。”瞻前顾后，时时留神，能这样做的人往往就会立于不败之地。管好并提好那一个篮子很容易。在我们这个国家，想多提篮子的人才打碎最多的鸡蛋。有三个篮子的人就得把一个篮子顶在头上，这样就很容易摔倒。美国企业家往往犯的一个错误就是未能全力以赴。

一言以蔽之，树立远大的目标，千万不要涉足酒吧，千万不要酗酒，即使仅在用餐时也别贪杯，千万不要投机，签署支付的款项时，千万不要透支。取消订货的目的永远在于挽救货主的利益，集中精力，把所有鸡蛋放进一个篮子并照管好那个篮子，永远不要超前消费，最后，不要失去耐心，因为正如爱默生所说，“除了你自己，没有人能哄骗你离开最后的成功。”

·作品赏析·

卡内基是一位成功的企业家，本篇演讲是他经商多年以来总结的经验。卡内基指出，通往成功之路的基本条件和重大秘密是：把精力、思想和资本全部集中于你所从事的事业之上。此外，他还在演讲之中提到走向成功之路需要注意的几个问题，如把公司的利益看成是你自己的、要专注、“要把所有的鸡蛋都放进一个篮子并照管好那个篮子”。这其中的每一点，卡内基都做了认真、仔细的介绍，以便让学生们理解得更深刻。

整篇演讲没有什么豪言壮语，也没有一个成功的企业家训斥自己后辈的那种盛气凌人，有的只是朴实的语言和恳切的语气。总之，卡内基的演讲让人觉得很亲切，听众会不由自主地追随他的思路，并根据演讲，做出自己的判断。在演讲的最后，卡内基进一步强调了自己的观点，同时也增强了听众的记忆。卡内基的演讲是他多年经营的心得，是宝贵的商业财富，对于每个立志从商的人，具有永恒的价值和积极的指导意义。

作者简介

卡内基，1835年11月25日出生于苏格兰古都丹弗姆林。受祖父的影响，卡内基从小就乐观进取、能言善辩。14岁的时候，他在电报公司做起了信差的工作，凭借自己的聪明，很快就熟悉了电报技术。1853年，宾夕法尼亚州铁路公司西部管区主任斯考特聘请卡内基做私人电报员兼秘书。在铁路公司，卡内基学到了很多，也渐渐成熟起来。1862年，他与几个朋友创立了建造铁桥的公司，并且利用美国南北战争的机会发展了起来。1890年，将公司命名为卡内基钢铁公司。19世纪末20世纪初，卡内基钢铁公司成为世界上最大的钢铁企业。卡内基在经营企业的过程中，积累了许多经验，至今还被人学习和借鉴。卡内基晚年信奉佛教，致力于慈善事业，用自己的财富建立学校、图书馆等，为社会作出了巨大的贡献。

命运与历史 / 尼采

演讲词档案

演讲者：尼采（1844—1900）
演讲时间：1862 年
演讲地点：“格玛尼亚”文学协会
演讲者身份：德国著名哲学家

如果我们能够用无拘无束的自由目光审视基督教学说和基督教会史，我们就一定会发表某些违背一般观念的意见。然而，我们从婴儿开始就被束缚在习惯与偏见的枷锁里，童年时代的印象又使我们的精神无法得以自然发展，并确定了我们的秉性的形成。因此，我们如若选择一种更为自由的观点，以便由此出发，对宗教和基督教作出不偏不倚，符合时代的评价，我们会认为这几乎是大逆不道。

试图作出这样一个评价，可不是几个星期的事，而是一生的事。

因为，我们怎么能够用青年人苦思冥想的成果去打倒有两千年之久的权威和破除各个时代有识之士的金科玉律呢？我们怎么能够因幻想和不成熟的观点而对宗教发展所带来的所有那些深深影响世界历史的痛苦与祝福置之不理呢？

要想解决几千年来一直争论不休的哲学问题，这纯粹是一种恣意妄为，推翻只把追随有识之士的信念的人抬高为真正的人的观点，对自然科学和哲学的主要成果一无所知却要把自然科学与哲学统一起来，在世界史的统一和最原则的基础尚未向精神显露自己的时候，最终从自然科学和历史中提出一种实在体系。

一无指南针，二无向导，却偏偏要冒险驶向怀疑的大海。这是愚蠢的举动，是头脑不发达的人在自寻毁灭。绝大多数人将被风暴卷走，只有少数人能发现新的陆地。那时，人们从浩瀚无垠的思想大海之中，常常渴望着返回大陆，在徒劳的冥想中，对历史和自然科学的渴望心情常常向我袭来！

历史和自然科学——以往整个时代遗赠给我们的奇异财富，预示我们未来的瑰宝，独自构成了我们可以在其上面建造冥想的塔楼的牢固基础。

我常常觉得，迄今为止的整个哲学，多么像是巴比伦一座宏伟塔楼，高耸入云乃是一切伟大追求的目标，人间天堂何尝不是这样。民众中极度的思想混乱就是没有希望的结局，倘若民众弄明白整个基督教是建立在假设基础上的，势必会发生巨大变革。什么上帝的存在，什么永生，什么《圣经》的权威，什么灵感等等，都将永远成为问题。我曾经试图否定一切：啊，毁坏易如反掌，可是建设难于上青天！而自我毁灭显得更为容易，童年时代的印象，父母亲的影响，教育的熏陶，无不牢牢印在我们的心灵深处，以致那些根深蒂固的偏见凭理智或者纯粹的意志是不那么容易消除的。习惯的势力，更高的需求，同一切现存的东西决裂，取消所有的社会形式，对人类是不是已被幻想引入歧途两千年的疑虑，对自己的大胆妄为的感觉——所有这一切在进行一场胜负未定的斗争，直至痛苦的经验和悲伤的事件最终再使我们的心灵重新树起儿童时代的旧有信念。但是，观察这样的疑虑给情感留下的印象，必定是每个人对自己的文化史的贡献。除了某种东西——所有那些冥想的一种结果之外，不可能会有其他东西铭刻在心了，这种结果并不是一种知识，也可能是一种信念，甚至是间或激发出或抑制住一种道德情感的东西。

如同习俗是一个时代、一个民族或一种思想流派留下的结果，道德是一般人类发展的结果，道德是我们这个世界里一切真理的总和。在无限的世界里，道德可能只是我们这个世界里的一种思想流派留下的结果而已，可能从各个世界的全部真理结论中会发展起一种包罗万象的真理！可是，我们几乎不知道，人类本身是否不单单是一个阶段、一个一般的、发展过程中的时代，人类是不是上帝的一种任意形象。人也许仅仅是石块通过植物或者动物这种媒介而发展起来的，不是吗？人已经达到了尽善尽美的程度吗？其中不也包含着历史吗？这种永无止境的发展过程难道永远不会有个尽头？什么是这只巨大钟表的发条呢？发条隐藏在里面，它正是我们称之为历史的这只巨大钟表里的发条。钟表的表面就是各个重大事件，指针一小时一小时从不停歇地走动，12 点钟过后，它又重新开始新的行程，世界的一个新时代开始了。

人作为那种发条不能承载起内在的博爱吗？（这样两方面都可以得到调解。）或者，是更高的利益和更大的计划驾驭着整体吗？人只是一种手段呢，还是目的呢？

我们觉得是目的，我们觉得有变化，我们觉得有时期和时代之分。我们怎么能看到更大的计划呢？我们只是看到，思想怎样从同一个源泉中形成，怎样从博爱中形成，怎样在外部印象之下形成，怎样获得生命与形体，怎样成为良知、责任感和大家的共同精神财富，永恒的生产活动怎样把思想作为原料加工成新的思想，思想怎样塑造生活，怎样支配历史，思想怎样在斗争中相互包容，又怎样从这种庞杂的混合体中产生新的形态。各种不同潮流的斗争浪涛，此起彼落，浩浩荡荡，流向永恒的大海。

一切东西都在相互围绕着旋转，无数巨大的圆圈不断地扩大，人是最里面的圆圈之一。人倘若想估量外面圆圈的活动范围，就必须把自身和邻近的其他圆圈抽象化为更加广博的圆圈。这些邻近的圆圈就是民族史、社会史和人类史。寻找所有圆圈共有的中心，亦即无限小的圆圈，则属于自然科学的使命。因为人同时在自身中，并为了自身寻找那个中心，因此，我们现在认识到历史和自然科学对我们所具有的唯一的深远意义。

在世界史的圆圈卷着人走的时候，就出现了个人意志与整体意志的斗争。随着这场斗争，那个极其重要的问题——个人对民族、民族对人类、人类对世界的权利问题就显露了出来。随着这场斗争，命运与历史的基本关系也就显露了出来。

对人来说，不可能有关于全部历史的最高见解。伟大的历史学家和伟大的哲学家一样都是预言家，因为他们都从内部的圆圈抽象到外部的圆圈。而命运的地位还没有得到保证；我们要想认清个别的，乃至整体的权利，还需要观察一下人的生活。

什么决定着我们的幸福生活呢？我们应当感谢那些卷动我们向前的事件吗？或者，我们的禀性难道不是更像一切事件的色调吗？在我们的个性的镜子里所反映的一切不是在与我们作对吗？各个事件不是仿佛仅仅定出我们命运的音调，而命运借以打击我们的那些长处和短处仅仅取决于我们的禀性吗？爱默生不是让我们问问富有才智的医生，禀性对多少东西不起决定性作用以及对什么东西压根儿不起决定性作用？

我们的禀性无非是我们的性情，它鲜明地显示出我们的境遇和事件所留下的痕迹。究竟是什么硬是把如此众多的人的心灵降为一般的东西，硬是如此阻止思想进行更高的腾飞呢？——是宿命论的头颅与脊柱结构，是他们父母亲的体质与气质，是他们的日常境遇，是他们的平庸环境，甚至是他们的单调故乡。我们受到了影响，我们自身没有可以进行抵挡的力量，我们没有认识到，我们受了影响。这是一种令人痛心的感受，在无意识地接受外部印象的过程中，放弃了自己的独立性，让习惯势力压抑了自己心灵的能力，并违背意志让自己心灵里播下了萌发混乱的种子。

在民族历史里，我们又更广泛地发现了这一切。许多民族遭到同类事情的打击，他们同样以各种不同方式受到了影响。

因此，给全人类刻板地套上某种特殊的国家形式或社会形式是一种狭隘做法，一切社会思想都犯这种错误。原因是，一个人永远不可能再是同一个人，一旦有可能通过强大的意志推翻过去整个世界，我们就会立刻加入独立的神的行列。于是，世界历史对我们来说只不过是一种梦幻般的自我沉迷状态，幕落下来了，而人又会觉得自己像是一个与外界玩耍的孩子，像是一个早晨太阳升起时醒过来，笑嘻嘻将噩梦从额头抹去的孩子。

自由意志似乎是无拘无束、随心所欲的，它是无限自由、任意游荡的东西，是精神。而命运——如若我们不相信世界史是个梦幻错误，不相信人类的剧烈疼痛是幻觉，不相信我们自己是我们的幻想玩物——却是一种必然性。命运是抗拒自由意志的无穷力量，没有命运的自由意志，就如同没有实体的精神，没有恶的善，是同样不可想象的，因为，有了对立面才有特征。

命运反复宣传这样一个原则：“事情是由事情自己决定的”，如果这是唯一真正的原则，那么人就是暗中在起作用的力量的玩物，他不对自己的错误负责，他没有任何道德差别，他是一根链条上必不可少的一个环节。如果他看不透自己的地位，如果他不在羁绊自己的锁链里猛烈地挣扎，如果他不怀着强烈的兴趣力求搞乱这个世界及其运行机制，那将是非常幸运的！

正像精神只是无限小的物质，善只是恶自身的复杂发展，自由意志也许不过是命运最大的潜在力量。如果我们无限扩大物质这个词的意义，那么，世界史就是物质的历史。因为必定还存在着更高的原则，在更高的原则面前，一切差别无一不汇入一个庞大的统一体，在更高的原则面前，一切都在发展，阶梯状的发展，一切都流向一个辽阔无边的大海——在那里，世界发展的一切杠杆，重新汇聚在一起，联合起来，融合起来，形成一个整体。

·作品赏析·

发表这篇演讲的时候，尼采只有18岁，但是他已经在相当深入地思索着世界存在和发展的本源问题，并尝试着强调个人在与客观社会、物质世界的对立和冲突中具有的意义。他把人看做是世界历史的中心存在，认为人的意志力和能动性在与宇宙万物的斗争中，是世界变化发展的基本动力。他高扬人的意志，强调“世界历史对我们来说只不过是一种梦幻般的自我沉迷状态”。

尼采简练的语言中包涵了深邃博大的思想，他鲜明的观点、明快的节奏、严谨的逻辑，让听众像沉浸在一部情节环环相扣的电影之中，不舍得放过其中任何一个细节。为了加强演讲的感染效果，尼采还运用排比、比喻、设问、反问等手法，一步步地把主题思想向纵深推进。另外，值得一提的是，尼采的演讲辩证之精彩，语句之优美，气势之酣畅是很少有人能够超越的。

作者简介

尼采出生于普鲁士一个牧师家庭，很早就对哲学、音乐和文学产生了兴趣。在学生时代，尼采学的是古典语文学。25 岁时，成为巴塞尔大学的教授。1879 年，因为身体不适辞去教职。此后 10 年间，在经济困难和身体极为不佳的双重压力下，他以惊人的速度完成了他的哲学著作。1889 年 1 月，尼采精神崩溃。尼采从叔本华的悲观主义哲学里吸取营养，在此基础上构筑了自己的唯意志哲学和超人学说。他认为自己处于一个衰落的年代，觉得政治思维是一种“贵族式的极端主义”。1890 年后，人们对尼采哲学的兴趣急剧增长，欧美的作家如托马斯·曼、加缪、萨特、海德格尔等，都在不同程度上受惠于尼采。

尼采像

尼采最重要的著作有:《悲剧的诞生》、《查拉斯图拉如是说》、《善恶的彼岸》等。

精神分析的起源 / 弗洛伊德

演讲词档案

演讲者：弗洛伊德（1856—1939）
演讲时间：1909 年 9 月
演讲地点：美国克拉克大学
演讲者身份：奥地利精神病医生及精神分析学家

女士们，先生们：

在新世界的学生面前举办这种讲座对我来说是新的经验，从某种意义上讲也使我感到为难。我有幸使自己的名字与精神分析联系在一起，我的演讲便以精神分析为题。我要对这项新的研究与治疗方法的起源和进一步发展，向你们作一番极其简要的历史回顾。

当我还是学生，正忙于毕业考试时，一位维也纳的医师，约瑟夫·布罗伊尔博士正在试验治疗歇斯底里病人的方法。布罗伊尔博士的病人是位 21 岁的姑娘，才智出众。她的病情经过两年发展之后出现了一系列身心紊乱，需要认真治疗。她的右侧肢体麻木、严重瘫痪，有时左侧身体也呈同样的病症，还出现了眼球运动障碍，视力也大大减弱。当她想吃东西时，难以保持头部位置，并伴随强烈的神经性咳嗽、恶心。有一次，她接连几个星期丧失了饮水的能力，使她遭受干渴的折磨。她的语言能力也减退了，甚至无法说自己的母语，也无法理解。最后，她处于一种“失神”、混乱、谵妄的状态，整个人个性发生了改变。我在后面还要详细论述这些状态，这些病症最初出现在她照料父亲的时候。她很爱自己的父亲，严重的疾病后来导致了他的死亡。但她被迫放弃照料父亲的义务，因为她自己发病了……

你们不要以为，诊断出病人患了歇斯底里而不是脑组织疾病时，最好采用药物治疗。对于严重的大脑疾病，药物往往无济于事。医生对于歇斯底里完全无能为力。他只能使其保持良性状态，但不知道何时能够治愈、如何才能治愈。因此，确诊一种疾病为歇斯底里，病人的处境没有多大变化，医生的态度却会有很大的变化。我们可以发现，他对歇斯底里病人采取的行动与对待器质性疾患的病人不同。他对前者没有对后者一样的兴趣，以为他们遭受的痛苦远不如后者那样严重，对这种看法有必要重新作出认真的评价……

在这个病例中，布罗伊尔是无可指责的。他对自己的病人表示同情和兴趣。虽然一开始不知道如何帮助她……满怀同情的观察使他很快就发现了一些办法，首次有可能为病人提供帮助。值得注意的是，病人处于“失神”或心理变态时，常常自言自语地重复几个词。这些词好像是从她那纷乱繁忙的思绪联想中泄漏出来的。这位医生听出这些词之后就让她处于被催眠的状态，一再对她重复那几个词，并观察由此引起的联想。这些提示使那些在“失神”状态时控制她思想的心理产物又重新出现了，并通过简单的言辞泄露出来。老实说，这是一种幻想，往往有诗一般的美，我们可以把它称做白日梦。我们通常把它看成这位守护父亲的姑娘的转折点。每当她产生这些幻想时，她便获得解放，恢复了正常的心理生活。这种健康状况可以持续几小时。第二天又出现新的“失神”状态，可以用同样办法与新的幻想联系起来而解除。这就给人留下印象，在“失神”时表现出来的心理变态源自这类感情冲动的幻觉的兴奋的结果。奇怪的是这位病人发病时能够理解英语，并且只能讲英语。这种新疗法被称为“谈话疗法”，或者是被戏称为“打扫烟囱”。

这位医生很快意识到，用这种方法不仅可以暂时驱散重复出现的心理“乌云”，而且可以净化灵魂。如果在催眠时，病人能够回忆起它们最初出现的情形以及有关的联想，就能为它们所引起的情绪提供发泄口，从而使疾病的症状消失。“在一个炎热的夏天，病人渴得要命，却突然不能喝水了。并且看不出有什么明显的理由。她手里拿着一杯水，可是一碰到嘴唇就把它推开，就像得了恐水症一样。显然，在这几秒钟内，她处于失神的状态。她只能吃水果、瓜以及诸如此类的东西来减轻干渴的煎熬。约六星期之后，她终于在催眠中极其厌恶地谈到了自己讨厌的英国保姆。她说，当她走进那位保姆的屋子时，发现保姆的可憎的小狗从杯子里喝水，她出于礼貌保持了沉默。医生发现，在她表达了这种被抑制的强烈愤怒之后，她又想喝水了，而且毫无困难地喝了大量的水。当她从催眠中醒来时，杯子就在她的嘴唇旁边。那些症状就这样永远消失了。”

请允许我对这个试验再啰嗦几句，以前从未有人用这种方法治好过歇斯底里病，或者如此深入地理解它的病因。如果这种猜测能够进一步得到证实，那就是一项意义深远的发现，很可能以类似方式产生的主要症状都可以用这种办法解除。布罗伊尔不遗余力地证明这一点，并以井然有序的方式研究其他更严重症状的病理。情况的确如此，几乎所有的症状都是由带感情色彩的经验产生的，如果你们愿意，可以把它看成一种残余物、沉淀物，我们后来称之为“心理创伤”。把这些症状与当时产生它们的情景联系在一起，就可以更清楚地看到他们的本质。用专业术语来讲，这些症状是留下记忆痕迹的情景“决定”的，不能作随心所欲的解释或者把它们描述成神经症莫名其妙的作用。

只有一种例外的情况我们必须提及，引起这种症状的往往不是一种经验，而是几种经验，也许是许多类似的、重复的心理创伤的共同作用造成了这种后果。这就有必要按照时间的顺序再现记忆中发病的全部过程，当然是以相反的顺序，最初的成为最后的，最后的成为最初的。在没有清除那些后来的记忆之前，要想直接触及最主要最基本的创伤是不可能的……

几年之后，我开始对自己的病人采用布罗伊尔的研究方法和治疗方法，我的经验与他的经验完全吻合……如果你们允许我加以推广的话——在简洁的表述中，这是必不可少的，那么我们可以把这些结果用一句话来表达：歇斯底里病人受到记忆恢复的折磨，他们的症状是某种（创伤性）经验的记忆符号或残迹……他们无法摆脱过去也无法忽略对自己有利的现实。心理生活决定致病创伤的固恋，这实际上是精神病最重要的特点。我应该承认，当你考虑到布罗伊尔的病人的历史时可能会提出异议。认为她的所有创伤都是在她照料自己病重的父亲时造成的，因此她的所有症状只能看成是他患病和死亡的记忆符号，认为与悲伤，与关于死亡的想法的固恋对应的症状，在病人死亡之后不久产生不能说是病理性的，而是正常的情绪行为。我承认，布罗伊尔的病人显示的创伤性情感固恋的确没有什么异常的地方……

认识到这一点，我们就可以完成关于歇斯底里的纯心理学理论了，这里我们把情感过程放在第一位。布罗伊尔后来的观察迫使我们把它们归因于另一种意识条件，它在决定该疾病的特征方面起着重要的作用。他的病人在正常状态之外，表现出多种精神状态，“失神”、混乱和性格变化。当她处于正常状态时，完全记不起使她犯病的情景及其与症状之间的联系。她忘记了这些情景，或者说使它们与发病脱离关系。当病人被催眠时（这是有可能的），可以很费力地使她回忆起这些情景，这种回忆可以使那些症状解除。若不是催眠的实践和试验，对这个事实的解释，将会使人感到极为困惑，通过对催眠现象的研究，一个初看起来有点怪的概念逐渐为人们所熟悉，这就是几种心理组合在同一个人身上是可能的。它们可以是相对独立的，彼此“完全不相干”，这就可能导致意识分裂……以同样的方式完全可以解释歇斯底里病例中的事实。布罗伊尔得出结论，歇斯底里的症状源自特殊的精神状态，他称为“催眠状态”……以后，我还要说明除催眠状态外的其他影响和过程，但布罗伊尔仅限于这个因素。

或许，你也会感到布罗伊尔的研究只是给了你一种不完备的理论和对你所观察到的现象的不充分的解释。但是，完备的理论并不是从天而降的，如果有人观察伊始就有给你提供一种没有漏洞的圆满理论，那么你就有更充分的理由表示怀疑。这样的理论只可能是他思辨的产物，而不是对事实公正研究的成果。

·作品赏析·

“精神分析的起源”是一个非常深奥的科学命题，如果只是纯理论上的论述，听众将不容易理解和接受。弗洛伊德在简单的描述之后，便详细讲述了布罗伊尔用“谈话疗法”治愈一位21岁姑娘的歇斯底里症的病例，并且这个病例贯穿整场演讲。听众不仅没有感到喧宾夺主，相反都觉得非常流畅和生动。除了运用生动详尽的典型病例来说明问题外，弗洛伊德还尽量抛开那些生涩的专业术语，改用简单形象的语言，如把“谈话疗法”称做是“打扫烟囱”、为情绪提供“发泄口”等。弗洛伊德用简洁、新颖的语言，讲解了一个深奥的科学命题，受到了学生们的热烈欢迎。

弗洛伊德的演讲，思路清晰，内容有趣，叙述精彩，很吸引听众。他自己对此也颇为得意，这次演说后，他自我评价说：“我的感觉就像是难以置信的白日梦获得实现那样：精神分析已不再是一种幻想的产物，它已是现实中极有价值的一部分。”

作者简介

弗洛伊德像

弗洛伊德，精神分析学派的创始人，1856年生于奥地利帝国摩拉维亚的一个犹太商人家庭。4岁时全家迁居到维也纳。1873年进入维也纳大学学习，1881年获医学博士学位。1885年师从精神病专家让·夏尔科。1895年出版第一部论著《歇斯底里论文集》，1897年提出“恋母情结”。1900年，《梦的解析》问世，这是他最有创造性的论著。1902年弗洛伊德在维也纳组织成立了一个心理学研究小组。1908年在美国发表了一系列的演讲，震动全世界。弗洛伊德的代表作有《性学三论》、《梦的释义》、《图腾与禁忌》、《日常生活的心理病理学》、《精神分析引论》、《精神分析引论新编》等。

在七十寿辰上的讲话 / 萧伯纳

演讲词档案

演讲者：萧伯纳（1856—1950）
演讲时间：1926年
演讲者身份：爱尔兰杰出的现实主义戏剧家、文艺评论家

近年来，舆论界竭力企图把我整垮，此计不成，又处心积虑将我捧成伟人，谁赶上这种事都是一场可怕的灾难。很明显，有人现在要继续这样干下去。为此，对于我的70寿庆，我完全拒绝发表任何意见。但是，工党的朋友们邀我来这里，我知道应该择善而从。我们发现了一个秘密，即不存在什么伟人，我们还发现了另外一个秘密，那就是世界上根本没有什么伟大的民族，也没有什么伟大的国家。

我们把这种东西留给19世纪，留给完全属于它们的那个世纪。谁都知道，我在副业上卓有成效，但是，我并没有“伟人的感觉”。你们也同样如此。在我的同行中，我的前辈莎士比亚曾生活在中产阶级圈子内，但是，还有一个跻身在中产阶级圈内的非中产阶级人物，他原来是个泥水匠。莎士比亚去世后中产阶级就纷至沓来，开始把他的著作编成对开本以示纪念。所有的中产阶级作家谱下一曲曲壮丽的诗歌，讴歌莎士比亚的伟大。奇怪的是，至今唯一被人们引用或者铭记的那段颂词却出自这位泥水匠之手。他说：“我犹如所有人崇拜偶像一样喜欢这个人。”

我刚加入工党时，工党正受到自由党和激进党的主张和政策的紧紧束缚。然而，自由党的主张和政策有自己的传统，即1649年、1798年以及1848年的传统，那些传统究竟是什么样的传统呢？那就是街垒、内战

和弑君，那就是纯血统的自由党党员的传统。我们唯一不能明白它们至今还存在的原因是自由党本身已不复存在。

激进党是征收员和无神论者。在这个伟大的历史阶段，其重大原则是：在最后一位国王闷死在最后一位神父的肚子里之前，世界就绝不会太平。请他们讲得明确些，用现实的政治来说明时，他们的回答是世界充满了苦难和不公。因为，坎特伯雷大主教年薪有15000英镑，而查尔斯二世太太们的后裔又享受着终身养老金。

如今，我们已经成立了一个符合宪法的党。我们这个党是在社会主义的基础上建立起来的。我和我的朋友西德尼·韦伯先生、麦克唐纳先生一开始就明确无误地指出，我们一定要使社会党成为一个合法的党，让每一个受人尊重的敬神者在丝毫无损于他尊严的前提下得以加入这个党，我们抛弃了所有的那些传统，这就是现在的政府为什么对我们比对以往任何激进派更害怕的原因。

我们的主张很简单，我们的优势在于人们理解我们的主张。我们以社会主义反对资本主义，我们的一大难题是资本主义者根本不知道什么叫资本主义。实际上，问题却很简单，社会党的理论是，如果你想满足私有财产的需要，将所有的生产资料视为私有财产，并把它们作为私有财产保留，就人与人之间据此缔结的关系而论，那么，生产与分配必定会各行其是。

资本主义者声称，将向全世界保证，在这个国家里人人会获得一份职业。他们并不主张这是一份薪水优厚的职业，因为，假如酬金很高，这个人只要一个星期就能节余足够的钱，下个星期就不再工作了。他们决心使人们不停地工作，以挣得勉强维持生计的最低薪金，并且，还要分出一份积累资本。

他们说，资本主义不仅为劳动者提供了这一保证，而且通过确保巨大财富集中在一小批人手中。这样，无论愿意与否，他们都将把钱储蓄起来，并必须用于投资，这就是资本主义。而这个政府总是与资本主义相抵触，政府既不给人提供就业，又不让他饿死，而是给他一点救济。当然，首先得肯定，他早已为此付足了钱。政府给资本家补贴，又制定了五花八门的规定，破坏他们自己的制度。他们一直在这样干。我们提醒他们这是在自我毁灭，他们却听不进去。

我们批评资本主义时说：你们的制度自宣布诞生以来，没有哪一天信守过自己的诺言。我们的生产是荒谬的，当本该需要盖建更多的房屋时，我们却在生产80匹马力的汽车。我们在生产最豪华的奢侈品的同时，孩子们却在挨饿。你们已把生产本末倒置了。你们不是首先生产国家最需要的东西，却恰恰相反。我们认为，这种分配制度已经变得如此荒谬绝伦，以致在这个4700万人口的国家里只有两个人赞成目前的分配制度——一个是诺森伯兰郡公爵，另一个则是班拍里勋爵。

我们反对这种理论。社会主义明确无误地指出，一定要注意你的分配问题。我们非得从这个问题开始，要是私有财产成了合理分配制度的绊脚石，那么，就得请它让路。

掌握公共财产的人必须按公共规矩行事。比如，我握着手杖，但不能随心所欲，绝不能用它去敲你的脑袋。我们说，如果分配出了差错，就会一错百错——宗教、道德、政府等都会出问题。因此，我们深知，我们必须从分配着手，采取一切必要的步骤，这就是我们社会主义的全部含义。

我认为，我们之所以将此铭记在心，因为我们的职责是要处理好全世界的财产分配。请听我说，正如我曾告诉你们的那样，我认为在我们4700万人口中，只有两个人，也许没有人会赞成现行的财富分配制度。我甚至可以说，在整个世界里，也找不出一个人会赞成现行的财富分配制度，这种制度已经分文不值。这一点，你只要询问任何一位明智的中产者都能证实。

这场分配的关键是对那个婴儿如何分配的问题。如果这个新生儿注定要成为一个名门望族，那么他一定还会获得一宗食品收入，一宗比其他任何人都要优厚的收入。可是，一个婴儿还不懂得什么是道德、个性和勤奋，甚至还不懂得什么是通常所说的体面，政府的首要责任是对那个被遗弃儿负责。这是分配问题的有效例子，它同我们的问题有关，是一个确实能将我们引向胜利的问题。

我认为，我们得以将自己同资本主义者区分开的那一天终究会到来。我们必须将自己的指导思想公之于众，我们应该宣布，我们力求实现的不是旧概念的再分配，而是收入的再分配。我们指的永远是收入问题。

今天晚上真使我心花怒放，我们的主席对我的赞美，你们对我社会地位的如此尊重，对我个人怀有的深厚感情，我完全理解。我不是个感情丰富的人，但是，我不会对所有这一切无动于衷，我懂得这一切的价值。如今，我已年届古稀，时不再来，我说这话也就这一次了。我心潮澎湃，能够说出了许多人不能说的话。

我现在明白，年轻时思想转变，加入了工党，无论怎么说，我选准了自己的道路。

·作品赏析·

1884 年萧伯纳曾参与组织费边社，鼓吹用改良主义方法改变资本主义。第一次世界大战与俄国十月革命的胜利，在萧伯纳的心中掀起了暴风雨般的强烈震动，他意识到，用“费边社”改良主义的调和方法，无法解决资本主义世界的矛盾，这个旧世界必须有一个彻底的改变。本篇演讲发表于 1926 年，萧伯纳在演讲中简洁有力地回顾了自己社会思想发展变化的历程，同时简短而系统地分析和批判了资本主义的生产和分配制度，指出:“他们决心使人不停地工作”，“要是私有财产成了合理分配制度的绊脚石，那么就得请它让路。”“如果分配出了错，就会一错百错——宗教、道德、政府等都会出问题。”在表明自己政治立场方面，作者态度坚决，情绪高昂，“今天晚上真使我心花怒放。”他乐观地预言:“我们得以将自己同资本主义者区分开来的那天终究会到来。”全篇演讲主旨鲜明，逻辑清晰，语言如行云流水，妙用比喻，生动形象，所引事实使人信服，是演讲中的精品之作。

作者简介

萧伯纳像

萧伯纳，爱尔兰著名剧作家、散文家、社会活动家。1856年生于都柏林。14岁中学毕业后因家境贫困辍学。1876年移居伦敦。1879年开始文学创作。1884年加入费边社，为该社的重要成员。1925年获诺贝尔文学奖。一生著作甚丰，代表作有《鳏夫的房产》、《华伦夫人的职业》、《巴巴拉少校》，此外还有音乐、美术评论，文学和社会、政治论著多种。

爱国要培养完全的人格

——在上海爱国女校的演说 / 蔡元培

演讲词档案

演讲者：蔡元培（1868—1940）
演讲时间：1917 年
演讲地点：上海爱国女校
演讲者身份：中国杰出的民主革命家、教育家

本校初办时，在满清季年，含有革命性质。盖当时一般志士，鉴于满清政治之不良，国势日蹙，有如人之罹重病，恐其淹久而至不可救药，必觅良方以治之，故群起而谋革命。革命者，即治病之方药也。上海之革命团体，名中国教育会，革命精神所在，无论其为男为女，均应提倡，而以教育为根本。故女校有爱国女学，男校有爱国学社，以教育会会员担任办理之责，此本校校名之所由来也。其后几经变迁，男校因苏报案而解散，中国教育会，亦不数年而同志星散，惟女校存立至今。辛亥革命时，本校学生，多有从事于南京之役者，不可谓非教育之成效也。当满清政府未推倒时，自以革命为精神，然于普通之课程，仍力求完备，此犹家人一面为病者求医，一面于日常家事，仍不能不顾也。至民国成立，改革之目的已达，如病已医愈，不再有死亡之忧，则欲副爱国之名称，其精神不在提倡革命，而在养成完全之人格。盖国民而无完全人格，欲国家之隆盛，非但不可得，且有衰亡之虑焉。造成完全人格，使国家隆盛而不衰亡，真所谓爱国矣。完全人格，男女一也，兹特就女子方面讲述之。

夫完全人格，首在体育，体育最要之事为运动。凡吾人身体与精神，

均含一种潜势力，随外围之环境而发达。故欲其发达至何地位，即能至何地位。若有障碍而阻其发达，则萎缩矣。旧俗每为女子缠足，不许擅自出门行走，终日幽居，不使运动，久之性质自变为懦弱。光阴日消磨于装饰中，且养成依赖性，凡事非依赖男子不可。苟无男子可依赖，虽小事亦望而生畏，倘不幸地有战争之事，敌兵尚未至，畏而自尽者比比矣，又安望其抵抗哉！是皆不运动不发达其身体之故，卒养成懦弱性质，以减杀其自卫能力与胆量也。欧美各国女子，尚不能免此，况乎中国。闻本校有体育专修科，不特各科完备，且于拳术尤为注意，此最足为自卫之具，望诸生努力，切勿间断。即毕业之后，身任体操教员者，固应时时练习，即担任别种事业者，亦当时时练习。盖此等技术，不练则荒，久练益熟，获益非浅也。

次在智育，智育则属精神方面。精神愈用愈发达，吾前已言及矣。盖人之心思细密，方能处事精详，而练习此心思使之细密，则有赖于科学。就其易于证明者言之：如习算学既可以增加知识，又可以使脑力反复运用，入于精细详审一途。研究之功夫既深，则于处世时，亦须将前一事与后一事比较一番，孰优孰劣，了然于胸。而知识亦从比较而日广矣。故精究科学者，必有特别之智慧，胜于恒人，亦由其脑筋之灵敏也。

更言德育，德育实为完全人格之本。若无德，则虽体魄智力发达，适足助其为恶，无益也。今先言吾国女子之缺点。女子因有依赖男子之性质，不求自立，故心中思虑毫无他途，惟有衣服必求鲜艳，装饰必求美丽，何也？以其无可自恃也。而虚荣心于女子为尤甚，喜闻家中人做官，喜与有势力人往还皆是。故高尚之品行，未可求诸寻常女界中也。今欲养成女子高尚之品行，非使其除依赖性质有自立性质不可。然自立不可误解，非傲慢自负、轻视他人之谓，乃自己有一定之职业，以自谋生活之谓。夫人果能自谋生活，不仰食于人，则亦无暇装饰，无取虚荣矣。尚有一端，女子之处家庭者，大凡姑媳妯娌间，总是不和，甚至诟谇，其故何在？盖旧时习惯，女子死守家庭，不出门一步，不知社会情状，更不知世界情状，所通声息者，家中姑媳妯娌间而已，耳目心思之范围，既限于极小之家庭，自然只知琐细之事，而所争者，亦只此琐细之事。若是而望女子之品行日就高尚，难乎其难，盖其所处之势使然也。女子之缺点固多，而优点亦不少。今举其一端，如慈善事业。恻隐之心，女子胜于男子。不过昔时专在布施，反足养成他人懒惰之习，今则推广爱人以德，与人为善之道。凡有善举，宜使受之者亦出劳力有益于社会，则其仁慈之心，为尤恳挚矣。女子讲自由，在脱除无理之束缚而已，若必侈大无忌，在为无理之自由，则为反对女学者所藉口，为父兄者必不送女子入学。盖不信女学为培养女德之所，而谓女学乃损坏女德之地，非女学之幸也。又今日女子入学读书后，对于家政，往往不能操劳，亦为所诟病。必也入学后，家庭间之旧习惯，有益于女德者，保持勿失。而益以学校中之新知识，则治理家庭各事，比较诸未受教育者，觉井井有条。譬如裁缝，旧时只知凭尺寸裁剪而已，若加以算学知识，则必益能精。如烹饪，旧时亦只知当然，若加以化学知识，则必合乎卫生。其他各事，莫皆不然。倘女学生能如此，则为父兄者，有不乐其女若妹之入学者乎！

夫女子入校求学，固非脱离家庭间固有之天职也，求其实用，固可相辅而行者也。美国有师范学校，教授各科，俱用实习，不用书籍。假如授裁缝时，为之讲解自上古至现在衣服之变更，有野蛮时代之衣服与文明时代之衣服，是即历史科也；为之讲解衣服之原料，如丝之产地、棉之产地等，则地理科也；衣服之裁剪，有算法焉，其染色之颜料，有理化之法则焉，是即数学理化科也；推之烹饪等料，亦复如是。寓学问于操作中，可见女学固养成女子完全之人格，非使女子入学后，即放弃其固有之天职也。即如体操科之种种运动，近亦有人主张徒事运动而无生产，为不经济，有欲以工作代之者，庶不消耗金钱与体力，使归实用，此法以后必当盛行。益可见徒知读书，放弃家事，为不合于理矣。

·作品赏析·

演讲开始，蔡元培简单回顾了女校的历史，并引出“欲副爱国之名称，其精神不在提倡革命，而在养成完全之人格”。接下来从体育、智育、德育三个方面论证了什么是完全的人格。蔡元培把“体育”放在完全人格的首位，他指出旧社会女子缠足的弊端，希望女子能够丢掉“懦弱性质”，提高在战争年代中对付敌人时的自卫能力和胆量。智育方面，蔡元培认为“智育则属精神方面”，他没有给学生们讲要如何积累知识，而是重点阐述如何培养思维能力。这种观点的先进性已经大大超出了当时的教育理念。智育之后，蔡元培着重论述了德育。他采用“先破后立”的方法，先从当时女子的缺点说起，点出需要改进的地方，然后得出“今欲养成女子高尚之品行，非使其除依赖性质有自立性质不可”的结论，并就这一结论解释了德育中学生需要注意的问题。论述中穿插社会中的真实案例，增强了生动性和说服性。

演讲的结束，蔡元培指出了培养完全人格的途径——“寓学问于操作中”。这篇演讲不论是在当时还是现在，对学校教育都有着积极的指导意义。

作者简介

蔡元培，浙江绍兴人，中国近代民主革命家、教育家。1883年中秀才，1889年中举人，1892年中进士，被授予翰林院庶吉士。甲午战争后，开始接触西学。他认为维新运动失败的原因就是没有培养人才，于是决心兴办教育。1898年9月，他在绍兴中西学堂担任监督，提倡新学。1901年7月奔赴上海，出任南洋公学教习。1902年，他与蒋观云等组织中国教育会，并在上海创办爱国女校及爱国学社，还将《晨报》作为阵地，宣传排满革命。1905年冬，他在上海建立光复会，并担任会长，次年加入同盟会。1912年，任南京临时政府教

蔡元培像

育总长，主张采用西方教育制度，实行男女同校。1917 年 1 月，担任北京大学校长，提出“思想自由”、“兼容并包”的办学方针，使北大面貌焕然一新。五四运动中支持学生的爱国行动，曾多次营救被捕学生。1932 年，与宋庆龄、鲁迅等组织中国民权保障同盟，积极开展抗日爱国运动。1940 年 3 月 5 日在香港病逝，葬于香港仔山巅华人公墓。

在伯尔尼国际群众大会上的演说 / 列宁

演讲词档案

演讲者：列宁（1870—1924）
演讲时间：1916 年 2 月 8 日
演讲地点：伯尔尼国际群众大会
演讲者身份：列宁主义创始人，国际无产阶级的伟大导师和领袖

同志们！欧战逞狂肆虐已经一年零六个多月了，战争每拖长一月，每拖长一天，工人群众就更加清楚地知道齐美尔瓦尔得宣言说的是真理，“保卫祖国”之类的词句不过是资本家骗人的话。现在人们一天比一天看得更清楚，这是资本家、大强盗的战争，他们所争的不过是谁能分到更多的赃物，掠夺更多的国家，蹂躏和奴役更多的民族。

这些话听起来似乎不足信，特别是对于瑞士的同志们，然而这些话都是确实的，就在我们俄国，不但血腥的沙皇政府，资本家，而且有一部分所谓的或过去的社会主义者，也说俄国进行的是“自卫战争”，说俄国反对的不过是德国的侵略。其实全世界都知道，沙皇政府压迫俄国境内其他民族的 1 亿多人民，已经有好几十年，俄国对中国、波斯、阿尔明尼亚和加里西亚实行掠夺政策，也已经有好几十年了。无论是俄国、德国其他任何一个强国，都没有权利谈什么“自卫战争”。一切强国所进行的都是帝国主义的、资本主义的战争，都是强盗性的战争和压迫弱小民族及其他民族的战争，都是保证资本家利润的战争，使资本能够以群众遭受的骇人听闻的痛苦和无产阶级流出的鲜血换得亿亿万万纯金的收入。

4 年以前，在 1912 年 11 月，当战争日益逼近这一形势已经很明显的时候，全世界社会主义者的代表在巴塞尔召开的国际社会党人代表大会。

那时对于将来的战争是列强之间的、大强盗之间的战争，战争的罪过应当由各强国的政府和资本家阶级承当，已经是无可怀疑的了。全世界的社会主义政党一致通过的巴塞尔宣言，公开说出了这个真理。巴塞尔宣言没有一句话提到“自卫战争”，提到“保卫祖国”，它无一例外地抨击各强国的政府资产阶级。它公开说，战争是滔天的罪行，工人认为相互射击就是犯罪，战争的惨祸和工人对这种惨祸的愤怒，必然会引起无产阶级革命。

后来战争真正爆发了，大家都看到，巴塞尔宣言对这次战争性质的估计是正确的。但是，社会主义组织和工作组织不是一致地拥护巴塞尔决议，而是发生了分裂。现在我们都看到，世界各国的社会主义组织和工作组织是怎样分成两大阵营的。一小部分人，就是那些领袖、干事、官僚，背叛了社会主义，站到各国政府那一边去了。另一部分人，包括自觉的工人群众，继续聚集力量，为反对战争、实现无产阶级革命而奋斗。

后一部分人的观点也反映在齐美尔瓦尔得宣言里。

在我们俄国，战争一开始，杜马中的工人代表就进行了反对战争和沙皇君主制的坚决的革命斗争。彼得罗夫斯基、巴达也夫、穆拉诺夫、沙果夫、萨莫依洛夫这五名工人代表广泛发出了反对战争的革命号召，努力进行了革命鼓动。沙皇政府下令逮捕了这五名代表，法庭判处他们终身流放西伯利亚。这些俄国工人阶级的领袖已经在西伯利亚受了好几个月的折磨，但是他们的事业并没有被摧毁，全俄自觉的工人正循着同样的方向继续干着他们的工作。

同志们！你们在这里听到了各国代表的关于工人如何进行反战革命斗争的演说。我只想给你们举一个最富强的国家，即美国的例子。这个国家的资本家现在由于欧战而得到巨大的利润，他们也鼓动战争，他们说，美国也应当准备参战，应当向人民榨取几亿金元来进行新的军备、无穷无尽的军备，美国的一部分社会主义者也响应这种骗人的、罪恶的号召。但是我要把美国社会主义者的最有声望的领袖，美国社会党的共和国总统候选人尤金·德布兹同志写的一段话念给你们听一听。

在 1915 年 9 月 11 日的美国《呼吁理智报》上，他说道：“我不是资本家的士兵，而是无产阶级的革命者，我不是财阀的正规军的士兵，而是人民的非正规军的战士。我坚决拒绝为资本家阶级的利益作战。我反对任何战争，但是有一种战争我是衷心拥护的，那就是为了社会革命而进行的世界战争。如果统治阶级迫不及待地需要战争，那么我决心参加这种战争。”

美国工人热爱的领袖，美国的倍倍尔——尤金·德布兹同志就是这样向美国工人们讲的。

同志们，这又向我们表明，世界各国的工人阶级真正在积聚力量。人民在战争中所受的灾难和痛苦是难以设想的，但是我们不应当，也没有任何理由对将来悲观失望。

在战争中阵亡的人和由于战争而丧生的几百万人并不是白白地牺牲的人，千百万人在忍饥挨饿，千百万人在战壕中牺牲性命，他们不但在受苦受难，而且也在聚集力量，思索大战的真正原因，锻炼自己的意志，他们对革命有了愈来愈清楚的认识。在世界上所有的国家里，群众的不满愈来愈增长，风潮、罢工、游行示威和抗议战争的运动愈来愈激烈。对于我们这就是保证，保证反对资本主义的无产阶级革命一定会在欧战以后到来。

·作品赏析·

曾经多次聆听过列宁演讲的日本共产党人片山潜在回忆中说：“列宁同志没有用任何专为加强听众印象的矫揉造作的词句和修饰，但是却具有非凡的魔力，每当他一开始讲话，场内马上就肃静下来，所有的眼睛都集中到他身上。”

本篇是在伯尔尼国际群众大会上所作的政治演说，列宁这次演说的核心目的就是要通过通俗简明的语言、确切的事实和有力的论证来说明：“一切帝国主义的、资本主义的战争，都是强盗性质的战争和压迫弱小民族以及其他民族的战争，都是保证资本家利润的战争，使资本能够以群众遭受的骇人听闻的痛苦和无产阶级流出的鲜血换得亿亿万万纯金的收入。”

列宁综观国际风云，准确地揭示其实质，立场鲜明，用词极具感情色彩，对听众造成极强的感染力，从而形成强大的号召力。他在分析了帝国主义罪恶的事实之后，并没有形成悲观的看法，而是科学地得出无产阶级必然取得胜利的光明的结论:“在世界上所有的国家里，群众的不满愈来愈增长，风潮、罢工、游行示威和抗议战争的运动愈来愈激烈。对于我们这就是保证，保证反对资本主义的无产阶级革命一定会在欧战以后到来。”整篇演讲感情充沛，气势磅礴。

作者简介

列宁，原名弗拉基米尔·伊里奇·乌里扬诺夫，列宁是他参加革命后的名字。列宁出生于伏尔加河畔的辛比尔斯克。1895 年，列宁在圣彼得堡建立工人阶级解放斗争协会，在俄国第一次实现了社会主义运动和工人运动的结合。同年 12 月，在领导首都工人进行罢工斗争的过程中，列宁遭逮捕，被流放到西伯利亚。

流放期满后，列宁于 1900 年出国侨居。年底，他创办了《火星报》，促进了各地方小组之间的联系。1903 年，列宁参加在伦敦举行的俄国社会民主工党第二次代表大会。这次大会宣告了以列宁为首的布尔什维克党的建立，标志着列宁主义的诞生。

1905 年俄国资产阶级民主革命爆发后，列宁于 11 月回到圣彼得堡直接领导革命斗争。12 月莫斯科工人武装起义失败，列宁被迫再次流亡国外。1917 年俄国二月革命推翻沙皇统治后，列宁从瑞士回到彼得堡。1917 年 11 月 6 日，列宁在圣彼得堡领导武装起义，取得十月革命的胜利，建立了人类历史上第一个社会主义国家。

少年中国说 / 梁启超

演讲者：梁启超（1873—1929）

演讲时间：1900 年 2 月 10 日

演讲者身份：中国近代资产阶级著名的改良主义政治家，启蒙宣传家，近代著名政治、学术演说家

日本人之称我中国也，一则曰老大帝国，再则曰老大帝国。是语也，盖袭译欧西人之言也。呜呼！我中国其果老大矣乎？梁启超曰：恶是何言？是何言，吾心目中有一少年中国在！

我中国其果老大矣乎？是今日全地球之一大问题也。如其老大也，则是中国为过去之国，即地球上昔本有此国，而今渐澌灭，他日之命运殆将尽也。如其非老大也，则是中国为未来之国，即地球上昔未现此国，而今渐发达，他日之前程且方长也。欲断今日之中国为老大耶，为少年耶？则不可不先明“国”字之意义。夫国也者，何物也？有土地，有人民，以后于其土地之人民，而治其所居之土地之事，自制法律而自守之；有主权，有服从，人人皆主权者，人人皆服从者。夫如是，斯谓之完全成立之国。地球上之有完全成立之国也，自百年以来也。完全成立者，壮年之事也；未能完全成立而渐进于完全成立者，少年之事也。故吾得一言以断之曰：欧洲列邦在今日为壮年国，而我中国在今日为少年国。

夫古昔之中国者，虽有国之名，而未成国之形也，或为家族之国，或为酋长之国，或为诸侯封建之国，或为一王专制之国。虽种类不一，要之，其于国家之体质也，有其一部而缺其一部，正如婴儿自胚胎以迄成童，其身体之一二官肢，先行长成，此外则全体虽粗具，然未能得其用也。故唐虞以前为胚胎时代，殷周之际为乳哺时代，由孔子以来至于今为童子时代，逐渐发达，而今乃始将入成童以上少年之界焉。譬犹童年多病，转类老态，或且疑其死期之将至焉，而不知皆由未完全、未成立也，非过去之谓，而未来之谓也。

且我中国畴首，岂尝有国家哉？不过有朝廷耳。我黄帝子孙，聚族而居，立于此地球之上者既数千年，而问其国之为何名，则无有也。夫所谓唐、虞、夏、商、周、秦、汉、魏、晋、齐、梁、陈、隋、唐、宋、元、明、清者，则皆朝名耳。朝也者，一家之私产也；国也者，人民之公产也。朝有朝之老少，国有国之老少，朝与国既异物，则不能以朝之老少而指为国之老少明矣。文、武、成、康，周朝之少年时代也。幽、厉、桓、赧，则其老年时代也；高、文、景、武，汉朝之少年时代也，元、平、桓、灵，则其老年时代也。自余历朝，莫不有之。凡此者，谓为一朝廷之老也则可，谓为一国之老也则不可。一朝廷之老且死，犹一人之老且死也，于吾所谓中国者何与焉？然则吾中国者，前此尚未出现于世界，而今乃始萌芽云尔。天地大矣，前途辽矣，美哉，我少年中国乎！

玛志尼者，意大利三杰之魁也，以国事被罪，逃窜异邦，乃创立一会，名曰“少年意大利”。举国志士，云涌雾集以应之，卒乃光复旧物，使意大利为欧洲之一雄邦。夫意大利者，欧洲第一之老大国也，自罗马亡后，土地隶于教里，政权归于奥国，殆所谓老而濒于死者矣。而得一玛志尼，且能举全国而少年之，况我中国之实为少年时代者耶？堂堂四百余州之国土，凛凛四百余兆之国民，岂遂无一玛志尼其人者！

龚自珍氏之集有诗一章，题曰《能令公少年行》。吾尝爱读之，而有味乎其用意之所存。我国民而自谓其国之老大也，斯果老大矣，我国民而自知其国之少年也，斯乃少年矣。西谚有之曰：有三岁之翁，有百岁之童。然则国之老少，又无定形，而实随国民之心力以为消长者也。吾见乎玛志尼之能令国少年也。吾又见乎我国之官吏士民能令国老大也，吾为此惧。夫以如此壮丽浓郁、翩翩绝世之少年中国，而使欧西、日本人谓我为老大者何也？则以握国权者皆老朽之人也。非哦几十年八股，非写几十年白折，非当几十年差，非捱几十年俸，非递几十年手本，非唱几十年喏，非磕几十年头，非请几十年安，则必不能得一官、进一职。其内任卿贰以上、外任监司以上者，百人之中，其五官不备者，殆九十六七人也，非眼盲，则耳聋，非手颤，则足跛，否则半身不遂也。彼其一身饮食、步履、视听、言语，尚且不能自了，须三四人在左右扶之捉之，乃能度日，于此而乃欲责之以国事，是何异立无数木偶而使之治天下也。且彼辈者，自其少壮之时，既已不知亚细亚、欧罗巴为何处地方，汉祖、唐宗是哪朝皇帝，犹嫌其顽钝腐败之未臻其极，又必搓磨之、陶冶之，待其脑髓已涸，血管已塞，气息奄奄，与鬼为邻之时，然后将我二万里山河、四万万人命，一举而畀于其手，呜呼！老大帝国，诚哉其老大也！而彼辈者，积其数十年之八股、白折、当差、捱俸、手本、唱诺、磕头、请安，千辛万苦，千苦万辛，乃始得此红顶花翎之服色，中堂大人之名号，乃出其全副精神，竭其毕生力量，以保持之。如彼乞儿，拾金一锭，虽轰雷盘旋其顶上，而两手犹紧抱其荷包，他事非所顾也，非所知也，非所闻也。于此而告之以亡国也，瓜分也，彼乌从而听之？乌从而信之？即使果亡矣，果分矣，而吾今年既七十矣八二矣，但求其一两年内，洋人不来，强盗不起，我已快活过了一世矣。若不得已，则割三头两省之土地奉申贺敬，以换我几个衙门，卖三几百万之人民作仆为奴，以赎我一条老命，有何不可？有何难办？呜呼！今之所谓老后、老臣、老将、老吏者，其修身、齐家、治国、平天下之手段，皆具于是矣。西风一夜催人老，凋尽朱颜白尽头。使走无常当医生，携催命符以祝寿。嗟乎痛哉！以此为国，是安得不老且死，且吾恐其未及岁而殇也。

造成今日之老大中国者，则中国老朽之冤业也；制出将来之少年中国者，则中国少年之责任也。彼老朽者何足道？彼与此世界作别之日不远矣，而我少年乃新来而与世界为缘。如僦屋者然，彼明日将迁居地方，而我今日始入此室处，将迁居者，不爱护其窗栊，不洁治其庭庑，俗人恒情，亦何足怪。若我少年者前程浩浩，后顾茫茫，中国而为牛、为马、为奴、为隶，则烹脔鞭箠之惨酷，唯我少年当之；中国如称霸宇内、主盟地球，则指挥顾盼之尊荣，唯我少年享之。于彼气息奄奄、与鬼为邻者何与焉？彼而漠然置之，犹可言也；我而漠然置之，不可言也。使举国之少年而果为少年也，则吾中国为未来之国，其进步未可量也；使举国之少年而亦为老大也，则吾中国为过去之国，其澌亡可翘足而待也。故今日之责任，不在他人，而全在我少年。少年智则国智，少年富则国富，少年强则国强，少年独立则国独立，少年自由则国自由，少年进步则国进步，少年胜于欧洲，则国胜于欧洲，少年雄于地球，则国雄于地球。红日初升，其道大光；河出伏流，一泻汪洋；潜龙腾渊，鳞爪飞扬；乳虎啸谷，百兽震惶；鹰隼试翼，风尘吸张；奇花初胎，矞矞皇皇；干将发硎，有作其芒；天戴其苍，地履其黄；纵有千古，横有八荒；前途似海，来日方长。美哉，我少年中国，与天不老！壮哉，我中国少年，与国无疆！

·作品赏析·

本篇演讲发表于1900年，当时清政府腐败垂朽，昏聩无能，列强辱华，争相分割，民不聊生，有论调以为中国要灭。梁启超的这篇演讲，饱含爱国激情，猛烈抨击了清政府的腐败政治，极力歌颂少年精神，指出中华的希望所在。演讲开门见山，直呼主旨：“吾心目中有一少年中国在！”然后旁征博引，纵横捭阖，贯古通今，分析深刻，语言气势磅礴，采用反复对比的手法说明中国确实已经老了的事实，但他认为：“造成今日之老大中国者，则中国老朽之冤业也；制出将来之少年中国者，则中国少年之责任也。彼老朽者何足道？彼与此世界作别之日不远矣，而我少年乃新来而与世界为缘。”语言酣畅淋漓，骈散结合，情绪饱满，格调高昂，具有强烈的时代感。

作者简介

梁启超，字卓如，号任公，又号饮冰室主人。广东新会人，光绪举人。1890年拜康有为为师。1896年在上海办《时务报》，提倡维新变法，宣传改良主义。还介绍了西方资产阶级哲学和政治学说，对当时思想界有重大影响。1898年戊戌变法失败后，因受清政府通缉逃亡日本。创办《清议报》，坚持改良主义。辛亥革命后回国，一度与袁世凯、段祺瑞合作共事。“五四”时期以学术研究为名，反对马克思主义在中国传播。1925年任清华大学研究院导师，京师图书馆馆长。晚年，致力于著书讲学，其著作编为《饮冰室全集》共148卷。

梁启超像

热血、辛劳、眼泪和汗水 / 丘吉尔

演讲者：丘吉尔（1874—1965）
演讲时间：1940 年 5 月 13 日
演讲者身份：英国首相、政治家、演说家及作家

上星期五晚上，我接受了英王陛下的委托，组织新政府。这次组阁，应包括所有的政党，既有支持上届政府的政党，也有上届政府的反对党，显而易见，这是议会和国家的希望与意愿。我已完成了此项任务中最重要的部分。战时内阁业已成立，由五位阁员组成，其中包括反对党的自由主义者，代表了举国一致的团结。三党领袖已经同意加入战时内阁，或者担任国家高级行政职务。三军指挥机构已加以充实。由于事态发展的极端紧迫感和严重性，仅仅用一天时间完成此项任务，是完全必要的。其他许多重要职位已在昨天任命，我将在今天晚上向英王陛下呈递补充名单，并希望于明日一天完成对政府主要大臣的任命。其他一些大臣的任命，虽然通常需要更多一点的时间，但是，我相信议会再次开会时，我的这项任务将告完成，而且本届政府在各方面都将是完美无缺的。

我认为，向下院建议在今天开会是符合公众利益的。议长先生同意这个建议，并根据下院决议所授予他的权力，采取了必要的步骤。今天议程结束时，建议下院休会到 5 月 21 日星期二。当然，还要附加规定，如果需要的话，可以提前复会。下周会议所要考虑的议题，将尽早通知全体议员。现在，我请求下院，以我的名义提出决议案，批准已采取的各项步骤，将它记录在案，并宣布对新政府的信任。

组成一届具有这种规模和复杂性的政府，本身就是一项严肃的任务，但是大家一定要记住，我们正处在历史上一次最伟大的战争的初期阶段，我们正在挪威和荷兰的许多地方进行战斗，我们必须在地中海地区做好准备，空战仍在继续，众多的战备工作必须在国内完成。在这危急存亡之际，如果我今天没有向下院作长篇演说，我希望能够得到你们的宽恕。我还希望，因为这次政府改组而受到影响的任何朋友和同事，或者以前的同事，会对礼节上的不周之处予以充分谅解，这种礼节上的欠缺，到目前为止是在所难免的。正如我曾对参加本届政府的成员所说的那样，我要向下院说："我没什么可以奉献，有的只是热血、辛劳、眼泪和汗水。"

摆在我们面前的，是一场极为痛苦的严峻的考验，在我们面前，有许多许多漫长的斗争和苦难的岁月。你们问：我们的政策是什么？我要说，我们的政策就是用我们全部能力，用上帝所给予我们的全部力量，在海上、陆地和空中进行战争，同一个在人类黑暗悲惨的罪恶史上所从未有过的穷凶极恶的暴政进行战争。这就是我们的政策。你们问：我们的目标是什么？我可以用一个词来回答：胜利——不惜一切代价，去赢得胜利。无论多么可怕，也要赢得胜利。无论道路多么遥远和艰难，也要赢得胜利。因为没有胜利，就不能生存。大家必须认识到这一点：没有胜利，就没有英帝国的存在，就没有英帝国所代表的一切，就没有促使人类朝着自己目标奋勇前进，这一世代相因的强烈欲望和动力。但是当我挑起这个担子的时候，我是心情愉快、满怀希望的。我深信，人们不会听任我们的事业遭受失败。此时此刻，我觉得我有权利要求大家的支持，我要说："来吧，让我们同心协力，一道前进！"

·作品赏析·

这是一篇成功的就职和施政演讲，丘吉尔先是简明扼要地向下议院汇报了任职以来的主要工作，表明自己将尽职尽责，同时提出了严峻形势下的部署和目标，号召大家齐心协力，一道前进。这篇演讲的最大特点是诉真情、讲真话。演讲者在短短的时间内就使听众了解并信任自己，他说：

“正如我曾对参加本届政府的成员所说的那样，我要向下院说：‘我没什么可以奉献，有的只是热血、辛劳、眼泪和汗水。’摆在我们面前的，是一场极为痛苦的严峻的考验，在我们面前，有许多许多漫长的斗争和苦难的岁月。”演讲既是就职演说，又是战时动员令，所以要求态度诚恳但意志坚定，所以，丘吉尔在演讲中语气是斩钉截铁的：“你们问：我们的目标是什么？我可以用一个词来回答：胜利——不惜一切代价，去赢得胜利。无论多么可怕，也要赢得胜利。无论道路多么遥远和艰难，也要赢得胜利。因为没有胜利，就不能生存。大家必须认识到这一点：没有胜利，就没有英帝国的存在，就没有英帝国所代表的一切，就没有促使人类朝着自己目标奋勇前进，这一世代相因的强烈欲望和动力。”整篇演讲简洁明了，气魄恢弘大度。

作者简介

丘吉尔出生在英国的历史名城布莱尼姆堡。由于出身贵族，丘吉尔就读的都是当地最好的学校。在经历了 3 次失败后，他终于考入了英国著名的桑德斯军事学校。1895 年，丘吉尔从军校毕业后，进入英国海军。此后几年中，他先后参加过镇压古巴起义和印度西北部起义的战斗。1899 年英布战争爆发，丘吉尔作为随军记者被派往南非。

1900 年，丘吉尔当选为保守党议员。1908 年，丘吉尔出任自由党内阁的贸易大臣，跨入了英国政府的最高行政机关。随后他又担任过内政大臣、海军大臣、军需大臣、陆军大臣、空军大臣、财政大臣等职务，成了几届内阁的常客。

丘吉尔像

20 世纪 30 年代，面对希特勒法西斯政权的扩军备战和侵略扩张，丘吉尔号召英国人民积极备战，坚决打击法西斯的嚣张气焰。1940年5月，软弱的张伯伦政府下台，英王乔治五世授权丘吉尔组织战时内阁。在他的努力下，不但推迟了德国入侵英国的计划，还取得“大不列颠之战”的胜利。1941年8月，丘吉尔与罗斯福发表《大西洋宪章》。1942年1月1日，丘吉尔与美、苏、中等国的代表共同签署了《联合国家宣言》，建立起反法西斯统一战线。1943年11月，丘吉尔参加德黑兰会议，决定开辟欧洲第二战场。5月8日，丘吉尔通过广播向英国人民宣告战争结束。

然而，当丘吉尔在波茨坦讨论战后的世界安排时，却从国内传来保守党在议会选举中失败的消息。丘吉尔只得匆匆回国，由新当选的首相艾德礼接替他继续开会。但丘吉尔并没有退出政治舞台。1946年3月他在美国发表著名的“铁幕”演说，揭开了“冷战”的序幕。1951年，77岁高龄的丘吉尔再度当选为首相。4年后，向女王递交了辞呈。

1965年1月24日，丘吉尔因中风而病逝，享年91岁。

探索的动机 / 爱因斯坦

演讲词档案

演讲者：爱因斯坦（1879—1955）
演讲时间：1918 年 4 月
演讲地点：柏林物理学会举办的普朗克 60 岁生日庆祝会
演讲者身份：现代最伟大的科学家

在科学的庙堂里有许多房舍，住在里面的人真是各式各样，而引导他们到那里去的动机实在也各不相同。有许多人之所以爱好科学，是因为科学给他们以超乎常人的智力上的快感，科学是他们自己的特殊娱乐，他们在这种娱乐中寻求生动活泼的经验和雄心壮志的满足。在这座庙堂里，另外还有许多人之所以把他们的脑力产物奉献在祭坛上，为的是纯粹功利的目的。如果上帝有位天使跑来把所有属于这两类的人都赶出庙堂，那么聚集在那里的人就会大大减少，但是，仍然还有一些人留在里面，其中有古人，也有今人。我们的普朗克就是其中之一，这也就是我们之所以爱戴他的原因。

我很明白，我们刚才在想象中随便驱逐了许多卓越的人物，他们对建设科学庙堂有过很大也许是主要的贡献，在许多情况下我们的天使也会觉得难于决定。但有一点我可以肯定：如果庙堂里只有我们刚才驱逐了的那两类人，那么这座庙堂就绝不会存在，正如只有蔓草就不成其为森林一样。因为，对于这些人来说，只要有机会，人类活动的任何领域他们都会大干。他们究竟成为工程师、官吏、商人，还是科学家，完全取决于环境。现在让我们再来看看那些为天使所宠爱的人吧，他们大多数是相当怪癖、沉默寡言和孤独的人，尽管有这些共同特点，实际上他们彼此之间很不一样，不像被赶走的那许多人那样彼此相似。究竟是什么把他们引到这座庙堂里来的呢？这是一个难题，不能笼统地用一句话来回答。首先我同意叔本华所说的，把人们引向艺术和科学的最强烈的动机之一，是要逃避日常生活中令人厌恶的粗俗和使人绝望的沉闷，是要摆脱人们自己反复无常的欲望的桎梏。一个修养有素的人总是渴望逃避个人生活而进入客观知觉和思维的世界，这种愿望好比城市里的人渴望逃避喧嚣拥挤的环境，而到高山上去享受幽静的生活，在那里，透过清寂而纯洁的空气，可以自由地眺望，陶醉于那似乎是为永恒而设计的宁静景色。

除了这种消极的动机外，还有一种积极的动机。人们总想以最适合于他自己的方式，画出一幅简单的和可理解的世界图像，然后他就试图用他的这种世界体系来代替经验的世界，并征服后者。这就是画家、诗人、思辨哲学家和自然科学家各按自己的方式去做的事。各人把世界体系及其构成作为他的感情生活的中枢，以便由此找到他在个人经验的狭小范围内所不能找到的宁静和安定。

在所有可能的图像中，理论物理学家的世界图像占有什么地位呢？在描述各种关系时，他要求严密的精确性达到那种只有用数学语言才能达到的最高的标准。另一方面，物理学家必须极其严格地控制他的主题范围，必须满足于描述我们经验领域里的最简单事件。对于一切更为复杂的事件企图以理论物理学家所要求的精密性和逻辑上的完备性把它们重演出来，这就超出了人类理智所能及的范围。高度的纯粹性、明晰性和确定性要以完整性为代价。但是，当人们胆小谨慎地把一切比较复杂而难以捉摸的东西都撇开不管时，那么能吸引我们去认识自然界的这一渺小部分的，究竟又是什么呢？难道这种谨小慎微的努力结果也够得上宇宙理论的美名吗？我认为，够得上的。因为，作为理论物理学结构基础的普遍定律，应当对任何自然现象都有效。有了它们，就有可能借助于单纯的演绎得出一切自然过程（包括生命过程）的描述，也就是它们的理论，只要这种演绎过程并不超出人类理智能力太多。因此，物理学家放弃他的世界体系的完整性，倒不是一个什么根本原则问题。

物理学家的最高使命是得到那些普遍的基本定律，由此世界体系就能用单纯的演绎法建立起来。要通向这些定律，没有逻辑推理的途径，只有通过建立在经验的同感的理解之上的那种直觉。由于这种方法论上的不确定性，人们将认为这样就会有多种可能同样适用的理论物理学体系，这个看法在理论上无疑是正确的。但是物理学的发展表明，在某一时期里，在所有可想到的解释中，总有一个比其他的一些都高明得多。凡是真正深入研究过这一问题的人，都不会否认唯一决定理论体系的实际上是现象世界，尽管在现象和他们的理论原理之间并没有逻辑的桥梁，这就是莱布尼茨非常中肯地表述过的“先天的和谐”。物理学家往往责备研究认识论的人没有足够注意这个事实。我认为，几年前马赫和普朗克的论战，根源就在这里。

渴望看到这种先定的和谐，是无穷的毅力和耐心的源泉。我们看到，普朗克就是因此而专心致志于这门科学中的最普遍的问题，而不使自己分心于比较愉快的和容易达到的目标上去。我常常听到同事们试图把他的这种态度归结于非凡的意志力和修养，但我认为这是错误的。促使人们去做这种工作的精神状态是同信仰宗教的人或谈恋爱的人的精神状态相类似的，他们每天的努力并非来自深思熟虑的意向或计划，而是直接来自激情。我们敬爱的普朗克就坐在这里，内心在笑我像孩子一样提着第欧根尼的灯笼闹着玩，我们对他的爱戴不需要作老生常谈的说明，祝愿他对科学的热爱继续照亮他未来的道路，并引导他去解决今天物理学最重要的问题，这问题是他自己提出来的，并且为了解决这问题他已经做了很多工作。祝他成功地把量子论同电动力学和力学统一于一个单一的逻辑体系里。

·作品赏析·

1918年4月，在柏林物理学会举办的普朗克60岁生日庆祝会上，爱因斯坦发表了这篇演讲，他高度评价了普朗克对科学的热情和为此献身的崇高精神。普朗克是一个严谨的科学家，他用精确的数学语言寻求普遍的基本定律，以建立严格精确的理论体系，并且卓有成效。而要准确恰当地表述清楚普朗克的成就，就需要大量运用专业术语，这样势必导致语言的枯燥。爱因斯坦的演讲却恰当地运用哲学的思辨语言和演讲口语，并大量运用生动形象的比喻，加上丰富的想象力，把深奥的道理讲得通俗明白，生动活泼，富于魅力，“一个修养有素的人总是渴望逃避个人生活而进入客观知觉和思维的世界，这种愿望好比城市里的人渴望逃避喧嚣拥挤的环境，而到高山上去享受幽静的生活，在那里，透过清寂而纯洁的空气，可以自由地眺望，陶醉于那似乎是为永恒而设计的宁静景色”。这样的语言如同优美的抒情散文，大大增强了演讲的可接受性。

作者简介

爱因斯坦，出生在德国乌尔姆的一个商人家庭。在他两岁那年，他们举家迁往慕尼黑。1894 年，爱因斯坦只身离开德国前往瑞士，两年后进入苏黎世联邦工业大学学习物理学。

1902 年，爱因斯坦受聘为瑞士专利局的技术员，负责专利申请的技术鉴定工作。1908 年，他被伯尔尼大学聘为编外讲师，次年转到苏黎世大学讲授理论物理学。1914 年，应普朗克和能斯脱的邀请，他回到故乡德国，担任普鲁士科学院院长和凯撒·威廉物理研究所所长，并兼任柏林大学教授。

第一次世界大战爆发后，他利用自己的影响力积极进行反战活动。1916 年，他发表《广义相对论原理》，系统地阐述了广义相对论原理。1933 年，希特勒攫取德国政权后疯狂迫害犹太人，幸而爱因斯坦当时在美国讲学。1940 年，爱因斯坦放弃德国国籍，加入美国籍。

定居美国后，爱因斯坦一直担任普林斯顿高级研究院的教授。

1955 年 4 月 18 日凌晨，爱因斯坦在普林斯顿与世长辞，享年 76 岁。

广播演说 / 斯大林

演讲词档案

演讲者：斯大林（1879—1953）
演讲时间：1941 年 7 月 3 日
演讲者身份：苏联共产党和国家主要领导人、武装力量最高统帅、战略家、苏联大元帅

同志们！公民们！兄弟姊妹们！我们的陆、海军战士们！我的朋友们，我现在向你们讲话！

德国希特勒从 6 月 22 日起向我们祖国发动的背信弃义的军事进攻，现仍持续着。虽然红军英勇抵抗，虽然敌人的精锐师团和精锐空军部队被击溃，被埋葬在战场上，但是敌人又向前线投入了新的兵力，继续向前进犯，我们的祖国面临着严重的危险。

我们光荣的红军怎么会让法西斯军队占领了我们的一些城市和地区呢？难道德国法西斯军队真的像法西斯吹牛宣传家所不断吹嘘的那样，是无敌的军队吗？

当然不是！历史表明无敌的军队现在没有，过去也没有过。拿破仑的军队曾被认为是无敌的，但是这支军队却先后被俄国、英国和德国的军队击溃了。在第一次帝国主义战争时期，威廉的德国军队也曾被认为是无敌的军队，但是这支军队曾经数次败在俄国军队和英法军队手中，终于彼英法军队击溃了。现在希特勒的德国法西斯军队也是这样。这支军队在欧洲大陆还没有遇到重大的抵抗，只是在我国领土上，德国才遇到了重大的抗击。由于我们的抵抗，德国法西斯军队的精锐师团已被我们红军击溃。这就是说，正像拿破仑和威廉的军队一样，希特勒法西斯军队也是能够被

击溃的，而且一定会被击溃。

为了消除我们祖国面临的危险，需要做些什么呢？为了粉碎敌人，应该采取哪些措施呢？首先，我们苏联人必须了解到威胁我国的危险的严重程度，坚决克服泰然自若、漠不关心的心理，克服和平建设的情绪，这种情绪在战前是完全自然的，但是现在，战争使形势根本改变了，这种情绪就会置我们于死地。敌人是残酷无情的，他们的目的是要侵占我们用汗水浇灌出来的土地，掠夺我们凭劳动获得的粮食和石油，他们的目的是要恢复地主政权，恢复沙皇制度，摧残俄罗斯人、乌克兰人、白俄罗斯人、立陶宛人、拉脱维亚人、爱沙尼亚人、乌兹别克人、鞑靼人、摩尔达维亚人、格鲁吉亚人、亚美尼亚人、阿塞拜疆人以及苏联其他各自由民族的民族文化和国家制度，把他们德意志化，使他们变成德国王公贵族的奴隶。因此，这是苏维埃国家生死存亡的问题，是苏联各族人民生死存亡的问题，是苏联各族人民继续享受自由还是沦为奴隶的问题。苏联人民必须了解这一点，不要再漠不关心。他们必须动员起来，把自己的全部工作转到新的战时轨道上，拿出对敌人毫不留情的气概。同法西斯德国的战争，绝不能看成普通的战争。这场战争不仅是两国军队之间的战争，也同时是全体苏联人民反对德国法西斯军队的伟大战争。这场反法西斯压迫者的全民卫国战争的目的，不仅是要消除我国面临的危险，还要帮助那些在德国法西斯主义枷锁下呻吟的欧洲各国人民。在这场解放战争中，我们不是孤立的。

同志们！我们的力量是无穷无尽的。骄横的敌人很快就会相信这一点。同红军一道对进犯我国的敌人奋起作战的，有成千成万的工人、集体农庄的农民和知识分子。我国千百万人民群众都将奋起作战。莫斯科和列宁格勒的劳动者已经开始成立有成千上万人的民兵队伍来支援红军。在我们反对德国法西斯主义的卫国战争中，在每一个遭到有敌人侵犯的危险的城市里，我们都应当成立这样的民兵队伍，发动全体劳动者起来斗争，挺身捍卫我们的自由、我们的荣誉和我们的祖国。

·作品赏析·

1941 年 6 月 22 日，德国法西斯背信弃义，撕毁了《苏德互不侵犯条约》，不宣而战。苏联党和政府立即紧急动员，号召苏联红军和苏联人民投入反法西斯的卫国战争，坚决粉碎德国法西斯的进攻。同年 7 月 3 日，苏联人民的伟大领袖斯大林发表广播演说，号召苏联人民同红军一道奋起保卫祖国，捍卫每一寸国土。

斯大林的这篇广播演讲发表于反法西斯战争前夕，演说开宗明义，首先讲明了卫国战争的局势，强调社会主义祖国正面临和遭受到希特勒法西斯德国进犯的危险。斯大林在演说中首先说明一个道理："历史表明，无敌的军队现在没有，过去也没有。"这样的表述就大大增强了人们战胜困难的信心和决心。接着，斯大林特别强调了局势的严峻和形势的危急，"这是苏维埃国家生死存亡的问题，是苏联各族人民生死存亡的问题。"这就使人民充分认识到备战的紧迫感和急切性。接着斯大林分析了法西斯对苏联国家和人民的危害，指出坚决与之战斗的必要性和必然性，在充分讲明了这些道理之后，演讲的内容就主要放在对全体人民的动员和部署上，"我们应当立即按战时轨道来改造我们的全部工作，使一切都服从于前线的利益，都服从于粉碎敌人的组织任务。"这一部分的论述也是详尽和毫不含糊的：军队的组织和补充、军需物品的制造、国内于形势不利的各种可能问题的应对策略、部队撤退时的方式和策略、敌占区游击战争的开展方式等等，战略上的部署非常详尽周密，而这些充分表明，苏联内部是胸有成竹的。然后斯大林分析了国内国际形势，指出国际形势对于反法西斯是非常有利的，也就是说，胜利的到来是必然的。这些建立在事实上的论述具有极大的说服力，对于鼓舞士气起到不可估量的作用。全篇演讲分析深刻全面，说理透彻，具有极大的鼓动性和号召力。

作者简介

斯大林，出生在高加索格鲁吉亚的哥里城。儿时的斯大林就读于哥里

斯大林像

的一所教会学校。十多岁时进入第比利斯一所正教中学读书，1899年因宣传推翻政府的思想被学校开除，随后参加了地下的马克思主义运动。1903年党发生了分裂，他站在了布尔什维克一边，成为列宁的忠实支持者。

1917年十月革命爆发，斯大林被选入领导起义的革命军事总部，参与组织彼得格勒的武装起义，为夺取十月革命的胜利立下了汗马功劳。1922年4月，依照列宁的建议，斯大林当选为党的总书记。1924年列宁逝世后，经过残酷的党内斗争，斯大林成为苏联党和国家的最高领导人。

面对德国法西斯日益严重的威胁，为了赢得战前准备的时间，1938年8月斯大林与希特勒签订了《苏德互不侵犯条约》。1941年6月22日，德国法西斯对苏联发动突然袭击，第二次世界大战全面爆发。斯大林领导苏联人民先后取得了莫斯科保卫战、斯大林格勒会战和库尔斯克战役的胜利，最终打败了德国法西斯，为世界反法西斯战争作出了重大贡献。

1953年3月5日，斯大林因中风去世，享年74岁。

责任·荣誉·国家 / 麦克阿瑟

演讲词档案

演讲者：麦克阿瑟（1880—1964）
演讲时间：1962 年 5 月 2 日
演讲地点：西点军校
演讲者身份：美国著名军事家、美国陆军五星上将

今天早晨，我走出旅馆时，看门人问道：“将军，您上哪儿去？”一听说我到西点时，他说：“那是个好地方，您从前去过吗？”

这样的荣誉是没有人不深受感动的，长期以来，我从事这个职业，我又如此热爱这个民族，这样的荣誉简直使我无法表达我的感情。然而，这种奖赏主要并不意味着尊崇个人，而是象征一个伟大道德情操——捍卫这块可爱土地上的文化与古老传统的那些人为的行为与品质的准则，这就是这个大奖章的意义。从现在以及后代来看，这是美国军人道德标准的一种表现。我一定要遵循这种方式，结合崇高的理想，唤起自豪感，也要始终保持谦虚。

责任、荣誉、国家，这三个神圣的名词尊严地命令您应该成为怎样的人，可能成为怎样的人，一定要成为怎样的人。它们是您振奋精神的转折点，当您似乎丧失勇气时鼓起勇气，似乎没有理由相信时重建信念，几乎绝望时产生希望。遗憾的是，我既没有雄辩的辞令，诗意的想象，也没有华丽的隐喻向你们说明它们的意义。怀疑者一定要说它们只不过是几个名词，一句口号，一个浮夸的短词。每一个迂腐的学究，每一个蛊惑人心的政客，每一个玩世不恭的人，每一个伪君子，每一个惹是生非者，很遗憾，还有其他个性完全不同的人，一定企图贬低它们，甚至达到愚弄、嘲

笑它们的程度。

但这些名词却能完成这些事。它们建立您的基本特性，它们塑造您将来成为国防卫士的角色。它们使您坚强起来，认清自己的懦弱，而且，让您勇敢地面对自己的胆怯。它们教导您在真正失败时要自尊，要不屈不挠；胜利时要谦和，不要以言语代替行动，不要贪图舒适；要面对重压以及困难和挑战的刺激，要学会巍然屹立于风浪之中。但是，对遇难者要寄予同情，要律人得先律己；要有纯洁的心灵，崇高的目标；要学会笑，不要忘记怎么哭；要长驱直入未来，可不该忽略过去；要为人持重，但不可过于严肃；要谦逊，这样您就会记住真正伟大的淳朴，真正智慧的虚心，真正强大的温顺。它赋予您意志的韧性，想象的质量，感情的活力，从生命的深处焕发精神，以勇敢的优势克服胆怯，甘于冒险胜过贪图安逸。它们在你们心中创造奇境，意想不到的无尽无穷的希望，以及生命的灵感与欢乐。它们以这种方式教导你们成为军官或绅士。

您所率领的是哪一类士兵？他们可靠吗？勇敢吗？他们有能力赢得胜利吗？他们的故事您全部熟悉，那是美国士兵的故事。我对他们估计是多年前在战场上形成的，至今并没有改变。那时，我把他看作世界上最高尚的人物，现在，我仍然这样看待他，不仅是具有最优秀的军事品德，而且也是最纯洁的一个人。他的名字与威望是每一个美国公民的骄傲。在青壮年时期，他献出了一切人类所能给予的爱情与忠贞。他不需要我与其他人的颂扬，他自己用鲜血在敌人的胸前谱写自传。可是，当我想到他在灾难中的坚韧，在战火里的勇气，胜利中的谦虚，我满怀的赞美之情是无法言状的。他是历史上一位成功的爱国者的伟大典范，他是后代作为对子孙进行解放与自由主义的教导者，现在，他把美德与成就献给我们。在二十次战役中，在上百个战场上，围绕着成千堆的营火，我亲眼目睹不朽的坚忍不拔的精神，爱国的自我克制以及不可战胜的决心，这些已经把他的形象铭刻在他的人民的心坎上。从世界的这一端到那一端，从天涯到海角，我们已经深深地喝干勇敢的美酒。

这几个名词的准则贯穿着最高的道德准则，并将经受任何为提高人类而传播的伦理或哲学的检验。它所要求的是正确的事物，它所制止的是错误的东西。高于众人之上的战士要履行宗教修炼的最伟大的行为——牺牲。在战斗中，面对着危险与死亡，他显示出造物者按照自己意愿创造人类时所赋予的品质，只有神明的援助能支持他，任何肉体的勇敢与动物的本能都代替不了。无论战争如何恐怖，召之即来的战士准备为国捐躯是人类最崇高的进化。

现在，你们面临着一个新世界——一个变革中的世界。人造卫星进入星际空间，星球与导弹标志着人类漫长的历史开始了另一个时代——太空时代的篇章。自然科学家告诉我们，花费了五十亿年或更长的时期造成的地球，在三万万年才出现人类，再没有比现在发展得更快、更伟大的了。我们现在不但是从这个世界，而且涉及不可估量的距离，还要从神秘莫测的宇宙来论述事物。我们正在伸向一个崭新的无边无际的界限。我们谈论着不可思议的话题：控制宇宙的能源；让风与潮汐为我们工作；创造空前的合成物质，补充甚至代替古老的基本物质；净化海水供我们饮用；开发海底作为财富与粮食的新基地；预防疾病，延长寿命几百岁；调节空气，使冷热晴雨分布均衡……使生命成为有史以来最扣人心弦的那些梦境与幻想。

通过所有这些巨大的变化和发展，你们的任务就是坚定与不可侵犯地赢得我们战争的胜利。你们的职业中只有这个生死攸关的献身，此外，什么也没有。其余的一切公共目的、公共计划、公共需求，无论大小，都可以寻找其他的方法去完成，你们就是训练好参加战斗的，你们的职业就是战斗——决心取胜。在战争中明确的认识就是为了胜利，胜利是任何一切都代替不了的。假如您失败了，国家就要遭到破坏，唯一缠住您的公务职责就是责任、荣誉、国家。其他人将争论着国内外的，分散人思想的争论的结果，可是，您将安详、宁静地屹立在远处，作为国家的卫士，作为国际矛盾怒潮中的救生员，作为战斗竞技场上的领头人士。一个半世纪以来，你们曾经防御、守卫、保护着解放与自由、权力与正义的神圣传统。让老百姓的声音来辩论我们政府的功过，是否因联邦的家长式统治力量过大，权力集团发展过于骄横自大，政治太腐败，罪犯太猖獗，道德标准降得太低，捐税提得太高，极端分子的偏激衰竭，我们个人的自由是否像完全应有的那样完全彻底，这些重大的国家问题无须你们的职业去分担或军事来解决。你们的路标：责任——荣誉——国家，这抵得上夜里的十倍灯塔。

你们是联系我国防御系统全部机构的发酵剂。从你们的队伍中涌现出战争警钟敲响时刻手操国家命运的伟大军官，从来也没有人打败过我们。假如您这样做，一百万身穿橄榄色、棕卡其、蓝色和灰色制服的灵魂将从他们的白色十字架下站起来，以雷霆般的声音响起神奇的词句：责任——荣誉——国家。

这并不意味着你们是战争贩子，相反，高于众人之长的战士祈求和平，因为他必须忍受战争最深刻的伤痛与疮疤。可是，在我们的耳边经常响起大智大慧的哲学之父柏拉图的不祥之言："只有死者看到战争的终结。"

我的年事渐高，已过黄昏，我的过去已经消失了音调与色彩，它们已经随着往事的梦境模模糊糊地溜走了。这些回忆是非常美好的，是以泪水洗涤，以昨天的微笑抚慰的。我渴望的耳朵徒然聆听着微弱的起床号声的迷人旋律，远处咚咚作响的鼓声。在我的梦境里，又听到噼啪的枪炮声、咯咯的步枪射击声、战场上古怪而忧伤的低语声。可是，在我记忆的黄昏，我总是来到西点，那里始终在我的耳边回响着：责任——荣誉——国家。

今天标志着我最后一次检阅你们。但是，我希望你们知道，当我死去时，我最后内心深处一定是这个部队的！这个部队的！这个部队的！

·作品赏析·

这是一篇热情洋溢的演说，家常式的开场白创造了良好的氛围，然后麦克阿瑟围绕着责任、荣誉、国家这三个核心名词，展开了他的宏论，同时用充满激情的语言描绘了一幅幅波澜壮阔的感人画卷，属于军人的责任、荣誉的画卷，这也是麦克阿瑟一生的经验总结、西点军校学生奋斗的目标。演讲的语言朴素而真挚，演讲者用真挚，饱含深情的话语对听众动之以情、晓之以理，意蕴博大精深、意味深长幽远。西点军校是麦克阿瑟军人生涯的起点，现在他告别西点，告别军旅生活，内心的依依不舍之情流露在话语之间，这种浓烈的感情也打动着每一位听众。演讲的结构严谨，层次有序，主旨鲜明，“军人的荣誉是承担责任，保卫国家”这样一个主题贯穿全文，明确表达了麦克阿瑟对军人价值的理解以及对西点军校的深厚感情。

作者简介

麦克阿瑟，出生于军人世家，1903 年毕业于西点军校。第一次世界大战中，于 1917 年 10 月起在美驻法军队中任师参谋长，后任旅长，大战结束时任第 42 师师长。1919—1922 年任西点军校校长。

第二次世界大战爆发后以中将衔任远东美军司令，统管远东全部陆军和空军，驻守菲律宾群岛。1944 年 12 月被授予美国特等军衔“五星上将”。

1945 年 9 月 2 日，麦克阿瑟登上停泊在东京湾的美国密苏里号军舰，接受了日本正式向盟军的投降。

1950 年 6 月 25 日，朝鲜战争爆发，在朝鲜战场上，麦克阿瑟忠实地执行了杜鲁门政府的侵略政策。1951 年，杜鲁门妄图挽回败局，借口麦克阿瑟违令抗上，解除了他的一切职务，并调回美国。麦克阿瑟回国后，应邀参加雷明顿—兰德公司的工作，1952 年 7 月 31 日就任该公司的董事长。1964 年 4 月 5 日病故。

读书与革命

——在中山大学开学典礼上的演讲 / 鲁迅

演讲词档案

演讲者：鲁迅（1881—1936）

演讲时间：1927 年 3 月 1 日

演讲地点：中山大学

演讲者身份：伟大的文学家、思想家和革命家

现在我因为职务上的关系，不能不说几句话，可是有许多好的话，以前几位先生已经讲完了，我再没有什么话可讲了。

我想中山大学，并不是今天开学的日子才起始的，三十年前已经有了。中山先生一生致力革命，宣传，运动，失败了又起来，这就是他的讲义。他用这样的讲义教给学生，后来大家发表的成绩，即是现在的中华民国。中山先生给后人的遗嘱上说，“革命尚未成功，同志仍须努力。”这中山大学就是“努力”的一部分。为贯彻他的精神，在大学里，就得如那标语所说，“读书不忘革命，革命不忘读书”。因为大学是叫青年来读书的。

本来，青年原应该都是革命的。因为在科学上已经证明：人类是进步的。以前有猿人，或者在五十万年以前吧，这是地质学上的事，我不大清楚，好在我们有地质学专家在这里，问一问便知道，后来才有了人。虽然慢得很，但可见人本来是进化的前进的。前进即革命，故青年人原来尤应该是革命的。但后来变做不革命了，这是反乎本性的堕落，倘用了宗教家的话来说，就是：“受了魔鬼的诱惑！”因此，要回复他的本性，便又另要教育、训练、学习的工作去了。

中山大学不但要把不革命、反革命的脾气去掉，还要想法子，引导人回复本性，向前进行到革命的地方。

说革命是要有经验的，所以要读书。但这可很难说了。念书固可以念得革命，使他有清晰的、二十世纪的新见解。但也可以念成不革命，念成反革命。因为所念的多属于这一类的东西，尤其是在中国念古书的特别多。

中山大学在广东革命政府之下，广东是革命青年最好的修养的地方，这不用多说了。至于中山大学同人应共同负的使命，我想，是在中山大学的名目之下，本着同一的目标，引导许多青年往前进，格外努力。

然而有一层又很困难，这实在是中国青年最吃力的地方了，就是一方要学习，一方又要革命。

有许多早应该做的，古人没有动手做便放下了，于是都压在后人的肩膀上，后人要负担几千年积下来的责任。这重大的事，一时做不成，或者要分几代来做。

因此，青年们要读书不忘革命，的确是很吃苦，很吃力的了。但在现在社会状况之下，又不能不这样。

青年应该放责任在自己身上，向前走，把革命的伟力扩大！

要改革的地方很多，现在地方上的一切还是旧的，这些都尚没有动手改革，我们看，对于军阀，已有黄埔军官学校同学去攻击他，打倒他了。但对于一切旧制度、宗法社会的旧习惯、封建社会的旧思想，还没有人向他们开火！

中山大学的青年，应该以从读书得来的东西为武器，向他们进攻——这是中大青年的责任。

·作品赏析·

鲁迅一直认为，青年是中国的希望。当他看到一些青年在反动势力威迫下逐渐退缩，并消沉下去时，痛心疾首。于是，在中山大学开学典礼上，他作了这篇演说。他首先以孙中山先生的遗志激励学子，鼓励他们承担起“革命”和“读书”的双重责任。接下来，他以进化论为依据，倡言“革命”乃是青年的本性，呼吁青年学生不忘革命本性。然后，他阐述了读书与革命的关系，鼓励青年多读进步书籍，少读“古书”。在讲述当前青年们所应承担的沉重的历史使命后，他热情呼吁青年们向前走，把革命的威力扩大，呼吁青年起来打倒腐朽的一切，向反动势力勇敢进攻。这篇演讲振聋发聩，激发广大青年投身到革命的战斗中去，对中国革命产生了巨大深远的影响。

鲁迅这篇演讲，言辞犀利，直面社会现实，体现了一个循循善诱的师长对青年学子们热切的关怀与殷切的期望。

作者简介

鲁迅像

鲁迅，中国文学家、思想家和革命家。原名周树人，字豫才，浙江绍兴人。出身于破落封建家庭。青年时代受进化论、尼采超人哲学和托尔斯泰博爱思想的影响。1902年去日本留学，原在仙台医学院学医，后从事文艺工作，力图用以改变国民精神。1909年，回国任教。1918年5月，首次用“鲁迅”的笔名，发表中国现代文学史上第一篇白话小说《狂人日记》，奠定了新文学运动的基石。1919年，成为五四新文化运动的主将。1921年12月发表的中篇小说《阿Q正传》，是中国现代文学史上的不朽杰作。1930年起，先后参加中国自由运动大同盟、中国左翼作家联盟和中国民权保障同盟，反抗国民党政府的独裁统治和政治迫害。1936年10月19日因肺结核病逝于上海，葬于虹桥万国公墓。

一个遗臭万年的日子 / 富兰克林·罗斯福

演讲词档案
演讲者：富兰克林·罗斯福（1882—1945）
演讲时间：1941年12月8日
演讲地点：美国国会
演讲者身份：美国第32任总统

副总统先生、议长先生、参众两院各位议员：

昨天，1941年12月7日，一个遗臭万年的日子——美利坚合众国遭到了日本帝国海空军部队突然和蓄谋的进攻。

合众国当时同该国处于和平状态，而且，根据日本的请求，当时仍在同该国政府和该国天皇进行着对话，对于维护太平洋的和平有所期待。实际上，就在日本空军中队已经开始轰炸美国瓦胡岛之后一小时，日本驻合众国大使及其同事还向我们国务卿提交了对美国最近致日方的信函的正式答复。虽然复函声言继续现行外交谈判似已无用，但它并未包含着有关战争或武装进攻的威胁或暗示。

应该记录在案的是：由于夏威夷同日本的距离，这次进攻显然是许多天乃至若干星期以前就已蓄意进行策划的。在策划过程之中，日本政府通过虚伪的声明和表示希望维系和平而蓄意对合众国进行了欺骗。

昨天对夏威夷群岛的进攻，使美国海陆军队造成了严重的损害，我遗憾地告诉各位，很多美国人丧失了生命，据报，美国船只在旧金山和火奴鲁鲁之间的公海上也遭到了鱼雷袭击。

昨天，日本政府已发动了对马来西亚的进攻。

昨夜，日本军队进攻了香港。

昨夜，日本军队进攻了关岛。

昨夜，日本军队进攻了菲律宾群岛。

昨夜，日本人进攻了威克岛。

今晨，日本人进攻了中途岛。

因此，日本在整个太平洋区域采取了突然的攻势。昨天和今天的事实不言自明。合众国的人民已经形成了自己的见解，并且十分清楚地关系到我们国家的安全和生存的本身。

作为海陆军总司令，我已指示，为了防备我们采取一切措施。

但是，我们整个国家都将永远记住这次对于我们进攻的性质。

不论要用多长的时间才能战胜这次预谋的入侵，美国人民以自己的正义力量一定要赢得绝对的胜利。

我现在断言，我们不仅要作出最大的努力来保卫我们自己，我们还将确保这种形式的背信弃义永远不会再危及我们。我这样说，相信是表达了国会和人民的意志。

敌对和行动已经存在，毋庸讳言，我国人民，我国领土和我国利益都处于严重危险之中。

信赖我们的武装部队，依靠我国人民的坚定信心，我们将取得必然的胜利，上帝助我！

我要求国会宣布：自 1941 年 12 月 7 日星期日，日本进行无缘无故和卑鄙怯懦的进攻时起，合众国和日本之间已处于战争状态。

·作品赏析·

罗斯福顺着斜坡走上讲坛后，以极大的克制，用平实舒缓的语言陈述了日军在 24 小时内的所作所为，并郑重指出，日本政府通过虚伪的声明和表示希望维系和平而蓄意对合众国进行了欺骗。他最后请求国会宣布：“自 1941 年 12 月 7 日星期日，日本进行无缘无故和卑鄙怯懦的进攻时起，合众国和日本帝国之间已处于战争状态。”没有过多的渲染，演说历时 6 分钟。参众两院几乎以全票通过了罗斯福的宣战要求，只在众议院有 1 张反对票。现在回头来看这篇演讲，我们首先感到的是其中蕴含的巨大的力量。在演说的语言中，冷静和理性的表述显然是占了上风的，罗斯福首先通报了战前近期和日本的外交状况，以确凿的事实说明，日本对和合众国进行了最无耻的欺诈，然后最为简洁地列出了日本在太平洋地区所采取的军事行动及其对美国造成的巨大创伤。简短的论述表明：合众国已经处于严重的危险之中，结论和对策已经在毋庸置疑中。演讲的结构非常严谨，语言精练，毫不拖沓和感情用事，但是收到了巨大的效果，国会仅用32分钟就通过了宣战法案。收效之快，与这篇简洁有力的演讲不无关系。

作者简介

富兰克林·罗斯福生于纽约州的海德公园村，小时候经常随父母游历欧洲，积累了不少生活阅历。1904年，罗斯福从哈佛大学毕业后，进入哥伦比亚大学法学院学习法律。1910年，28岁的罗斯福迈出了走上政坛的第一步，当选为纽约州参议员。

1913年，罗斯福出任海军部助理部长，主张建设强大而有作战能力的海军。1920年，他被民主党提名为副总统候选人，竞选失败后，担任一家保险公司的副经理。1921年夏天，他染上了小儿麻痹症，导致两腿终身瘫痪。1928年，罗斯福成功当选纽约州州长，任期内美国发生严重经济危机，他采取措施，建立救济机构，深得人心。1933年3月4日，罗斯福就任美国第32届总统。入主白宫后，他积极推行“新政”，使美国摆脱了经济危机。在1936年、1940年和1944年的大选中，罗斯福又连续三次当选，成为美国历史上唯一蝉联四届的总统。

富兰克林·罗斯福像

1937年日本发动全面侵华

战争后不久，罗斯福发表著名的“防疫演说”。第二次世界大战爆发后，罗斯福积极备战，迫使国会通过了一些有利于反法西斯国家的条款，给英国和苏联提供援助。1941 年 8 月，罗斯福与丘吉尔联合发表《大西洋宪章》，声明必须摧毁希特勒法西斯暴政，解除侵略国的武装，奠定了世界反法西斯联盟的基础。同年 12 月 8 日，罗斯福在国会发表咨文并对日宣战。1942 年 1 月 1 日，在罗斯福倡议下，中、美、英、苏等 26 国代表在华盛顿签署《联合国家宣言》，国际反法西斯同盟正式成立。1943 年 11 月，罗斯福与蒋介石、丘吉尔举行开罗会议，签署《开罗宣言》，要求日本无条件投降。随后，他与丘吉尔、斯大林在德黑兰举行会议，决定开辟欧洲第二战场。1945 年 2 月，罗斯福前往雅尔塔，与斯大林、丘吉尔再次会晤，确定了战后的世界秩序。

1945 年 4 月 12 日，即在德国投降前夕，罗斯福因患脑溢血逝世，享年 63 岁。

北大之精神 / 马寅初

演讲词档案
演讲者：马寅初（1882—1982）
演讲时间：1927 年 12 月 19 日
演讲地点：杭州北大同学会举行的纪念校庆二十九周年集会
演讲者身份：中国著名教育家、经济学家

今日为母校二十九周年纪念，令人发生深切之印象。现学校既受军阀之摧残而暂时消灭，但今天之纪念会，仍能在杭州举行，聚昔日师友同学至二百数十人之多，可见吾北大形质暂时虽去，而北大之精神则依然存在。

回忆母校自蔡先生执掌校务以来，力图改革．五四运动，打倒卖国贼，做人民思想之先导。此种虽斧钺加身却毫无顾忌之精神，国家可灭亡，而此精神当永久不死。然既有精神，必有主义，所谓北大主义者，即牺牲主义也。服务于国家社会，不顾一己之私利，勇敢直前，以达其至高之鹄的。

苟有北大之牺牲精神，无论举办何事，则结果之良好，俱可期而待。今以浙江一省而论之，如以北大牺牲精神，移办政府与党务，则不出一年，必可为全国之模范省。盖浙江现时之地位，较他省优良之点甚多：财政之统一一也。浙江之财政厅，尚能统辖全省财政，较之江苏、安徽、福建等省，俱远过之。江苏因为孙传芳之战事未了，所统一者仅长江以南之一部分。安徽在前数月间虽征收税吏，俱归二三军队首领所委派。福建即菜担妓女，亦俱贴印花，其财政上之紊乱，可以想见。至湖广江西等省，更无须深论矣。金融之平稳二也，全省无滥发纸币，引起金融之扰乱。军队之统一三也，教育之优良完全四也。此次革命军兴，全省所受之损失不大五也。既具此五种之优点，苟政治能上轨道，办事人员俱抱北大精神而徐图改革，则将来之浙江，必较今日可以远胜万倍。

虽然，欲图改革，必须自环境之改造入手。重心不在表面，而在人心。今日国家社会之所以每况愈下，根本原因，在于吏治之不良，道德之堕落。如寅初回浙未久，而请寅初代谋统捐局长者，不知凡几。且有欲寅初推荐往禁烟局者，彼辈之心理，以为寅初现正在反对禁烟局，则寅初推荐之人员，禁烟局不敢不留用。际此生活困难之时，在政界谋事，果属生活问题，情尚可原。然来寅初处谋事之人，甚至预先说价，必须月薪至若干元以上，或有其他不正当之收益者而后可。是故中国大半人民，虽其私人道德，亦有甚好者，但脑筋中实无一“公”字之印象。故公家观念之薄弱，已达极点。而对一己之升官发财，譬诸厕所之苍蝇，群相密集。故无论何界，苟有一人稍有地位，则其亲戚朋友，全体联带而为其属下，家庭观念之深切，世无其右。当知吾人对于国家社会之义务，应以人民之幸福为前提，不当以个人弥补亏空或物质享受为目的。北大昔日既为群众之导师，今而后当如何引导人民，打破家庭观念，而易以团体观念，打破家庭主义，而易以国家主义，恢复人生固有之牺牲精神。否则，若仅有表面之革命，恐虽经千百次，于国家于社会仍无补于事也。

且中国人民之心理，对公家事，若不相干，可以不负责任。如寅初此次反对鸦片，时有人以“在此种社会何必做恶人”之语，来相劝勉。若寅初家中妇女，如作此语，寅初本可不加深责。然此种浅薄之语，竟发诸现在之官吏与夫东西留学生之口。呜呼！一人公正之勇气能有几何，今不以努力助鼓励，而反以冷水浇头，人心至此，可深浩叹！中国人以“不”字为道德，如不嫖，不赌，不饮酒，不吸烟，果属静止之道德，然缺乏相当之努力，与夫牺牲之精神，以尽人生应有之义务。虽方趾圆颅，实类似腐尸。西人谓 life is activity，否则，反不如截发入山，做和尚之为愈，何必在世上忧忧哉。

是故以北大之精神，牺牲于社会，对于全国，或以范围过大，尚须相当时日。若仅浙江一省，则改造之目的，诚可立而待也。欲使人民养成国家观念，牺牲个人而尽力于公，此北大之使命，亦即吾人之使命也。举凡战胜环境，改造人心，驱除此等奄奄待毙不负责任之习俗，诸君当与寅初共勉之！

·作品赏析·

1927年12月19日，在杭州北大同学会举行的纪念校庆二十九周年集会上，刚刚脱离北大的经济系教授马寅初发表了这篇演讲，题为《北大之精神》。这篇演讲全面阐述了北大精神就是可为了国家与社会“虽斧钺加身毫无顾忌”的牺牲精神，同时，作者以犀利的语言无情地揭露了造成“国家社会之所以每况愈下”的“根本原因，即在于吏治之不良，道德之堕落”，那些为一己之私升官发财的现象就像“厕所之苍蝇，群相密集”，马寅初对这样的官吏表示了极大的愤慨和深恶痛绝。伸张正义，鞭挞邪恶是这篇演讲的最大特点，这些邪恶的东西都是与北大精神背道而驰的，也是北大人应该拒绝和坚决予以揭露和批判的。马寅初的演讲一贯富于激情，正义凛然，充满强烈的感情，具有极强的感染力。马寅初的演讲非常讲究辞采，表达手法多样，论述严谨有力，虽然文白夹杂，却仍然简洁明了，流利晓畅，显示出过人的语言能力。

作者简介

马寅初，中国现当代著名的经济学家、人口学家、教育家，浙江嵊县人。1901年入天津北洋大学（1951年更名天津大学），1906年赴美国留学，1915年回国，任北洋政府财政部职员。1916年任国立北京大学经济系教授兼系主任，1919年出任首任教务长。1920年，出

马寅初像

任国立东南大学附设上海商科大学（现上海财经大学）教授兼教务主任。1927 年后任浙江省政府委员、南京国民政府立法院立法委员、立法院经济委员会委员长、财政委员会委员长等职。1948 年当选第一任中央研究院院士。1949 年任中华人民共和国政务院财政经济委员会副主任、浙江大学校长。1951 年出任北京大学校长,1960 年 1 月 4 日因发表《新人口论》被迫辞去校长职务。1979 年 9 月任北京大学名誉校长，兼中国人口学会名誉会长。

在日本投降日发表的广播演说 / 杜鲁门

演讲者：杜鲁门（1884～1972）
演讲时间：1945年9月2日
演讲者身份：美国第33任总统

全国同胞们：

全美国的心思和希望，事实上是整个文明世界的心思和希望，今天晚上都集中在密苏里号军舰上。在这停泊于东京港口的一小块美国领土（根据国际法，停泊在外国或公海上的船只为本国领土）上，日本人刚刚正式放下武器，签署无条件投降书。

四年前，整个文明世界的心思与恐惧集中在美国另一块土地上——珍珠港。那里曾发生对文明巨大的威胁，现在已经清除了。从那里通到东京的是一条漫长的、洒满鲜血的道路。

我们不会忘记珍珠港。

日本军国主义者也不会忘记美国军舰密苏里号。

日本军阀犯下的罪行是无法弥补，也是无法忘却的，但是他们的破坏和屠杀力量已经被剥夺了。现在他们的陆军以及剩下的海军已经毫不足惧了。

当然，我们首先怀着深深感激之情想到的是，在这场可怕的战争中牺牲或受到伤残的亲人们。在陆地、海洋和天空，无数美国男女公民奉献出他们的生命，换来今日的最后胜利，使世界文明得以保存。但是，无论多么巨大的胜利都无法弥补他们的损失。

我们想到那些在战争中忍受亲人死亡的悲痛人们，死亡夺去了他们挚爱的丈夫、儿子、兄弟和姐妹，无论多么巨大的胜利也不能使他们和亲人重逢了。

只有当他们知道亲人流血牺牲换来的胜利会被明智地运用时，他们才会稍感安慰。我们活着的人们有责任保证使这次胜利成为一座纪念碑，以纪念那些为此牺牲的烈士。

这次胜利不仅是军事上的胜利。这是自由对暴政的胜利。

我们的兵工厂源源不断地生产坦克、飞机，直捣敌人的心脏；我们的船坞源源不断地制造出战舰，沟通各大洋，供应武器与装备；我们的农场生产出食物、纤维，供应我们海陆军以及世界各地的盟国；我们的矿山与工厂生产出各种原料与成品，装备我们，战胜敌人。

然而，作为这一切的后盾是一个自由民族的意志、精神与决心。这个民族知道自由意味着什么，他们知道为了保持自由，值得付出任何代价。

正是这种自由精神给予我们武装力量，使士兵在战场上战无不胜。现在，我们知道，这种自由的精神、个人的自由以及人类的个人尊严是世界上最强大、最坚韧、最持久的力量。

胜利是值得欢庆的，但同时有其负责和责任。

我们以极大的信心与希望面对未来及其一切艰险，美国能够为自己造就一个充分就业而安全的未来。连同联合国一起，美国是能够建立一个以正义、公平交往与忍让为基础的和平世界的。

我以美国总统的身份宣布，1945 年 9 月 2 日星期日，日本正式投降的日子，为太平洋战场胜利纪念日。这一天还不是正式停战和停止敌对行为的日子，但是我们美国人将永远记住这是报仇雪耻的一天，正如我们将永远记住另一天是国耻日一样。

从这一天开始，我们将憧憬一个国内安全的新时期，我们将和其他国家一同走向一个国与国之间和平、友善和合作的更美好新世界。

上帝帮助我们取得了今天的胜利，我们仍将在上帝的帮助下得到我们以及全世界的和平与繁荣。

·作品赏析·

杜鲁门在演说中首先宣布了日本投降的喜讯，继之谴责了日本军国主义的罪行，同时讴歌了为国捐躯的将士，号召人民“以极大的信心与希望面对未来及其一切艰险”。杜鲁门的演讲铿锵有力，充满了判断和结论式的语言，极具大国风范，而只有这样的表述才能在最简短的语言中概括出这一重大历史时刻对于世界历史和世界文明的意义：“日本军阀犯下的滔天罪行是无法弥补，也无法忘却的。”“这次胜利不仅是军事上的胜利。这是自由对暴政的胜利”。这样的表述充满感情力量，同时又饱含理性，显示出一种政治意义上的智慧和面对历史的理智与慎重，“胜利是值得欢庆的，但同时有其负责和责任”。广播演说有其自身的特点，决定着其内容一般具有通报、声明性质或者广泛动员、感召的性质，本篇演说虽语言朴素但是具有极强的感染力，其发出的通报信息使人欢欣鼓舞，其判断和结论又发人深省。

作者简介

杜鲁门，生于美国密苏里州拉玛小镇，出身农家，中学毕业后参加工作。1917 年第一次世界大战时参加军队，被派赴法国作战。1917—1918 年在俄克拉荷马州西尔堡炮兵学校学习。1919 年以少校衔退役。1922 年任杰克逊县法官，1926 年任首席法官。1935—1944 年任联邦参议员。1944 年罗斯福第四次竞选总统时，被提名为副总统候选人，同年 11 月当选为副总统。次年 4 月 12 日罗斯福病逝，杜鲁门继任总统。1948 年竞选连任获胜。1952 年他宣布不竞选下届总统，次年 1 月任期届满后回到故乡独立城。

杜鲁门像

告别演讲 / 蒙哥马利

演讲词档案

演讲者：蒙哥马利（1887—1976）
演讲时间：1943 年 12 月 30 日
演讲地点：英国第 8 集团军驻地
演讲者身份：英国陆军元帅、战略家、军事家

亲爱的官兵们：

在这里讲话很易激动，但我努力控制自己。如果说不下去时，请你们原谅。

我不得不遗憾地告诉你们，我离开第 8 集团军的时刻来了。我受命去指挥在英国的英国军队。

我实在很难把离别之情适当地向你们表达出来，我就要离开曾经和我一起战斗的战友，在艰苦作战与赢得胜利的岁月中，你们忠于职守的勇敢与献身精神，永远令我钦佩。我觉得，在这支伟大的军队中，我有许多朋友。我不知道你们是否会想念我，但我对你们的思念，特别是回忆起那些个人的接触，以及路上相遇时愉快致意的情景，实非言语所能表达。

我们共同作战，从未失败过。我们共同所做的每件事，总是成功的。我知道，这是由于每个官兵忠于职守、全心全意合作的结果，而不是我一人之力所能做到的。正因为这样，你们和我彼此建立了信任。司令官与他的部队之间的相互信任是无价之宝。

我激动得说不出话，但我还是同你们说，第 8 集团军之所以有今天，是你们的功劳，是你们，使得它在全世界家喻户晓。因此，你们一定要维护它的良好名声和它的传统。

再见吧！希望不久之后又再见面，希望在这次大战的最后阶段，会再次并肩作战！

·作品赏析·

在发表这篇《告别演说》后，蒙哥马利就要离开第8集团军，前去担任第21集团军司令。在演讲中，蒙哥马利表达了与并肩作战战友分别的感伤，回忆起一起战斗，相互信任，并取得胜利的光荣岁月，不由得感慨万千，激动得难以自制。他把部队取得胜利归功于全体将士的忠于职守和精诚团结，指出“司令官与他的部队之间的相互信任是无价之宝”。在总结获胜的原因之后，他又向第8集团军官兵们提出希望与嘱托，并期待再次并肩作战。

蒙哥马利的告别演说摒弃空洞虚浮的华丽词句，以情动人。从头至尾我们都可以感受到那种浓烈的情感。据说，蒙哥马利在接到新的任命后，早早就把演讲稿写好了。按说，一个久经沙场的老兵会很理性，但在演讲现场，蒙哥马利却激动不已，只好极力克制，并放慢语速讲下去。当时在场的官兵受到极大的感染和鼓舞，不少人都感动得热泪盈眶。

作者简介

蒙哥马利，英国陆军元帅、战略家、军事家，第二次世界大战中盟军杰出的指挥官。

蒙哥马利像

1887年11月17日，蒙哥马利出身于伦敦肯宁敦区圣马克教区的一个牧师家庭。1907年，考入桑德赫斯特皇家军事学院。第一次世界大战期间，蒙哥马利在法国、比利时战场服役。1920年，他进入坎伯利参谋学院学习。1934年，蒙哥马利调任奎塔参谋学院任主任教官，1937年任旅长、师长。第二次世界大战爆发后，蒙哥马利率远征军赴法作战，曾参加指挥敦刻尔克大撤退。1942 年 8 月，蒙哥马利受命赴北非，接管第 8 集团军。1942—1943 年，蒙哥马利指挥北非战争，在阿拉曼地区击溃“沙漠之狐”隆美尔指挥的德军。1944 年，蒙哥马利率 21 集团军参加诺曼底登陆。1944 年 9 月 1 日，他晋升为元帅。此后，历任英驻德占领军总司令、西欧联盟统帅、北大西洋公约最高司令部副司令等。1958 年，蒙哥马利结束了 50 年的军旅生涯而退休。1976 年，病逝于伦敦汉普郡奥尔顿。

要为自由而战斗 / 卓别林

演讲者：卓别林（1889—1977）
演讲时间：1940 年
演讲者身份：好莱坞著名的喜剧演员及反战人士

遗憾得很，我并不想当皇帝，那不是我干的行当。我既不想统治任何人，也不想征服任何人。如果可能的话，我倒想帮助任何人，不论是犹太人还是基督徒，是黑种人还是白种人。

我们都要互相帮助，做人就是应该如此。我们要把幸福建筑在别人的幸福上，而不是建筑在别人的痛苦上。我们不要互相仇恨，互相鄙视，这个世界上有足够的地方让人生活，大地是富饶的，是可以使每一个人都丰衣足食的。

生活的道路可以是自由的，美丽的，只可惜我们迷失了方向。贪婪毒化了人的灵魂，在全世界筑起仇恨的壁垒，强迫我们踏着正步走向苦难，进行屠杀。我们发展进步了，但我们反而给我们带来了贫困；我们有了知识，反而看破了一切；我们学得聪明乖巧了，反而变得冷酷无情了。我们头脑用得太多了，感情用得太少了。我们更需要的不是机器，而是人性，我们更需要的不是聪明乖巧，而是仁慈、温情。缺少了这些东西，人生就会变得凶暴，一切也都完了。

飞机和无线电缩短了我们之间的距离，这些东西的性质，本身就是为了发挥人类的优良品质，要求全世界的人彼此友爱，要求我们大家互相团结，现在世界上就有千百万人听到我的声音——二百万失望的男人、女人、小孩，他们都是一个制度下的受害者，这个制度使人受尽折磨，把无辜者投进监狱。我要向那些听得见我讲话的人说：“不要绝望啊！”我们现在受到苦难，这只是因为那些害怕人类进步的人在即将消逝之前发泄他们的怨毒，满足他们的贪婪。这些人的仇恨会消失的，独裁者会死亡的，他们从人民那里夺去的权力会重新回到人民手中的。只要我们不怕死，自由是永远不会消失的。

战士们，你们别去为那些野兽们卖命啊！他们鄙视你们，奴役你们，统治你们，吩咐你们应当做什么，应当想什么，应当具有什么样的感情！他们强迫你们去操练，限定你们的伙食，把你们当牲口，用你们当炮灰，你们别去受这些丧失了理性的人的摆布了，他们都是一伙机器人，长的是机器人的脑袋，有的是机器人的心肝！可是你们不是机器！你们是人！你们心里有着人类的爱！不要仇恨呀！只有那些得不到爱的人才仇恨别人——只有那些丧失了理性的人才仇恨别人！

战士们！不要为奴役而战斗！要为自由而战争！《路加福音》第十七章里写着：“神的国就在人的心里。”——不是在一个人或一群人的心里，而是在所有人的心里！在你们的心里！你们人民有力量——有创造机器的力量，有创造幸福的力量！你们人民有力量建立起自由美好的生活——使生活更有意义。那么，为了民主，就让我们使出力量来吧，就让我们团结一起吧！让我们进行战斗，建设一个新的世界，一个美好的世界，它将使每一个人都有工作的机会，它将使青年人都有光明的前途，老年人都有安定的生活。

那些野兽也就是用这些诺言窃取了权力，但是他们是说谎！他们从来不去履行他们的诺言，他们永远不会履行他们的诺言！独裁者自己享有自由，但是他们使人民沦为奴隶。现在就让我们进行斗争，为了解放全世界，为了消除国家的弊政，为了消除贪婪、仇恨、顽固，让我们进行斗争，为了建立一个理智的世界。在那个世界上，科学与进步将使我们所有的人获得幸福。战士们，为了民主，让我们团结在一起！

哈娜，你听见我在说什么吗？不管你在哪里，你抬起头来看哪！

抬起头来看哪，哈娜，乌云正在消散，阳光照射进来！我们正在离开黑暗，进入光明！我们正在进入一个新的世界——一个更可爱的世界。那里的人将克服他们的贪婪、他们的仇恨、他们的残忍。抬起头来看哪，哈娜，人的灵魂已长了翅膀，他们终于要展翅飞翔了！他们飞到了霓虹里，飞到了希望的光影里。抬起头来看哪，哈娜！抬起头来看呀！

·作品赏析·

著名的喜剧大师卓别林是一个正义者，他拍摄了大量自编自导自演的电影作品，在影片中饰演被损害和被侮辱的社会底层小人物形象，他善于用喜剧形式来揭露资本主义社会的罪恶和底层小人物的苦难与欢乐。本篇演讲是他在自己编导的电影《大独裁者》中插入的长达六分钟的一段演讲，体现了他民主和进步的思想意识。演讲的观点非常鲜明，立意深刻，措辞激烈，表达直接痛快，而且语言非常朴素、风趣幽默，充分体现了对为恶者的憎恶和蔑视。开篇作者就直接地摆明了自己的思想立场："遗憾得很，我并不想当皇帝，那不是我干的行当。我既不想统治任何人，也不想征服任何人。如果可能的话，我倒想帮助任何人，不论是犹太人还是基督徒，是黑种人还是白种人。"接着，他指出："贪婪毒化了人的灵魂，在全世界筑起仇恨的堡垒，强迫我们踏着正步走向苦难、进行屠杀。"因为这些根本的原因，一切本来可以创造财富的东西反而给我们带来了穷困和灾难。但是作者的态度并不是悲观的，他充满自信地号召人们去争取自由和幸福，为了民主而团结起来进行斗争。全篇语言生动有力，极富激情，听来令人振奋。

作者简介

卓别林，小时候当过流浪儿、小听差、学徒，生活得十分艰辛。

1907 年，卓别林被卡尔诺剧团录用。1910 年，卓别林随剧团第一次到美国演出，获得了美国观众的热烈喝彩。1913 年，他和美国制片商签订了合同，开始在美国拍摄电影。1914年，他一共拍了35部短片，并自编、自导了其中的21部。20世纪20年代，卓别林先后拍摄了许多著名影片，如《寻子遇仙记》、《淘金者》、《城市之光》、《摩登时代》等。1940年，卓别林在纽约首次公映了讽刺战争狂人希特勒的影片《大独裁者》。

第二次世界大战后，卓别林因为一部谴责战争贩子和军火商的电影《凡尔杜先生》开罪了美国政府，而受到了迫害。1952年9月，卓别林带着家眷去欧洲参加《舞台生涯》的首映礼时，美国司法部发表声明，拒绝卓别林再次进入美国国境。卓别林后来移居瑞士。

1954年5月，在柏林召开的世界和平理事会为卓别林颁发了国际和平奖金。1977年12月25日，卓别林在瑞士与世长辞，享年88岁。

谁说败局已定 / 戴高乐

演讲词档案

演讲者：戴高乐（1890—1970）
演讲时间：1940 年 6 月 18 日
演讲者身份：法兰西第五共和国的缔造者

担任了多年军队领导职务的将领们已经组成了一个政府。

这个政府借口军队打了败仗，便同敌人接触，谋取停战。

是的，我们的确打了败仗，我们已经被敌人陆、空军的机械化部队所困。

难道败局已定，胜利已经无望？

不，不能这样说！

请相信我的话，因为我对自己所说的话完全有把握。我要告诉你们，法兰西并未失败，总有一天，我们会用目前战胜我们的同样手段使自己转败为胜。

因为法国并非孤军作战。它并不孤立！绝不孤立！它有一个幅员辽阔的帝国作后盾，它可以同控制着海域并在继续作战的不列颠帝国结成联盟。它和英国一样，可以得到美国雄厚工业力量源源不断的支援。

这次战祸所及，并不限于我们不幸的祖国，战争的胜败也不取决于法国战场的局势。这是一次世界大战。我们的一切过失、延误，以及所受的苦难都没关系，世界上仍有一些手段，能够最终粉碎敌人。

我们今天虽然败于机械化部队，将来，却会依靠更高级的机械化部队夺取胜利，世界命运正在于此。

我是戴高乐将军，现在在伦敦发表广播讲话。我向目前在英国国土上或将来可能来到英国国土上的，持有武器或没有武器的法国官兵发出号召，请你们和我取得联系。我向目前在英国国土上或将来可能来到英国国土上的军火工厂的一切有制造武器技术的工程师、技师与技术工人发出号召，请你们和我联系。

无论发生什么情况，法兰西抗战的烽火都不可能被扑灭，也绝对不会被扑灭。

明天我还要和今天一样，在伦敦发表广播讲话。

·作品赏析·

1940 年 5 月 10 日，法西斯德国对波兰发动闪电战争，后不久绕过马奇诺防线，大举入侵法国。因为法军司令部昏聩无能，法军节节败退，德军长驱直入，兵临巴黎城下，贝当政府奉行卖国投降政策，法国沦陷在即。6 月 18 日，戴高乐在伦敦通过广播发表了这篇演说，他以铿锵有力的坚定语气庄严宣告：“无论发生什么情况，法兰西抗战的烽火都不可能被扑灭，也绝对不会被扑灭。”在当时，戴高乐的声音是陌生的，然而这个声音是鼓舞人心的，在陷于混乱和痛苦的法国人心头重新燃起希望之火。戴高乐的演讲篇幅不长，但是却收到了非凡的效果。就演讲本身来看，它之所以取得成功，有以下原因：演讲者明白晓畅，富于激情的语言和积极乐观的态度，先是简单地讲明了形势，然后进行了对现实局面的反问：难道败局已定？作者自己很快否定了这个说法，但是并不是空谈，作者举出更有力的事实并分析这些事实，说明他的结论是正确可行的。情感真实而饱满，很快就能激起法国人民复兴祖国的爱国情感共鸣，使他们树立起抗击法西斯德国的坚定信念。

作者简介

戴高乐，出生在法国里尔市。1909 年，戴高乐中学毕业后考入圣西尔军校，开始了自己的军人生涯。第一次世界大战期间，戴高乐英勇作战，获一枚最高荣誉十字勋章。二战期间，戴高乐于1940年6月18日在伦敦发表著名的坚持抗击侵略者的讲话。戴高乐号召在英国的法国人同他联络，开始组成“自由法国”运动。1944年6月6日，“自由法国”的军队随盟军在诺曼底登陆，8月25日攻下巴黎，9月西方世界各国承认戴高乐所领导的政府是法国的唯一主权政府。1946年1月，由于法国各派矛盾的激化导致政府出现危机，戴高乐辞职。

1958年戴高乐宣布成立法兰西第五共和国，并当选第一任总统。1970年11月9日，戴高乐因心脏病突发去世。

中国的国民性 / 林语堂

演讲词档案

演讲者：林语堂（1895—1976）
演讲时间：1925 年
演讲者身份：中国当代著名学者、文学家

一

中国向来称为老大帝国，这“老大”二字有深意存焉，就是即老又大。老字易知，大字就费解而难明了。所谓老者第一义就是年老之老。今日小学生无不知中国有五千年的历史，这实在是我们可以自负的。无论这五千年中是怎样混法，但是五千年的的确确被我们混过去了。

一个国家能混过上下五千年，无论如何是值得敬仰的。国家和人一样，总是贪生想活，与其聪明而早死，不如糊涂而长寿。中国向来提倡敬老之道，老人有什么可敬呢？是敬他生理上一种成功，抵抗力之坚强。别人都死了，而他偏还活着。这百年中，他的同辈早已逝世，或死于水，或死于火，或死于病，或死于匪，灾旱寒暑攻其外，喜怒忧乐侵其中，而他能保身养生，终是胜利者。这是敬老之真义。敬老的真谛，不在他德高望重，福气大，子孙多，倘使你遇到道旁一个老丐，看见他寒穷，无子孙，德不高望不重，遂不敬他，这不能算为真正敬老的精神，所以敬老是敬他的寿考而已。对于一个国家也是这样，中国有五千年连绵的历史，这五千年中多少国度相继兴亡，而他仍存在。这五千年中，他经过多少的旱灾水患，外敌的侵凌，兵匪的蹂躏，还有更可怕的文明的病毒，假使在于神经较敏锐的异族，或者早已灭亡，而中国今日仍存在，这不能不使我们赞叹。这种地方，只可意会，不可言传。同时老字还有旁义。就是“老气横秋”，“脸皮老”之老。人越老，脸皮总是越厚。中国这个国家，年龄总比人家大，脸皮也比人家厚。年纪一大，也就倚老卖老，荣辱祸福都已置之度外，不甚为意。张山来说得好：“少年人须有老成人之识见，老成人须有少年人之襟怀。”就是少年识见不如老辈，而老辈襟怀不如少年。少年人志高气扬，鹏程万里，不如老马之伏枥就羁。所以孔子是非常反对老年人之状况的，一则曰“不知老之将至”，再则曰“老而不死是为贼”，三则曰“及其老也，戒之在得”。戒之在得是骂老人之贪财，容易患了晚年失节之过。俗语说“鸨儿爱钞，姐儿爱俏”，就是孔子的意思。姐儿是讲理想主义者，鸨儿是讲现实主义者。

大是伟大之义。中国人都想中国真伟大啊！其实称人伟大，就是不懂之意。以前有黑人进去听教师讲道，人家问他意见如何，他说“伟大啊”，人家问他怎样伟大，他说“一个字也听不懂”。不懂时就伟大，而同时伟大就是不可懂。你看路上一个同胞，或是洗衣匠，或是裁缝，或是黄包车夫，形容并不怎样令人起敬起畏。然而试想想他的国度曾经有五千年历史，希腊罗马早已亡了，而他巍然获存。他所代表的中国，虽然有点昏沉老耄，国势不振，但是他有绵长的历史，有古远的文化，有一种处世的人生哲学，有文学，美术，书画，建筑足以西方媲美。别人的种族，经过几百年文明，总是腐化，中国的民族还能把河南犹太民族吸引同化。这是西洋民族所未有的事。中国的历史比他国有更长的不断的经过，中国的文化也比他国能够传遍较大的领域。据实用主义的标准讲，他在优胜劣败的战场上是胜利者，所以这文化，虽然有许多弱点，也有竞存的效果。所以你越想越不懂，而因为不懂，所以你越想中国越伟大起来了。

二

老实讲，中国民族经过五千年的文明，在生理上也有相当的腐化，文明生活总是不利于民族的。中国人经过五千年的叩头请揖让跪拜，五千年说“不错，不错”，所以下巴也缩小了，脸庞也圆滑了。一个民族五千年中专说“啊！是的，是的，不错，不错！”脸庞非圆起来不可。江南为文化之区，所以江南也多小白脸。最容易看出的是毛发与皮肤。中国女人比西洋妇人皮肤嫩，毛孔细，少腋臭，这是谁都承认的。

还有一层，中国民族之所以生存到现在，也一半靠外族血脉的输入，不然今日恐尚不止此颓唐委靡之势。今日看看北方人与南方人体格便知此中的分别，（南人不必高兴，北人不必着慌，因为所谓“纯粹种族”在人类学上承认“神话”，今日国中就没人能指出谁是“纯粹中国人”）中国历史，每八百年必有王者兴，其实不是因为王者，是因为新血之加入。世界没有国家经过五百年以上而不变乱的，其变乱之源就是因为太平了四五百年，民族就腐化，户口就稠密，经济就穷窘，一穷就盗贼瘟疫相继而至，非革命不可。所以每八百年的周期中，首四五百年是太平的，后二三百年就是内乱兵匪，由兵匪起而朝代灭亡，始而分裂，继而迁都，南北分立，终而为外族所克服，克服之后，有了新血脉然后又统一，文化又昌盛起来。周朝八百年是如此。先统一后分裂，再后楚并诸侯南方独立，再后灭于秦。由秦至隋也是约八百年一期，汉晋是比较统一，到了东晋便五胡乱华，到隋才又统一。由隋至明也是约八百年，始而太平，国势大振，到南宋而渐微，到元而灭。由明到清也是一期，太平五百年已过，我们只能希望此后变乱的三百年不要开始，这曾经有人做过很详细的统计。总而言之，北方人种多受外族的混合，所以有北方之强，为南人所无。你看历代建朝帝王都是出于长江以北，没有一个出于长江以南。所以中国人有句话，叫做“吃面的可以做皇帝，而吃米的不能做皇帝”。曾国藩不幸生于长江以南，又是湖南产米之区，米吃得太多，不然早已做皇帝了。再精细考究，除了周武王秦始皇及唐太祖生于西北陇西以外，历朝开国皇帝都在陇海路附近，安徽之东，山东之西，江苏之北，河北之南。汉高祖生于江北，晋武帝生于河南，宋太祖出河北，明太祖出河南。所以江淮盗贼之薮，就是皇帝发祥之地。你们谁有女儿，要求女婿或是要学吕不韦找邯郸姬生个皇帝儿，求之陇海路上之三等车中，可也。考之近日武人，山东出了吴佩孚，张宗昌，孙传芳，卢永祥。河北出了齐燮元，李景琳，强之江，鹿钟麟。河南出一袁世凯，险些儿就登了龙座，安徽也出了冯玉祥，段祺瑞。江南向来没有产过名将，只出了几个很好的茶房。

三

虽有此南北之分，但与外族对立而言，中国民族尚不失为有共同的特殊个性。这个国民性之来由，有的由于民种，有的由于文化，有的是由于经济环境得来的。中国民族也有优点，也有劣处，若俭朴，若爱自然，若勤俭，若幽默，好的且不谈，谈其坏的。为国与为人一样，当就坏处着想，勿专谈已长，才能振作。有人要谈民族文学也可以，但是夸张轻狂，不自检省，终必灭亡。最要紧是研究我们的弱点何在，及其弱点之来源。

我们姑先就这三个弱点：忍耐性，散慢性及老猾性，研究一下，并考其来源。我相信这些都是一种特殊文化及特殊环境的结果，不是上天生就华人，就是这样忍辱含垢，这样不能团结，这样老猾奸诈。这有一方法可以证明，就是人人在他自己的经历，可以体会出来。本来人家说屁话，我就反对，现在人家说屁话，我点头称善曰："是啊，不错不错。"由此度量日宏而福泽日深。由他人看来，说是我的修养工夫进步。不但在我如此，其实人人如此。到了中年的人，若肯诚实反省，都有这样修养的进步。二十岁青年都是热心国事，三十岁的人都是"国事管他娘"。我们要问，何以中国社会使人发生忍耐，莫谈国事，及八面玲珑的态度呢？我想含忍是由家庭制度而来，散慢放逸是由于人权没有保障，而老猾敷衍是由于道家思想。自然各病不只一源，而且其中各有互相关系。但为讲解得清楚便利，可以这样暂时分个源流。

忍耐、和平本来也是美德之一，但是过犹不及，在中国忍辱含垢，唾面自干已变成君子之德。这忍耐之德也就成为国民之专长，所以西人来华传教，别的犹可，若是白种人要教黄种人忍耐和平无抵抗，这简直是太不自量而发热昏了。在中国，逆来顺受已成为至理名言，弱肉强食，也几乎等于天理。贫民遭人欺负，也叫忍耐，四川人民预缴三十年课税，结果还是忍耐，因此忍耐乃成为东亚文明之特征。然而越“安排吃苦”越有苦可吃，若如中国百姓不肯这样地吃苦，也就没有这么多苦吃。所以在中国贪官剥削小百姓，如大鱼吃小鱼，可以张开嘴等小鱼自己游进去，不但毫不费力，而且甚合天理。俄国有个寓言，说一日有小鱼反对大鱼的歼灭同类，就对大鱼反抗，说“你为什么吃我？”大鱼说：“那么，请你试试看，我让你吃，你吃得下去么？”这大鱼的观点就是中国人的哲学，叫做守己安分。小鱼退避大鱼谓之“守己”，退避不及游入大鱼腹中谓之“安分”。这也是吴稚晖先生所谓“相安为国”，你忍我，我忍你，国家就太平无事了。

这种忍耐的态度，我想是由大家庭生活学来的。一人要忍耐，必先把脾气炼好，脾气好就忍耐下去。中国的大家庭生活，天赋给我们练习忍耐的机会，因为在大家庭中，子忍其父，弟忍其兄，妹忍其姊，侄忍叔，妇忍姑，妯娌忍其妯娌，自然成为五代同堂团圆局面。这种日常生活磨炼影响之大，是不可忽略的。这并不是我造谣，以前张公艺九代同堂，唐高宗到他家问何诀。张公艺只请纸连写一百个“忍”字。这是张公艺的幽默，是对大家庭制度最深刻的批评。后人不察，反拿百忍当传家宝训。自然这也有道理。其原因是人口太多，聚在一起，若不相容，就无处翻身，在家在国，同一道理。能这样相忍为家者，自然也能相安为国。

在历史上，我们也可证明中国人明哲保身莫谈国事决非天性。魏晋清谈，人家骂为误国。那时的文人，不是隐逸，便是浮华，或者对酒赋诗，或者炼丹谈玄，而结果有永嘉之乱，这算是中国人最消极最漠视国事之一时期，然而何以养成此普遍清谈之风呢？历史的事实，可以为我们明鉴。东汉之末，子大夫并不是如此的。太学生三万人常常批评时政，是谈国事，不是不谈的。然而因为没有法律的保障，清议之权威抵不过宦官的势力，终于有党锢之祸。清议之士，大遭屠杀，或流或刑，或夷其家族，杀了一次又一次。于是清议之风断，而清谈之风成，聪明的人或故为放逸浮夸，或沉湎酒色，而达到酒德颂的时期。有的避入山中，蛰居子屋，由窗户传食。有的化为樵夫，求其亲友不要来访问，以避耳目。竹林七贤出，而大家以诗酒为命。刘伶出门带一壶酒，叫一人带一铁锹，对他说

“死便埋我”，而时人称贤。贤就是聪明，因为他能佯狂，而得善终。时人佩服他，如小龟佩服大龟的龟壳的坚实。

所以要中国人民变散慢为团结，化消极为积极，必先改此明哲保身的态度，而要改明哲保身的态度，非几句空言所能济事，必改造使人不得不明哲保身的社会环境，就是给中国人民以公道法律的保障，使人人在法律范围之内，可以各开其口，各做其事，各展其才，各行其志。不但扫雪，并且管霜。换句话说，要中国人不像一盘散沙，根本要着，在给与宪法人权之保障。但是今日能注意到这一点道理，真正参悟这人权保障与我们处世态度互相关系的人，真寥如晨星了。

·作品赏析·

演讲的前两段解释的是中国被称为老大帝国中的“老”和“大”的含义，这是在肯定中批判中国某些落后、腐败的因素。接着，林语堂在回顾中国五千年的历史后，转到这篇演讲要谈论的主题——中国人的国民性。即使民族不同，但是生活在同一国度的人们在性格和品质上却有着惊人的相似。

林语堂在演讲中提到了中国人的三个弱性：忍耐性、散漫性和老滑性。他认为“忍耐”本是一种美德，然而中国做得过了，过犹不及，因此这成为了中国人的一个弱点。演讲中，林语堂对弱点的描述都非常到位，既有事实的表述，也有自己的论证，具有极大的说服性，让每一个中国人在读完这篇演讲之后，都像是照过了镜子一样。他说：“我想含忍是由家庭制度而来，散慢放逸是由于人权没有保障，而老猾敷衍是由于道家思想。”林语堂在演讲的最后说，如果要改变中国人这种国民性就要改变的是中国的社会环境，更要用法律的手段让人权得以保障。林语堂的见解独到，他的这篇演讲值得每一个人深思。

作者简介

林语堂，福建龙溪人，原名和乐，后改为语堂。1912 年进入上海

林语堂像

圣约翰大学学习，毕业后曾在清华大学任教。1919年，赴美哈佛大学文学系学习，1922年获得文学硕士学位。同年，转入德国莱比锡大学，专攻语言学。1923年，获得博士学位后回国，担任北京大学教授、北京女子师范大学教务长和英文系主任。从1924年开始，林语堂成为《语丝》的主要撰稿人之一。1926年到厦门大学任文学院院长。1927年任外交部秘书。1932年到1935年先后创办《论语》、《人间世》、《宇宙风》。1935年后，在美国用英文完成《吾国与吾民》、《京华烟云》、《风声鹤唳》等作品。1945年赴新加坡筹建南洋大学，并任校长。1967年受聘为香港中文大学研究教授。1976年在香港逝世。

写作，是一种寂寞的生涯 / 海明威

演讲词档案

演讲者：海明威（1899—1961）
演讲时间：1954 年
演讲者身份：美国著名作家

我不善辞令，缺乏演说的才能，只想感谢阿尔雷德·诺贝尔评奖委员会的委员们慷慨授予我这项奖金。没有一个作家，当他知道在他以前不少伟大的作家并没有获得此项奖金的时候，能够心安理得地领奖而不感到受之有愧。这里无须一一列举这些作家的名字，在座的每一个人，都可以根据他的学识和良心提出自己的名单来。

要求我国的大使在这儿宣读一篇演说，把一个作家心中所感受到的一切都说尽是不可能的。一个人作品中的一些东西可能不会马上被人理解，在这点上，他有时是幸运的。但是它们终究会十分清晰起来，根据它们以及作家所具有的点石成金的本领之大小，他将青史留名或被人遗忘。

写作，在最成功的时候，是一种孤寂的生涯。作家的组织固然可以排遣他们的孤独，但是我怀疑它们未必能够促进作家的创作。一个在稠人广众之中成长起来的作家，自然可以免除孤苦寂寥之虑，但他的作品往往流于平庸。而一个在岑寂中独立工作的作家，假若他确实不同凡响，就必须天天面对永恒的东西，或者面对缺乏永恒的状况。

对于一个真正的作家来说，每一本书都应该成为他继续探索那些尚未到达的领域的一个新起点。他应该永远尝试去做那些从来没有人做过或者他人没有做成的事，这样他就会有幸获得成功。如果将已经写好的作品仅仅换一种方法又重新写出来，那么文学创作就显得太轻而易举了。我们的前辈大师们留下了伟大的业绩，正因为如此，一个普通作家常被他们逼人的光辉驱赶到远离他可能到达的地方，陷于孤立无援的境地。

作为一个作家，我讲的已经太多了。作家应当把自己要说的话写下来，而不是说出来。再一次谢谢大家。

·作品赏析·

简洁、准确和生动一直是海明威作品语言的显著特征，他写作的语言特点在本篇演讲中充分体现出来了。1954年，海明威获得诺贝尔文学奖以后，撰写了本篇获奖演讲词，委托美国大使代为宣读。在简短的文字里，海明威首先表达了他面对这一崇高荣誉的谦虚谨慎态度，不失时机地向优秀前辈致敬，真诚而客观冷静："没有一个作家，当他知道在他以前不少伟大的作家并没有获得此项奖金的时候，能够心安理得地领奖而不感到受之有愧。"接着，他又谈到了自己的创作体验和感受："写作，在最成功的时候，是一种孤寂的生涯。"之后，海明威阐明了自己的文学主张和自己在文学创作上的追求，即："对于一个真正的作家来说，每一本书都应该成为他继续探索那些尚未到达的领域的一个新起点。"这篇演讲的语言寥寥，但意味深长，发人深省。全篇语言平实朴素，感情真挚，毫无故作姿态的意思。

作者简介

海明威像

海明威，生于芝加哥市郊橡胶园小镇。第一次世界大战末期，海明威参加了红十字会救护队，奔赴意大利战场，因作战勇敢，获得美国和意大利勋章。1921年，他担任了加拿大《多伦多明星报》的驻巴黎特派记者。

1922年，海明威返回多伦多。次年，他的第一部著作《三个短篇和十首诗》问世。1924年，海明威再次来到巴黎，担任了《大西洋评论》的助理编辑。西班牙内战爆发后，海明威曾经4次前往西班牙，不仅报道战况，而且与民主人士并肩作战。1940年，他出版了以西班牙内战为背景的《丧钟为谁而鸣》(《战地钟声》)。

战后海明威客居古巴，潜心写作。1952年，《老人与海》问世，深受好评，翌年获普利策奖。1954年获诺贝尔文学奖。卡斯特罗掌权后，他离开古巴返美定居。因身上多处旧伤，百病缠身，精神忧郁，1961年7月2日用猎枪自杀。

我们必将取胜 / 林登·约翰逊

演讲词档案

演讲者：林登·约翰逊（1908—1973）
演讲时间：1965 年 3 月 15 日
演讲地点：美国国会
演讲者身份：美国第 36 任总统

今天晚上，我是为了人类的尊严和民主的命运来到这里演讲的。为了这一使命，请两党人士和全国各地的所有美国人，不管宗教信仰和肤色如何，都和我站在一起。

每当历史和命运交会在一起，就成为人们不懈探求自由的转折点。在莱克星顿和康科德是这样，在一个世纪前的阿托克马斯是这样，上周在亚拉巴马州的塞尔马也是这样。在那里，饱受煎熬的男男女女和平抗议拒绝给予他们公民权，许多人遭受毒打，其中一个义人、上帝的使者被杀害了。

我们没有理由对在塞尔马发生的一切沾沾自喜，不给予数百万美国人民同等的权利，我们没理由心满意足。但是，我们有理由对我们的民主、对我们今天晚上这里所发生的一切充满希望和信任。因为受压迫人民的悲号、圣歌和控诉已经唤醒了这个世界上最伟大国家政府的尊严。于是，我所面临的任务就自然回归到美国最古老的和最根本的国家职责：纠正错误、主持正义、服务人民。

当今，我们面临着一系列重大危机。我们天天沉浸于对战争与和平、繁荣与萧条等一些严峻问题的争论，可我们很少触及美国的心灵深处，除了增长经济、丰富物质以及福利和安全外，我们很少对国家的价值、信仰和目标提出挑战。美国黑人的平等权问题就是这样的一个问题。即使我们打败了所有的敌人，即使我们的财富成倍增长，即使我们征服太空，如果我们不能公正地解决这个问题，那么我们整个民族和国家还是失败了。治国和做人的道理是一样的，“人若赚得全世界，赔上自己的生命，有什么益处呢”？

不存在美国黑人问题，不存在南方问题，不存在北方问题，我们只有一个美国问题。我们今天晚上就是作为美国人相聚在一起的，而不是民主党人或共和党人。我们作为美国人相聚在这里的目的就是要解决那个美国问题。

美国是世界历史上第一个建立在信仰基础上的国家，不管是在南方还是在北方，阐述该信仰的伟大誓词仍然在每个美国人的心中回响：“人人生而平等”、“被管辖者同意的政府”、“不自由，毋宁死”。那些誓词不是花言巧语，也不是空洞的理论。两个世纪以来，美国人民为之前仆后继、流血牺牲，今天晚上，为了捍卫我们的自由，美国军人在全世界冒着生命危险屹立在各自的阵地上。那些誓词是让每个美国公民享有做人尊严的承诺。一个人不能用财富、权势和地位换取这种尊严。这种尊严来自一个人拥有和他人平等机会的权利，也就是说，他能分享自由，他能选择自己的领导、教育自己的孩子、根据自己的能力和特长体面地照顾自己的家庭。根据一个人的肤色、种族、宗教信仰或出生地等检验标准来拒绝一个人的希望，那不仅是不公正的做法，同时也背叛了美国，玷污了那些为了美国自由而献身的先烈的英灵。

我们先辈认为，要想让神圣的人权之花更繁茂，它就必须扎根在民主的土壤里。大家最基本的权利就是选择领导的权利，这个国家的历史在很大程度上是让我们所有的人得到那种权利的历史。许多民权问题既复杂、处理起来也困难。但对于选择领导的权利这一点，不存在也不应该存在什么争论。

每个美国公民都有平等选举的权利，没有任何理由原谅拒绝给公民那种权利的行为，我们再也没有比确保那种权利更重要的职责了。

然而，残酷的现实是，在我们国家的许多地区，一些男男女女仅仅是因为他们是黑人就被禁止投票。人们想方设法地用各种手段拒绝给予黑人选举权。当一个黑人公民到选民登记处时，人们就用“日子错了”或“时间太晚了”或“负责人不在”把他给打发走了，如果他坚持要进行登记，当来到选民登记员面前，他会被轻而易举地认定不符合选民资格，仅仅是因为没有写出他的中间名字，或因为他在申请表上用了一个缩略语。如果他硬是填完了申请表，他又必须经过一次测验，而选民登记员是认定他能否通过测验的唯一的裁判。他被要求背诵整部《美国宪法》，或解释复杂的州法律条款，即使受过高等教育的人也不可能完全理解并写出这些法律。

实际上，逾越这些障碍的唯一途径就是展示白色皮肤。经验清楚地证实，通过法律诉讼途径并不能战胜系统的、精心设计的歧视。我们现在还没有任何成文法律，刚起草的有关这方面的三个法律能够在地方官员故意刁难的情况下确保公民的选举权。在这种情况下，我们必须牢记自己的职责。《美国宪法》说：合众国公民的投票权，不得因种族、肤色或曾被强迫服劳役而被合众国或任何一州加以剥夺或限制。我们都曾在上帝面前宣誓，要拥护、捍卫《美国宪法》，现在就是我们用实际行动来履行誓言的时候了。

星期三，我将向国会递交一个消除对投票非法设置障碍的法律。明天，民主党和共和党的领袖们就可以拿到那个议案的框架。他们复议后，就会把它作为一个正式的议案拿到这里来表决。我对两院领导今天晚上邀请我来这里不胜感激，我可以借此机会把我的观点告诉朋友们，并拜访我先前的同事。我对这个法律进行了比较全面的分析，我原计划明天把它转给有关人员，看来我今天晚上就要把它交给他们。但我很想现在就和你们简要讨论一下这个立法的主要目的。

这个法案将打破在联邦、州和地方选举中对黑人选举权的限制。该法案将建立一个简单、统一的标准，我们要深思熟虑，尽最大努力不让这个法案对我们的宪法有任何蔑视。该法案将在州官员拒绝为公民进行选民登记的情况下，由联邦官员为他们登记，并将取消冗长乏味、不必要的诉讼，以免延误了投票权的行使。最后，这项立法将确保那些正当登记的选民的投票不受到阻碍。

为让这个法律更完善并使之付诸实施，我欢迎所有国会议员对该法案的方式、方法提出意见，实践证明，这是实施宪法的唯一途径。

对那些在自己管辖区内拒不执行联邦政府行动的人，对那些想方设法维持纯粹由地方控制选举的人，答案很简单：把你们的投票站向所有人开放。不管男女公民的肤色如何，都要允许他们进行选民登记和投票，让国土上的所有公民享有公民权。

这不存在宪法问题，宪法已经表述得很清楚；这不存在道德问题，拒绝你们任何美国同胞在这个国家的选举权是绝对不道德的；这不存在危害州和地方政府权力问题，我们仅仅是为人权而战。我相信，你们会给出让人满意的答案。

肯尼迪总统提交国会的人权法案包含一个在联邦选举中保护投票权的条款，那个人权法案在经过长达 8 个月的辩论后通过。当那个法案由国会转到我这里来签署的时候，发现关于投票条款的实质内容被取消了。这次，我们在这个问题上必须当机立断、毫不妥协。我们不能也一定不允许拒绝保护任何一个美国人在任何选举中的投票权，因为他渴望参与选举。我们不应该、不会也绝对不能让这个法案再拖上 8 个月。我们已经等了一百多年了，再也没有等待的时间了。

正因为如此，我请求你们和我一道加班加点地工作，如果需要，还要牺牲晚上和周末的时间，以求尽快通过这个法案。我不是轻率地提出那个请求的，因为透过我办公室的窗户，我看到了我们国家的严峻问题。我意识到，在这个大厅外面，国家的道义在受到践踏，众多国家对此给予急切的关注，我们的行动受到严厉的历史审判。

然而，即使我们通过了这个法案，战斗仍不会停止。塞尔马发生的波澜壮阔的抗议运动已波及美国的任何一个州、任何一个角落。美国黑人为确保他们自己能够享有美国生活的所有赐福而斗争，我们必须把他们的事业当做我们的事业，因为不仅是黑人，而是我们所有的人，务必战胜历史遗留下来的极其有害的偏见和不公正。我们必将取胜。

我来自南方，知道种族情感是何等的令人痛苦，知道改变我们社会的观念和结构是多么的艰难。一个世纪过去了，黑奴已经被解放了一百多年，但他们至今仍未完全自由。一百年以前，伟大的共和党总统亚伯拉罕·林肯签署了《解放宣言》，然而，“解放”只是个“宣言”，并非是事实。自从许诺种族平等以来，已经一百多年了，然而黑人并没得到平等。宣布种族平等这个诺言到现在已经过去一个世纪了，可这个诺言并没有得到遵守。

现在，正义的时刻已经来临，我坚信，没有任何力量能够阻止它的到来。在人类和上帝的眼里，它的到来是天经地义的事情。可一旦它真的来临，必将照亮每个美国人的生命。因为黑人不是唯一的受害者，有多少白人的孩子得不到教育？有多少白人家庭生活在赤贫之中？由于我们消耗了我们的精力和物质去设置仇恨和恐怖的障碍，又有多少白人的生命留下恐惧的伤疤？所以，今天晚上我要对在座的诸位和全国人民说，那些求助于你们保住旧制度的人，也是在断送你们自己的未来。

这个伟大、富饶、生机勃勃的国家能够为所有公民提供机会、教育和希望，所有的黑人和白人，所有的北方人和南方人，所有的佃农和城市居民。我们的敌人是贫穷、愚昧和疾病，而不是我们的同胞和邻居。我们同样要战胜这些敌人——贫穷、愚昧和疾病。我们必将取胜。

现在，我们所有的人在任何一个地区都不要为另一个地区或我们邻居面临艰难而幸灾乐祸。实际上，在美国的任何一个地区，平等的许诺从来没有被完全遵守过。不管是在水牛城还是在伯明翰，不管是在费城还是在塞尔马，美国人民正在为获得自由的果实而斗争。这是一个统一的国家，在塞尔马、在辛辛那提市发生的一切必然会影响到每个美国人。然而，让我们每个人都认真检查自己，检查自己的社区，让我们每个人都奋力推动历史车轮的前进，不管哪里有不公正，我们都毫不留情地将它铲除。

今天晚上，我们会聚在这个和平、历史性的大厅里，来自南方的人，他们有的曾经在硫黄岛驻扎过；来自北方的人，他们让“老荣誉”在世界各地飘扬，当回来的时候，上面没有一丝污染；来自东部和西部的人们不管宗教信仰、肤色和地区的差别，都在越南战场上并肩战斗。20 年前，世界各地的人们都在为我们而战。面对这些危险和牺牲，南方为国家所赢得的荣誉和所表现出来的勇敢精神不亚于伟大美国的任何地区，在某些情况下，甚至比其他地区更多。

全国各地人民——从大湖区到墨西哥湾，从金门到大西洋沿岸的各个港口，为了维护所有美国人的自由，将重新团结在一起。我对此深信不疑，这是我们所有人的责任。我作为你们的总统，请求每个美国人都勇于承担此重任。

美国黑人是这次斗争的真正英雄。他们在抗议行动中表现出来的不惧危险、不怕牺牲的精神唤醒了这个国家的良知，他们声势浩大的示威引起了人们对不公正的重视，激发起人们改革的热情。他们请求我们要信守美国诺言。

深深根植于民主进程的信念的实质就是为平等而战。平等不是依靠武力或催泪弹，而是依靠正义的道德力量；不是诉诸暴力，而是遵守法律和秩序。

你们的总统承受着来自多方的压力，随着时间的推移，将会有更多的压力。但是，今天晚上我向你们发誓，不管战场在哪里——在法庭、在国会、在人们的心灵，我决心要打这场战争。

我们必须捍卫言论自由和集会自由的权利。但是，言论自由的权利并不是在拥挤的剧院中大喊“失火了”。我们捍卫集会自由的权利，但是，集会自由并不是阻塞公共交通。我们确实有抗议的权利，我们也有游行的权利，但行使这些权利的前提是不侵犯他人的宪法权利。只要还允许我在总统职位上，我就决心维护所有那些权利。

我们要防止任何暴力，因为它会危害我们手里的有效武器：发展进步、遵纪守法和对美国价值的信念。在塞尔马和其他地方一样，我们寻求和平、安定与团结。但是，我们不会寻求扼杀了权利的和平，我们不寻求恐怖笼罩下的安定，我们不寻求窒息了抗议的团结。绝不能用牺牲自由的代价来换取和平。

今天晚上，在塞尔马，我们在那里曾经有过美好的时光，和在其他城市一样，我们正在为找到公正、和平的解决方案而努力。要知道，在我今天晚上的演讲结束后，在警察、联邦调查员和司法官都离开后，在你们尽快通过这个法案后，塞尔马和美国其他城市的市民必定还要在一起生活工作，当国家转移了那里的注意力时，他们必须医治创伤、建设一个新社会。

南方的经验已经证明，在暴力的战场上是不可能实现这一切的。近几天，如上个星期二和今天，白人和黑人明显展示出令人敬佩的责任。

我向你们提交的法案叫《选举权法》，其目标是将希望的大门向所有种族开放。因为所有美国人一定要拥有投票权，那么，我们就给他们这种权利。所有种族的美国人一定要拥有宪法赋予的基本民权，我们就不分种族地给他们那些公民权利。提请大家注意的是，落实那些权利要比单纯通过法律困难得多。它需要人们改变观念，需要一个健康的政府机构，需要体面的家和工作，需要有摆脱贫穷的机会。

当然，如果公民永远不会读写，如果他们的身体因饥饿不能健康成长，如果他们有病不能医治，如果他们生活在绝望的贫穷中，如果他们依靠福利度日，那他们就不能为国家作出贡献。所以，我们要打开希望之门，同时，我们也要帮助我们所有的人民——不管是黑人还是白人，一同走进希望之门。

我大学毕业后，在得克萨斯州科图拉一个地方不大的“墨西哥裔美国人”学校当老师。那里能讲英语的学生很少，而我的西班牙语也很糟糕。学生们很穷，他们经常饿着肚子来上学。尽管他们年纪不大，他们却饱受歧视的痛苦。从他们的眼睛里可以看出，他们似乎永远不会知道为什么人们讨厌他们，他们认为这是命运。下午放学后，我很晚才步行回家，我留下来希望把我的知识传授给他们，希望这能帮助他们战胜将面临的各种困难。

当你看到孩子们希望的脸上布满贫穷和仇恨的伤疤时，你永远不会忘记，贫穷和仇恨会带来什么。在1928年，我从来没有想过我会在1965年站在这里，我做梦也没有想到我会有机会帮助我学生的子女，帮助全国像他们一样的人们。现在，我确实有了那种机会 而且还要利用那种机会。我希望你们要和我一道利用那种机会。

我们这个最富有、最强大的国家曾称霸全世界，旧帝国势力与我们现在的相比微不足道。然而，我不想做一个帝国总统，不想做一个追求奢侈豪华或扩展疆域的总统。我想做一个教育孩子们在他们的世界出现奇迹的总统，我想做一个帮助饥饿的人吃饱饭，让他们成为纳税人而不是吃税人的总统，我想做一个帮助贫穷的人找到出路，捍卫每个公民在任何选举中的投票权的总统，我想做一个帮助结束同胞中的彼此仇恨，在所有种族、所有地区、所有党派中激发友爱的总统，我想做一个在全世界的兄弟姐妹间消灭战争的总统。

我今天晚上来到这里，不是像罗斯福总统那样否决一个补贴法案，也不像杜鲁门总统那样敦促通过一个铁路法案。我来到这里是请求你们和我一起分担任务，让国会——不管是共和党人还是民主党人，为人民做所有这些事情。

在这个大厅外面是50个州，那里有我们为之服务的人民。今天晚上，他们坐在电视机和收音机旁收看、收听我的演讲，谁能说出他们内心深处的希望是什么？我们都能从我们的生活中猜测，他们要想获得自己所追求的幸福是多么艰难，每个小家庭所面临的困难又是何其多。他们不但依靠自己寻求未来，也依靠我们帮助他们寻求未来。

合众国国徽背面的金字塔上方用拉丁文庄严地写着："上帝指引我们的事业。"上帝不会指引我们所做的一切，我们要能领悟上帝的意志。

我相信，上帝明白并真正指引我们今天晚上在这里开始的事业。

·作品赏析·

1965年3月15日，约翰逊发表讲话，他引述圣歌《我们必将取胜》，呼吁美国终结种族歧视。他首次以总统身份全力支持民权运动，推动了《选举权法》的通过。演讲中，他承认黑人遭受了不公平待遇，宣称否决黑人选举权是一个错误。他要求大家必须克服这种不公正，要不拖延、不犹豫、不妥协地进行选举权立法。

约翰逊的演讲受到舆论的一致赞扬，民权评论家称之为“总统在民权方面所作的最激进的讲话”。3 月 17 日，约翰逊把《选举权法案》正式递交参众两院。8 月 4 日，《选举权法案》在国会最终获得通过。

作者简介

林登·约翰逊，美国第 36 任总统。1908 年，约翰逊生于得克萨斯州，父亲是州议员。约翰逊从西南师范毕业后从事过多种职业。1935 年，罗斯福总统任命他为全国学生事务管理局的得克萨斯州负责人。任职期间，他成绩卓著。

1948 年，约翰逊当选为参议员。1951 年成为民主党议员领袖。1960 年，约翰逊未能获得民主党总统候选人提名，便接受了肯尼迪提名他为副总统的建议。1963 年 11 月 12 日，肯尼迪遇刺身亡，约翰逊继任总统。1964 年，约翰逊正式当选为总统。他在位期间，不遗余力地推行各项福利法案、民权法案、消灭贫穷法案和减税法，他提出了建立“伟大社会”的口号，并出台了一些实际措施，也取得了某些成效。外交上，他奉行前届政府的政策，并且扩大了越南战争，但遭到了国内外的普遍反对。任期届满之后，约翰逊宣布不再竞选总统。退休后，他在得克萨斯的一个牧场住了下来。1973 年，他因心肌梗死去世，享年 65 岁。

美丽的微笑与爱 / 特雷莎修女

演讲词档案

演讲者：特雷莎修女（1910—1997）

演讲时间：1979 年

演讲地点：诺贝尔和平奖颁奖典礼上

演讲者身份：印度著名的慈善家、印度天主教仁爱传教会创始人

穷人是非常好的人。一天晚上，我们外出，在街上带回了四个人，其中一个奄奄一息，我告诉修女们说：你们照料其他三个，我照顾这个濒危的人。这样，我为她做了我的爱所能做的一切事情。我将她放在床上，她的脸上露出了如此美丽的微笑，她握住我的手，只是说“谢谢您”，随后就死了。

我情不自禁地在她的面前审视我的良心，我自问：如果我处在她的位置上，会说些什么呢？我的回答很简单。我会试图引起别人对我的一点关注，我会说：我饥寒交迫，奄奄一息，痛苦不堪等。但是，她给我的要多得多——她将其感激之爱给了我。然后她死了，脸上还带着微笑。我们从阴沟里带回来的那个男人也是这样，他快要被虫子吃掉了，我们把他带回了家。“在街上我活得像动物，但我将像天使一样死去，因为我得到了爱和照料。”真是太好了，我看到了那个男人的伟大，他能说出那样的话，能够那样地死去，不责备任何人，不辱骂任何人，与世无争，像一位天使，这便是我们的人民的伟大之处。因为我们相信耶稣所说的话：“我饥肠辘辘，我无衣蔽体，我无家可归，我不为人要，不为人爱，不为人管，而你却对我做了。

我认为，我们并不是真正的社会工作者。在人们的眼中，我们或许

是在从事社会工作，但是，我们实际上是在世界的中心沉思冥想的人，因为我们一天二十四小时都在触摸基督的圣体。我想，在我们的家庭里，我们不需要枪炮弹药来进行破坏或者带来和平——我们只需要团结起来，彼此相爱，将和平、喜悦和活力带回家庭。这样，我们将能够战胜世界上现存的一切邪恶。

我准备以获得的诺贝尔和平奖金，努力为很多无家可归的人建立家庭。因为我相信，爱开始于家庭。如果我们可以为穷人建立家庭，我想越来越多的爱将会传播开来，而且我们将能够通过这种体谅他人的爱而带来和平，给穷人带来福音，这些穷人首先是我们自己家里的穷人，其次是我们国家和世界上的穷人。为了做到这一点，我们的修女、我们的生命就必须同祷告紧密相连。他们必须同基督结合在一起，这样才能够相互谅解和共同分享。因为同基督结合在一起就意味着谅解与分享。因为在今天的世界上有如此之多的痛苦……当我从大街带回一个饥肠辘辘的人时，给他一盘米饭、一片面包，我就心满意足了，因为我已经驱除了那个人的饥饿。但是，如果一个人露宿街头，他感到不为人要，不为人爱，恐惧不安，被我们的社会所抛弃，这样的贫困如此充满伤害，如此令人无法忍受，我发现这是极其艰难的……因此，让我们经常以微笑相见，因为微笑是爱的开端。一旦我们开始彼此自然地相爱，我们就想做点事情了。

·作品赏析·

这篇演讲是特雷莎发表于诺贝尔颁奖会，语言非常朴素真挚，有一种打动人的内在力量，没有长篇大论，没有空洞的呼号，而是从平常的生活和人的最细微的感情出发，阐述她自己所坚持的信念："穷人是非常好的人。""我们不需要枪炮弹药来进行破坏或者带来和平——我们只需要团结起来，彼此相爱，将和平、喜悦和活力带回家庭。这样，我们将能战胜世界上现存的一切邪恶。"特雷莎的语言是朴素平淡的，她所描述的和所做的都是平常的事情，但是正是这种平常中蕴含着不同寻常的情感力量，使我们的心灵受到震撼。

作者简介

特雷莎修女像

特雷莎修女，印度著名的慈善家，印度天主教仁爱传教会创始人，在世界范围内建立了一个庞大的慈善机构网。1979年获得诺贝尔和平奖时，特雷莎修女似乎感到了某种困惑，因为她从未想到过获奖，而且做梦都没有想到过自己有一天会突然成为富翁。由于没有充分的准备，而且似乎自己并不适宜于当一个富人，特雷莎修女本能地迟疑着，而且想拒绝这个奖项和这一大笔一夜之间就可以让她富起来的奖金。但是，诺贝尔奖评委会的颁奖理由却让她发现了自己应当领这个奖和怎样用这笔巨额奖金的理由。评委会说，“她（特雷莎）的事业有一个重要的特点：尊重人的个性，尊重人的天赋价值。那些最孤独的人、处境最悲惨的人，得到了她真诚的关怀和照料。这种情操发自她对人的尊重，完全没有居高施舍的姿态。”而且，“她个人成功地弥合了富国与穷国之间的鸿沟，她以尊重人类尊严的观念在两者之间建设了一座桥梁。”作为毕生贡献于穷人和以照顾关怀世界上的弱者为一生己任的特雷莎修女并非为这样的美誉而陶醉，而是通过这样的话语启示了自己的思路，于是，她为了穷人、弱者和需要帮助的人，不但接受了奖项与奖金，还恳请颁奖委员会取消当天的宴会，把节省下来的钱都捐给了穷人。

第一次就职演说 / 里根

演讲者：里根（1911—2004）
演讲时间：1981 年 1 月 20 日
演讲者身份：美国第 40 任总统

哈特菲尔德参议员、首席法官先生、总统先生、布什副总统、荣代尔副总统、贝克参议员、奥尼尔议长，以及同胞们：

对于今天在场的一些人来说，这是一个庄严的、极其重要的时刻。然而，在我国历史上，这又是极平常的事情。

就像几乎两个世纪以来一样，美国总是根据《宪法》的要求照例有条不紊地移交权力，我们当中几乎没有谁去专门想一想，我们究竟有多么独特。在世界上许多人看来，我们认为是正常的事情的这种每四年一次的就职典礼完全是个奇迹。

总统先生，希望我的同胞们知道你为保持这一传统做了多少努力。你通过在权力交接过程中惠予的合作已向注视着我们的世界表明，我们是一个团结一致的民族，这个民族决心保持一种比任何其他体制更能充分保证个人民主自由的政治制度。我感谢你和你的部下为保持连续性而给予的所有帮助，这种连续性是我们共和国的支柱。

我国的事业都是向前发展的。合众国面临着极大的经济困难，我们现在遭受的是我国历史上历时最久的通货膨胀，也是最严重的通货膨胀之一。这种通货膨胀使我们在经济方面的决定不能顺利执行，使储蓄的人反而受到惩罚，并且为之生活而挣扎的年轻人和靠固定收入为生的中年人都受到严重打击。它有可能使我国千百万人民的生活无法维持。

工厂停工使工人们失业，蒙受痛苦和失去个人尊严。那些的确有工作人的劳动无法得到公正的报偿，因为赋税制度使取得成就的受到惩罚，并使我们无法保持高度的生产力。

不过，尽管我们的赋税负担极为沉重，它仍然未有满足政府开支的需要。几十年来，我们累积了大量的赤字，从而为了目前暂时的方便而把我们的未来以及我们子女的未来抵押进去。这种趋势要是长期继续下去，就一定会引起社会、文化、政治和经济方面的大动乱。

你们和我作为个人在入不敷出的情况下可以靠借贷，但只能维持一段有限的时期。难道我们不应该想一想，为什么我们聚合在一起，作为一个国家，就不受同样的限制束缚呢?

为了明天的生存，我们今天必须采取行动。请不要误解，我们今天就开始采取行动了。

我们的经济弊病已经困扰了我们好几十年了，这些经济弊病不可能在几天、几星期或者几个月中就消失，但是它们终将消失，它们之所以终将消失，是因为我们美国人现在一如我们过去一样有能力做需要做的一切事情，来保持这个最后的和最伟大的自由堡垒。

在目前这场危机中，靠政府解决不了我们的问题，政府却是我们的问题所在。

我们常常情不自禁地认为社会已经变得太复杂了，靠自治已经管理不了了，认为由一批杰出人物组成的政府比民有、民治、民享的政府更高明。但是，要是我们中间谁也管理不了自己，那么我们当中又有谁能管理别人呢?

我们大家，政府内外的人，必须承担这个责任。我们所谋求的解决办法必须是公平的，不单独让一个群体付出较大的代价。

我们常听到许多关于特殊利益集团的谈论，我们必须关心一个长期不受重视的特殊利益集团。这个集团没有地区上的边界，跨越人种和种族的区分以及政党的界限。它是由为我们种粮食、为我们巡逻街道、在我们的厂矿工作、教育我们的子女、管理我们的家庭和在我们患病时为我们治疗的男男女女组成的，他们是专业人员、企业家、店主、职员、出租汽车司机和卡车驾驶员。总而言之，他们就是“我们的人民”，就是美国人民。

我们的目标必须是建立一个健全的、生气蓬勃的、日益发展的经济，使所有的美国人都有均等的机会，不受偏见或歧视造成的障碍之害。使美国复兴，使所有美国人都有工作，结束通货膨胀，使所有美国人免除对势如脱缰之马的生活费用的恐怖。所有的人都必须投入这个“新开端”的生产劳动，所有的人都应当分享经济复兴的丰硕成果。我们力量的核心在于理想主义和公平对待的精神，有了这些，我们就能建立一个强大繁荣的美国，在国内和全世界都相安无事。

当我们向复兴美国开始迈步的时候，首先让我们看看我们的实际情况吧。我们这个国家有一个政府，而不是倒过来——政府有一个国家。这使得我们在世界各国中间处于特殊地位，除了人民赋予的权力之外，我们的政府没有什么权力。现在是制止和扭转政府机构和权力膨胀的时候了，因为有迹象表明，它已经膨胀得超过人民意愿的程度了。

我想要做的是限制联邦政府规模的影响，要重新明确给予联邦政府的权力和州或人民保留的权力之间的区别。必须提醒我们大家注意，各州并不是由联邦政府建立的，建立联邦政府的是各个州。

因此，不要有什么误解，我的意思并不是想不要政府，而是想要它工作，同我们一起而不是超越在我们之上工作，要它和我们并肩站在一起而不是凌驾于我们肩上。政府能够而且必须提供机会而不是扼杀机会，促进生产而不是抑制生产。

我们要知道，为什么这么多年来，我们取得了这么大的成就，为什么我们的繁荣超过了世界其他的国家，那是因为，在这个国土上，我们比以往任何时候都在更大程度上发挥了人的潜能和个人的天才。在这里比在世界上任何其他地方，更容易得到、更可以保证个人的自由和尊严。取得这种自由的代价有时是很高的，但是我们从来没有不愿意付出这种代价。

我们目前的困难是与政府不必要地和过分地膨胀而造成的对我们生

活的干预和侵犯同时而来的，这不是偶然的。

我们应该真正认识到我们国家是个非常伟大的国家，因此，我们不能只限于小小的理想。我们不像有些人让我们相信的那样，注定要不可避免地衰落。我不相信我们命该如此，不管我们做些什么都不能改变这种状况。我倒是相信，如果我们无所事事的话，我们将命该如此。

因此，让我们以我们拥有的一切创造性能力开拓一个国家复兴的时代。让我们重新下定决心，拿出我们的勇气和力量。让我们重新满怀信心和希望，我们完全有权利塑造崇高的理想。

有人说我们处在一个没有英雄的时代，这些人只是不知道到哪儿去找英雄，你们可以看到每天进出于工厂大门的英雄们。另外一些英雄人数虽很少，但生产的粮食却足够养活我们大家和我们以外的世界很大一部分地区的人民。

我们会在柜台前遇到英雄们，在柜台的内外都会遇到英雄们。有一些对自己抱有信心和有理想的企业家，他们创造新的职业、新的财富和机会。他们就是这样一些个人和家族，政府是靠他们缴纳的捐税来维持的，教会、慈善事业、文化、艺术和教育事业是靠他们的自愿捐献来维持的。他们的爱国主义精神是含而不露的，但是却是强烈的，他们创造的价值支撑着我们的国民生活。

我在谈到这些英雄时，用了“他们”和“他们的”这两个字眼，但也可以说“你们”和“你们的”。因为我是在向我所谈到的英雄们讲话——就是你们，这个上帝降福的国土上的公民们。你们的理想、你们的希望、你们的目标将是本届政府的理想、希望和目标，望上帝保佑我做到这一点。

我们将体现出在你们的禀性中占很大成分的同情心，我们怎么能有我们的国家不爱我们的同胞呢？我们要爱他们，在他们摔倒时伸出手去扶他们，在他们患病时给他们治愈，并且提供机会使他们能自给自足，以使他们获得在事实上而不仅仅是口头上的平等。

我们能解决摆在我们面前的这些问题吗？回答是毫不含糊和断然的

两个字：能够。借用温斯顿·丘吉尔的话说，我刚才宣誓并不是想要在我的领导下使这个世界最强大的经济瓦解。

在今后的一段时间，我将建议消除一些使得我们经济发展缓慢和生产力下降的障碍，将要采取一些旨在恢复各级政府之间保持平衡的步骤。进展也许是缓慢的，用英寸和英尺而不是用英里来衡量的，但是我们会前进。

现在应当是唤醒这个工业巨人的时候，使政府能够重新量入为出，减轻我们惩罚性的赋税负担。这些将是我们第一批的首要任务，在这些原则上绝不会妥协。

在我国为独立而斗争的前夕，有一个人曾对他的美国同胞说："我国现在处于危险之中，但并没有绝望……美国的命运取决于你们。关系到尚未出生的千百万人的幸福和自由的一个重要问题是由你们来决定，你们的行动要无愧于你自己。"这个人就是马萨诸塞议会主席约瑟夫·沃伦博士，如果他当初没有在邦克山牺牲，他也许成为我国建国的先人中最伟大的人物之一。

我相信，我们当代的这些美国人是有采取无愧于我们自己的行动的准备的，是有为确保我们自己、我们的孩子和我们子孙后代的幸福和自由而必须进行工作的准备的。

当我们在自己的这块土地上世代相传时，全世界将看到，我们所具有的力量更加强大了。我们将再度成为自由的典范，成为现在还没有获得自由的那些人的希望之光。

对于与我们有同样的自由理想的那些邻国和盟国，我们将加强我们之间传统性的联系，保证对它们予以支持，对它们履行应尽的义务，我们将以忠诚报答它们的忠诚。我们将努力争取建立互利的关系，我们不会利用这种友谊去影响它们的主权。因为我们自己的主权也是不能出卖的。

对于那些自由的敌人，对于那些潜在的对手，要提醒他们，和平是美国人民最高的愿望。我们将为和平而谈判，为和平而牺牲，我们绝不为和平而投降，现在不会，将来也永远不会。

对我们的忍让绝不应误解。不要把我们对冲突采取的克制态度误认为是意志不坚强。一旦需要采取行动保卫我们国家的安全，我们就采取行动，我们将保持足以在必要时取胜的力量。我们知道，如果我们这样做，我们将最有可能不必去动用这种力量。

我们必须认识到，世界各地的军火库中的任何武器都比不上自由人们的意志和维护道义的勇气的力量。这是当今世界上我们的对手所没有的武器，这是我们作为美国人所拥有的武器。要让那些采取恐怖行动和掠夺自己邻国的人懂得这一点。

人家告诉我，今天举行的祈祷会成千成万，对此，我深为感激。我们是上帝保佑的国家，我相信，上帝希望我们得到自由。如果每一次就职典礼日都能成为祈祷日，那是适当的，是一件好事。

就职仪式在国会大厦西门举行，这在我国历史上是第一次。站在这里，宏伟壮丽的景色尽收眼底，可以看到华盛顿这座城市独特的美丽和独特的历史，在这条宽阔的林荫道的尽头矗立着我国历代伟大的纪念物。

在我的正前方是一位不朽人物的纪念碑，他就是我们的国父乔治·华盛顿。他禀性谦恭，出于时势所迫才做出伟大业绩，他领导美国取得革命胜利，进而建立一个新国家。

稍偏一些就是庄严雄伟的托马斯·杰斐逊纪念堂，独立宣言就闪耀着他雄辩的才华。

在映影池的那一边，矗立着由大圆柱组成的庄严肃穆的林肯纪念堂。任何想彻底了解美国真谛的人都会在亚伯拉罕·林肯的一生中得到答案。

过了这些英雄纪念碑和纪念堂就是波托马克河，河对岸是阿灵顿国家公墓，坡地上排着一行行刻着十字架和大卫王之星的朴实无华的白色墓碑，它们加在一起只不过是为了我们的自由所付出的代价的很小一部分。

这里的每一个墓碑都是对我在上面谈到的那些英雄的纪念。他们在一些叫做贝卢伍德、阿尔贡、奥马哈滩、萨莱诺的地方，在相隔半个地球之遥的瓜达卡纳尔、塔拉瓦、独排山、长津水岸，和一个叫做越南的有着许许多多稻田和丛林的地方献出了他们的生命。

在这样的一块墓碑下埋葬着一个名叫马丁·特雷普托的年轻人，他于1917年离开了一座小镇里的理发馆，随同著名的彩虹师一道到了法国。在那里的西部战线上，他在猛烈的炮火下想从一个营向另一个营传递消息时被打死了。

我们知道，在他的遗体上发现了一本日记。在日记本的扉页上，他用《我的誓言》为标题写了这些话："美国必须打赢这场战争。因此，我要工作，我要节约，我要作出牺牲，我要忍耐，我要高高兴兴地战斗，竭尽我的全部力量，就好像这场战争全靠我一个人似的。"

我们今天面临的危机并不是要求我们作出像过去马丁·特雷普托和其他千千万万人那样的牺牲。然而，它确实要求我们作出最大的努力，要求我们努力工作，要求我们愿意相信自己，相信我们有能力干出伟大的事业：我们团结一致，在上帝的帮助下，能够并且一定会解决我们面临的种种问题。

我们为什么不应该相信这一点呢？毕竟，我们是美国人。

愿上帝祝福你们。

·作品赏析·

这篇演讲是1981年里根就任美国总统时发表的就职演说。演讲主题鲜明，从现实的问题谈起，指出目前政府面临的问题和应该发挥的职能，指出每一个美国人应该为解决问题而努力。演讲的语言富于激情，生动活泼却论述宏大，切中要害，而且能够寓理于情，借景生情，情景交融，显得自然而随意，从而创造了良好的演讲氛围，激起听众的相应情感。演讲一开头，里根就运用对比的手法，列举今与昔，很少人和很多人，纵横捭阖，从两个角度点出了美国大民主奇迹般的意义，流露出对于民族和国家强烈的自豪感和优越感，激起听众的热情。在演讲的最后一部分，里根借助就职仪式在国会大厦西侧举行这个偶然的机会，借景抒情，历举眼前听众所熟悉的英雄及纪念物，并进一步宣扬他们的精神，由个别的伟人阐发自己对英雄的理解，赞美了他们平凡而伟大的英雄主义精神，反驳了有些人认为“我们”正处在没有英雄的时代的消极论调，由点到面。最后引述一个普通英雄的日记来号召美国人民相信自己的能力，齐心协力解决面临的各种问题，这样的建议自然能被听众接受。统观演讲全篇，结构严谨，条理清晰，如流水般顺畅，但同时又富于变化，善于转换论述角度。

作者简介

里根，1932年毕业于伊利诺伊州尤里卡学院后，在艾奥瓦州担任广播电台体育播报员。1937年踏入漫长的电影演员生涯，共参加过50部左右的影片演出，其中著名的有《罗克尼传》（1940年）、《金石盟》（1942年）及《仓猝的心》（1950年）等。1947—1952年和1959—1960年两度担任电影演员公会主席，配合打击传闻存在于美国电影业中的共产党势力。

里根像

里根的演艺生涯于20世纪50年代走下坡，遂在通用电气公司担任巡回发言人，并主持电视节目通用电气剧场。在此期间，他从自由派民主党人转变为保守派共和党人。1966年以共和党身份，当选加利福尼亚州州长，1970年再度当选。

1968年曾不太热心地争取共和党总统候选人的提名，但1976年认真地想夺取福特总统受提名的资格，但未成功。1980年担任总统。1981年3月30日，遇刺受伤，但以惊人的毅力完全康复。

1983年曾提议依据颇受争议的战略防卫计划来建造一套美国战略防卫系统，即“星球大战”计划。在外交方面，他采取强硬的反共立场，以极端谨慎的态度勉强与苏联进行限制战略武器谈判。

1984年里根竞选连任，对手为自由派民主党人蒙代尔。里根获得压倒性胜利。1985 年他签署了强制政府削减支出的立法，以求在 1991 年平衡联邦预算。

1993 年里根获总统自由勋章。1994 年 11 月 5 日，里根身患阿尔茨海默氏病。2004 年 6 月 5 日，于家中辞世，死于肺炎，享年 93 岁。

生命与死亡的尊严 / 加缪

演讲词档案

演讲者：加缪（1913—1960）
演讲时间：1957 年
演讲地点：瑞典斯德哥尔摩
演讲者身份：法国著名作家

在接受你们自由的学院如此慷慨地给予我荣誉之际，特别是考虑到这份奖赏远远超过了我个人的成绩，我要致以深切的谢意。每一个人，在更充分的理由上说，每一个艺术家，都希望获得认可，我也一样。但是，在得悉你们的决定时，我不能不把它所产生的影响同真实的我加以比较。对于一个还算年轻、仍充满了疑惑，正在提高其作品水准，并习惯于孤独地工作或回避友情的人，突然间听到殊荣降临，单独置身于耀眼的聚光灯中央，怎能不叫他感到惶恐？当欧洲的其他作家，特别是那些最伟大的作家，不得不在他们的祖国遭受到无止境的蹂躏时保持沉默的情况下，他一人接受这个荣誉，又会带着怎样的心情呢？

我既感到震惊，内心又有些惶恐。简言之，为了重新获得内心的平静，我不得不接受这份过于慷慨的运气。由于我个人的成就并配不上这一荣誉，我发现除了那终生支持我的、即使身处逆境时也不曾懈怠的观念以外，别无其他任何东西可以支持我了，也就是我对艺术和作家之职能所持有的观念。请允许我以感激和友爱之情，尽量简单地把这种观念告诉诸位。

就我个人而言，没有艺术便无法生活。但我又从来没有把艺术摆在一切事物之上。在另外一方面，假如我需要艺术，那是因为艺术把我的同胞们紧密相连，因为它使我这样的人能够跟同胞们生活在一个水平之上。艺术有能力展现普通人的欢乐或痛苦的图景，以此来打动绝大多数人。它使得艺术家与人民紧密相连，使他服从于最不足道且最普遍的真理。一个人往往由于自以为与众不同而选择做了艺术家，但他很快就会认识到，除非他承认与众相同，否则，他便既不能维持他的艺术，也不能维持他的差异。艺术家在生活中觉得不能没有美感和不能脱离他生活的社会时，便与他人结合在一起了。这就是真正的艺术家不能轻视任何事物的原因：他必须去理解，而不是去作判断。而且，倘若他们不得不在这个世界上选择立场的话，那么，或许就只能选择与社会站在一起的立场。根据尼采的卓越言论，在这个社会里，进行统治的不是法官而是社会，不管这个创造者是工人还是知识分子。

出于同样的观点，作家在履行职能时不能回避艰苦的任务。根据这一界定，在当今，他就不能使自已服务于那些创造历史的人们，而应服务于那些经受历史苦难的人们。不然，他就会孤立无援，失去艺术。即使数百万的暴政大军，也不能使他摆脱孤立的处境，特别是当他与这些大军同流合污的时候。但是，在世界另一端，一个遭受侮辱的、不知名的囚犯的沉默，却足以让作家摆脱自已被流放般的状态，至少当他在自由的特权之中不至于忘记这种沉默，并且他还努力传递这种沉默，以使沉默通过他的艺术手段回响于世界。

在我们当中，谁都无法伟大到足以担当这项任务。然而，无论在什么生活状况下，不管是默默无闻还是取得了暂时的声望，不论是受拘于暴政的镣铐还是一时的畅所欲言，作家只有尽其所能，接受为真理服务和为自由服务的两项任务，其作品才会成其伟大，才能赢得社会大众的心，并得到他们的认可。由于他的任务是团结尽可能多的人民，他的艺术便不能向谎言和奴役妥协，因为凡是谎言和奴役横行的地方都将滋生孤独。不管我们个人有什么弱点，我们作品的高贵一向植根于两项难以持续的使命：对自已所了解的拒不撒谎，对压迫的进行抵抗。

在过去二十多年的疯狂历史中，像这一代所有的人一样，我对时世变乱不知所措、迷惘失望，只有一件事支持着我，一种深藏在内心的感情，我认为，在今天，写作是一种荣誉，因为这种活动是一项使命，并且不仅仅是写作的使命。具体地说，就我的力量和境况而言，这项使命让我与经历过相同历史的所有人一起，承载我们共有的不幸与希望。这些人出生于第一次世界大战初期，在希特勒上台和第一次革命爆发时，他们正处于20岁左右的青春年华，而后，在西班牙内战、第二次世界大战、集中营和充满酷刑的拷打和囚禁的欧洲，他们完成了学业，也正是他们，今天必须生儿育女，开始在核武器的威胁下搞创作。我认为，谁都无法要求他们成为乐观主义者。我甚至认为，我们应当理解他们的错误，并永不停息地与这种错误进行较量。他们正是在过度的绝望之中才误入歧途，行使过不光彩生活的权利，并且一窝蜂地陷入时代的虚无主义之中。而事实是，在我的国家，在欧洲，我们大多数人都摈弃了这种虚无主义，积极寻求公正。为了获得重生，公开地反对在我们历史上正发挥作用的死亡本能，他们必须学会一种在灾难时代生存的艺术。

毫无疑问，每一代人都会感到变革世界的使命。而我这代人却知道，我们不会去变革世界，然而我们的任务或许更为重大。这个任务在于阻止世界的自我毁灭。我们这代人是腐朽历史的继承者。在这种历史里，混杂着堕落的革命、疯狂的技术、死亡的诸神和破旧的意识形态，平庸的势力可以摧毁一切，却不知道怎样让人信服。心智沦落，成为仇恨和压迫的奴仆。这代人从自我否定出发，不得不在身心内外重新确定一点点使生与死具备尊严的东西。在分崩离析之险迫在眉睫的世界中，那些大审判官铤而走险建立永恒的死亡王国，我们这代人知道，应该在跟时间的疯狂竞赛当中，恢复各民族之间没有奴役的和平，重新和解劳动和文化，并与所有的人一起重新制造“和约之舟”。这代人能否完成这项巨大任务，尚无法确定。然而，世界各地的人民已经起来反对那对真理和自由的双倍挑衅，并且知道在必要时如何为之献身。无论在哪里发现这种人，他们都值得尊敬和鼓励，特别是在他们作出自我牺牲的时候。无论如何，我应当把你们授予我的这项荣誉，转赠给这一代人，这你们肯定会完全同意的。

与此同时，在简要介绍了作家创作的高贵性之后，我应该把作家放在恰当的位置上。他除了与自己的战友共享的秉性以外，没有任何其他秉性，容易受伤却坚持不懈，遭受不公却热切地伸张正义，无论在什么人面前都不卑不亢地从事自己的事业，时刻承受着痛苦与美丽之间的割裂状态，最后则献身于他在双重的追求中所创造的新东西，这是他在历史的毁灭运动中顽强地树立起来的创造物。在这种种经历之后，谁能企盼他给予完全的解答并同时具备高尚的道德呢？真理是神秘的、难以捉摸的，永远需要人们努力去征服。自由是危险的，既令人欢欣鼓舞，又难以与之共存。我们必须痛苦而又坚定地迈向这两个目标，并且事先明白，在这样漫长的一条道路上，会出现失败。那么，现在又有什么样的作家敢于心安理得地自诩为美德的布道者呢？就我个人而言，我必须再次宣布，我不是这样的作家。我从来不会放弃光明、存在的欢乐以及成长的自由环境。可是，虽然这种怀旧感说明了我的种种错讹失误的原因，但无疑也有助于我更好地理解自己的创作能力。这种怀旧感仍然在帮助我毫不迟疑地支持那些默默无闻的人，他们之所以还忍受这个世界强加于他们的生活，只是因为能够回忆那短促而自由的幸福生活。

这样，便还原了我本来的面目。在说明了我的局限、欠缺、以及举步维艰的信念之后，在结束讲话时，我就可以比较释然地评论一下你们方才授予我这项荣誉的慷慨大度，就可以比较释然地告知各位，我接受这项荣誉，把它当做对所有那些共同进行过同一战斗，却没有获得什么优待，反而饱尝了痛苦和迫害的人们的一种敬意。我还是要从内心深处感谢诸位，并且，为了表达我的感激之情，向你们公开道出每一位诚实的艺术家天天都对自己默许的同一个古老的诺言，这就是忠实。

·作品赏析·

加缪认为，没有艺术就无法生活，但是艺术不能摆在一切事物之上，艺术家的立场是要和社会一致的，任务是为真理服务、为自由服务。只有完成了社会赋予的任务，作品才能获得社会大众的心，赢得他们的认可。

加缪还认为作品应该是高贵的，是不能撒谎的，要对压迫反抗到底。论述完对艺术和作品的观点后，加缪回顾了他那一代人在过去二十多年的生活背景，引出他那一代人创作的使命——阻止世界的自我毁灭，指出应该在跟时间的疯狂竞赛中，恢复各民族之间没有奴役的和平，重新和解劳动和文化。他赞同那些为真理和自由而战的人，并且觉得应当把他获得的这份荣誉转赠给他们。加缪强调，作家的秉性应该是坚持不懈地伸张正义，不卑不亢地从事自己的事业，不断创造新东西。最后，加缪呼应开头，谦虚地评论了自己获得的荣誉，希望和每一位艺术家分享。

这篇演讲言辞恳切而有力度，很好地表达了作者获奖的感受和他对艺术创作的理解，对走在创作道路上的人有很大鼓舞作用。

作者简介

加缪，1913 年 11 月 7 日生于阿尔及利亚的蒙多维。幼年丧父，生活拮据，凭奖学金读完中学，之后又在亲友的资助下，半工半读读完大学，取得哲学学士学位。希特勒上台后，加缪参加了反法西斯运动，并加入了法国共产党，后来退党。从 1935 年开始，加缪从事戏剧活动，创办过剧团，写过剧本，还当过演员。1944 年，担任《战斗报》的主编，写了不少著名的论文。1957 年，加缪获得诺贝尔文学奖。1960 年，由于车祸不幸身亡。

他创作的剧本主要有《误会》、《卡利古拉》、《戒严》、《正义》等。此外，加缪还写过不少小说，中篇小说《局外人》既是他的成名作，也是荒诞小说的代表作。获法国批评奖的长篇小说《鼠疫》，更是确立了他在法国文坛上的地位。

历史将判我无罪 / 卡斯特罗

演讲者：卡斯特罗（1926—2016）
演讲时间：1953年10月10日
演讲地点：圣地亚哥的紧急法庭
演讲者身份：古巴共产党总书记

从来没有过任何一个辩护律师得在这样困难的条件下进行工作，也从来没有过任何一个被告遭到过这么多的严重的非法待遇。在本案中，辩护律师和被告是同一个人。我作为辩护律师，连看一下起诉书也没有可能，作为被告，我被关闭在完全与外界隔绝的单人牢房已经有76天，这是违反一切人道的和法律的规定的。

讲话人绝对厌恶幼稚的自负，没有心情，而且生性也不善于夸夸其谈和做什么耸人听闻的事情。我不得不在这个法庭上自己担任自己的辩护人，是由于两个原因：第一，是因为实际上完全剥夺了我的受辩护权；第二，是因为只有感受至深的人，眼见祖国受到那样深重的灾难、正义遭到那些践踏的人，才能在这样的场合呕心沥血讲出凝结着真理的话来。并非没有慷慨的朋友愿意为我作辩护。哈瓦那律师公会为我指定了一位有才干有勇气的律师：豪尔赫·帕格列里博士，他是本城律师公会的主席。但是他却不能执行他的使命，他每次想来探望我，都被拒于监狱门外。只是经过一个半月之后，由于法庭的干预，才允许他当着军事情报局的一个军曹的面会见我十分钟。按常理说，一个律师是应该和他的当事人单独交谈的，这是在世界任何地方都受到尊重的权利，只有这里是例外。在这里一个当了战俘的古巴人落到了铁石心肠的专制当局手中，他们是不讲什么法理人情的。帕格列里博士和我都不能容忍，对于我们准备在出庭时用的辩护策略进行这种卑污的刺探。难道他们想预先知道我们用什么方法粉碎他们就蒙卡达兵营事件挖空心思捏造的无稽谎言，用什么方法揭露他们所竭力掩盖的可怕的真相吗？于是，当时我们就决定由我运用我的律师资格，自作辩护。

军事情报局的军曹听到了这个决定，报告了他的上级，这引起了异常的恐惧，就好像是哪个调皮捣蛋的妖怪捉弄他们，使他们感到他们的一切计划都要破产了。诸位法官先生，他们为了把被告自我辩护这样一个在古巴有着悠久传统的神圣权利也给我剥夺掉，而施加了多少压力，你们是最清楚不过了。法庭不能向这种企图让步，因为这等于陷被告于毫无保障的境地。被告现在行使这项权利，该说的就说，绝不因任何理由而有所保留。我认为首先有必要说明对我实行野蛮隔离的理由是什么，不让我讲话的意图是什么？为什么，如法庭所知，要阴谋杀害我？有哪些严重的事件他们不想让人民知道？在本案中发生的一切奇奇怪怪的事情其奥妙何在。这就是我准备清楚地表白的一切。

我认为我已充分地论证了我的观点，我的理由要比检察官先生用来要求判我 26 年徒刑的理由要多，所有这些理由都有助于为人民的自由和幸福而斗争的人们，没有一个理由是有利于无情地压迫、践踏和掠夺人民的人。

因此我不得不讲出许多理由，而他一个也讲不出。巴蒂斯塔是违反人民的意志、用叛变和暴力破坏了共和国的法律而上台的，怎样能使他的当权合法化呢？怎样能把一个压迫人民和沾满血迹和耻辱的政权叫作合法的呢？怎样能把一个充斥着社会上最守旧的人、最落后的思想和最落后的官僚制度的政府叫作革命的呢？又怎样能认为，肩负着保卫我国宪法的使命的法院最大的不忠诚的行为，在法律上是有效的呢？凭什么权利把为了祖国的荣誉而贡献出自己的鲜血和生命的公民送进监狱呢？这在全国人民看来，是骇人听闻的事。按照真正的正义原则说来，都是骇人听闻的事。但是我们还有一个理由比其他一切理由都更为有力：我们是古巴人，作为古巴人就有一个义务，不履行这个义务就是犯罪，就是背叛。我们为祖国的历史而骄傲，我们在小学校里就学习了祖国历史，在我们成长的过程中，不断听人们谈论着自由、正义和权利。我们的长辈教导我们从小敬仰我们的英雄和烈士的光荣榜样，塞斯佩德斯、阿格拉蒙特、马塞奥、戈麦斯和马蒂都是我们自幼就熟悉的名字。我们敬聆过泰坦的话：自由不能祈求，只能靠利剑来争取。我们知道，我们的先驱者为了教育自由祖国的公民，在他的《黄金书》中说，“凡是甘心服从不正确的法律并允许什么人践踏他的祖国的，凡是这样辜负祖国的，都不是正直的人……在世界上必然有一定数量的荣誉，正像必然有一定数量的光明一样。只要有小人，就一定有另外一些肩负众人的荣誉的君子。就是这些人奋起用暴力反对那些夺取人民的自由，也就是夺取人们的荣誉的人。这些人代表成千上万的人，代表全民族，代表人类的尊严。”人们教导我们，10 月 10 日和 2 月 24 日是光荣的、举国欢腾的日子，因为这是古巴人奋起打碎臭名昭著的暴政的桎梏的日子，人们教导我们热爱和保护美丽的独星旗，并且每天晚上唱国歌，这个曲子告诉我们，生活在枷锁下等于在羞辱中生活，为祖国而死就是永生。我们学会了这一切并且永不会忘记，尽管今天，在我们祖国的人们由于要实践从摇篮中起就教导给我们的思想而遭到杀戮和监禁。我们出生在我们的先辈传给我们的自由国家，我们不会同意做任何人的奴隶，除非我们的国土沉入海底。在我们的先驱者百年诞辰的今年对他的崇敬好像要消逝了，对他的怀念好像要永远磨灭了，多么可耻！但是他还活着，没有死去，他的人民是富于反抗精神的，他的人民是高尚的，他的人民忠于对他的怀念！有些古巴人为保卫他的主张倒下去了，有些青年为了让他继续活在祖国的心中，甘心情愿地死在他的墓旁，贡献出他们的鲜血和生命。古巴啊！假使你背叛了你的先驱者，你会落得什么样的下场啊！

我要结束我的辩护词了，但是我不像一般的律师通常所做的那样，要求给被告以自由。当我的同伴们已经在松树岛遭受可恶的监禁，我不能要求自由。你们让我去和他们一起共命运吧！在一个罪犯和强盗当总统的共和国里，正直的人们被杀害和坐牢是可以理解的。我衷心感谢诸位法官先生允许我自由讲话而不卑鄙地打断我，我对你们不怀仇怨，我承认在某些方面你们是人道的，我也知道本法庭庭长这个一生清白的人，他可能迫于现状不能不作出不公正的判决，但他对这种现状的厌恶是不能掩饰的。法庭还有一个更严重的问题有待处理，这就是谋害70个人的案件——我们所知道的最大的屠杀案。凶手到现在还手执武器逍遥法外，这是对公民们的生命的经常威胁。如果由于怯懦，由于受到阻碍而不对他们施以法律制裁，同时法官们也不全体辞职，我为你们的荣誉感到惋惜，也为玷污司法制度的空前的污点感到痛心。至于我自己，我知道我在狱中将同任何人一样备受折磨，狱中的生活充满着卑怯的威胁和残暴的拷打，但是我不怕，就像我不怕夺去了我70个兄弟生命的可鄙的暴君的狂怒一样。

判决我吧！没有关系，历史将宣判我无罪！

·作品赏析·

在这次法庭辩论上，卡斯特罗既是被告，同时又充当他自己的辩护律师。阅读全文，我们可以感受到他滔滔不绝的非凡口才。卡斯特罗的语言充满了激情和逻辑力量，昂扬着不屈的斗志，他思想开阔又机智灵活，将自己被捕所受到的不法和不公待遇作为反抗残暴独裁统治的有力证据，使人不得不信服。当然，这也是在法庭上针对自己被捕事件的就事论事，但是卡斯特罗能够由此引发开去，谈到古巴人民所遭受的独裁统治下的被压迫和奴役的现状，并以此来说明自己的行动不是非法的，而是对祖国和人民负责，“我们是古巴人，作为古巴人就有一个义务，不履行这个义务就是犯罪”。这个义务就是“用暴力反对那些夺取人民的自由，也就是夺取人们的荣誉的人”。全篇演讲措辞激烈，针锋相对，慷慨激昂，显示着不可战胜的正义力量：“判决我吧！没有关系，历史将宣判我无罪！”

作者简介

卡斯特罗，生于古巴奥连特省一个甘蔗园主家。1953年7月26日，领导一个小组攻打圣地亚哥的蒙卡达兵营，事败被捕，他的辩护词《历史将判我无罪》一书，成为发动革命和推翻巴蒂斯塔政权的宣言书。1955年获释，去墨西哥为再次革命做准备，并成立“七·二六运动”组织。1959年2月，卡斯特罗就任古巴总理。1962年任古巴社会主义革命统一党第一书记。1965年该党改名为古巴共产党后，卡斯特罗担任中央委员会第一书记。1976年任国务委员会主席兼部长会议主席和革命武装部队总司令。在1981年、1986年、1993年、1998年2月和2003年3月的选举中获胜，连任国务委员会主席。2011年4月19日，卡斯特罗在一份刊发的报纸中撰文证实，自己已经辞去古巴共产党最高领导人职位。

我有一个梦想 / 马丁·路德·金

演讲词档案

演讲者：马丁·路德·金（1929—1968）
演讲时间：1963 年 8 月 28 日
演讲地点：林肯纪念堂前
演讲者身份：美国黑人民权运动领袖

今天，我高兴地同大家一起，参加这将成为我国历史上为了争取自由而举行的最伟大的示威集会。

100 年前，一位伟大的美国人（即美国第 16 任总统亚伯拉罕·林肯）——今天我们就站在他象征性的身影下（示威集会在美国首都华盛顿林肯纪念堂举行，纪念堂前耸立着林肯雕像，故有此说。），签署了《解放黑人奴隶宣言》。这项重要法令的颁布，对于千百万灼烤于非正义残焰中的黑奴，犹如带来希望之光的硕大灯塔，恰似结束漫漫长夜禁锢的欢畅黎明。

然而，100 年后，黑人依然没有获得自由；100 年后，黑人依然悲惨地蹒跚于种族隔离和种族歧视的枷锁之下；100 年后，黑人依然生活在物质繁荣瀚海的贫困孤岛上；100 年后，黑人依然在美国社会中向隅而泣，依然感到自己在国土家园中流离漂泊。所以，我们今天来到这里，要把这骇人听闻的情况公诸于众。

从某种意义上说，我们来到国家的首都是为了兑现一张期票，我们共和国的缔造者在拟写宪法和独立宣言的辉煌篇章时，就签订了一张每一个美国人都能继承的期票。这张期票向所有人承诺——不论白人还是黑人，都享有不可剥夺的生存权、自由权和追求幸福权。

然而，今天美国显然对他的有色公民拖欠着这张期票。美国没有承兑这笔神圣的债务，而是开给黑人一张空头支票——一张打着“资金不足”的印戳被退回的支票。但是，我们绝不相信正义的银行会破产，我们绝不相信这个国家巨大的机会宝库会资金不足。

因此，我们来兑现这张支票，这张支票将给我们以宝贵的自由和正义的保障。

我们来到这块圣地还为了提醒美国：现在正是万分紧急的时刻。现在不是从容不迫悠然行事或服用渐进主义镇静剂的时候，现在是实现民主诺言的时候，现在是走出幽暗荒凉的种族隔离深谷，踏上种族平等的阳关大道的时候，现在是使我们国家走出种族不平等的流沙，踏上充满手足之情的磐石的时刻，现在是使上帝的所有孩子真正享有公正的时候。

忽视这一时刻的紧迫性，对于国家将会是致命的。自由平等的朗朗秋日不到来，黑人顺情合理哀怨的酷暑就不会过去。1963 年不是一个结束，而是一个开端。

如果国家依然我行我素，那些希望黑人只需出出气就会心满意足的人将大失所望。在黑人得到公民权之前，美国既不会安宁，也不会平静。反抗的旋风将继续震撼我们国家的基石，直至光辉灿烂的正义之日来临。

但是，对于站在通向正义之宫艰险门槛上的人们，有一些话我必须要说。在我们争取合法地位的过程中，切不要错误行事导致犯罪。我们切不要吞饮仇恨辛酸的苦酒，来解除对于自由的饥渴。

我们应该永远得体地、纪律严明地进行斗争。我们不该容许我们富有创造性的抗议沦为暴力行动，我们应该不断升华到用灵魂力量对付肉体力量的崇高境界。

席卷黑人社会新的奇迹般的战斗精神，不应导致我们对所有白人的不信任，因为许多白人兄弟已经认识到：他们的命运同我们的命运紧密相连，他们的自由同我们的自由休戚相关，他们今天来到这里集会就是明证。

我们不能单独行动。当我们行动时，我们必须保证勇往直前。我们不能后退。有人问热心民权运动的人："你们什么时候会感到满意？"只要黑人依然是不堪形容的警察暴行恐怖的牺牲品，我们就绝不会满意；只要我们在旅途劳顿之后，却被公路旁汽车游客旅社和城市旅馆拒之门外，我们就绝不会满意；只要黑人的基本活动范围只限于从狭小的黑人居住区到较大的黑人居住区，我们就绝不会满意；只要我们的孩子被"仅供白人"的牌子剥夺个性，损毁尊严，我们就绝不会满意；只要密西西比州的黑人不能参加选举，纽约州的黑人认为他们与选举毫不相干，我们就绝不会满意。不，不，我们不会满意，直到公正似水奔流，正义如喷泉涌。

我并非没有注意到，你们有些人历尽艰难困苦来到这里，你们有些人刚刚走出狭小的牢房，有些人来自因追求自由而遭受迫害风暴袭击和警察暴虐狂飙摧残的地区。你们饱经风霜，历尽苦难。继续努力吧，要相信：无辜受苦终得拯救。

回到密西西比去吧，回到亚拉巴马去吧，回到南卡罗来纳去吧，回到佐治亚去吧，回到路易斯安那去吧（这是美国种族歧视最严重的5个州），回到我们北方城市中的贫民窟和黑人居住区去吧。要知道，这种情况能够而且将会改变。我们切不要在绝望的深渊里沉沦。

朋友们，今天我要对你们说，尽管眼下困难重重，但我依然怀有一个梦，这个梦深深植根于美国梦之中。

我梦想有一天，这个国家将会奋起，实现其立国信条的真谛："我们认为这些真理不言而喻：人人生而平等。"（引自美国《独立宣言》）

我梦想有一天，在佐治亚州的红色山岗上，昔日奴隶的儿子能够同昔日奴隶主的儿子同席而坐，亲如手足。

我梦想有一天，甚至连密西西比州——一个非正义和压迫的热浪逼人的荒漠之洲，也会改造成自由和公正的青青绿洲。

我梦想有一天，我的四个小儿女将生活在一个不是以皮肤的颜色，而是以品格的优劣作为评判标准的国家里。

我今天怀有一个梦。

我梦想有一天，亚拉巴马州会有所改变，尽管该州州长现在仍滔滔不绝地说什么要对联邦法令提出异议和拒绝执行——在那里，黑人儿童能够与白人儿童兄弟姐妹般地携手并行。

我今天怀有一个梦。

我梦想有一天，深谷弥合，高山夷平，崎路化坦途，曲径成通衢，上帝的光华再现，普天下生灵共谒。

这是我们的希望，这是我将带回南方去的信念。有了这个信念，我们就能从绝望之山开采希望之石；有了这个信念，我们就能把这个国家嘈杂刺耳的争吵声，变为充满手足之情的悦耳交响曲；有了这个信念，我们就能一同工作，一同祈祷，一同斗争，一同入狱，一同维护自由。因为我们知道，我们终有一天会获得自由。

到了这一天，上帝的所有孩子都能以新的含义高唱这首歌：

我的祖国，
可爱的自由之邦，
我为您歌唱。
这是我祖先终老的地方，
这是早期移民自豪的地方，
让自由之声，响彻每一座山岗。

如果美国要成为伟大的国家，这一点必须实现。因此，让自由之声响彻新罕布什尔州的巍峨高峰！

让自由之声响彻纽约州的崇山峻岭！

让自由之声响彻宾夕法尼亚州的阿勒格尼高峰！

让自由之声响彻科罗拉多州冰雪皑皑的落基山！

让自由之声响彻加利福尼亚州的婀娜群峰！

不，不仅如此，让自由之声响彻佐治亚州的石山！

让自由之声响彻田纳西州的了望山！

让自由之声响彻密西西比州的一座座山峰，一个个土丘！

让自由之声响彻每一个山岗！

当我们让自由之声轰响，当我们让自由之声响彻每一个大村小庄、每一个州府城镇，我们就能加速这一天的到来。那时，上帝的所有孩子，黑人和白人，犹太教徒和非犹太教徒，耶稣教徒和天主教徒，将能携手同唱那首古老的黑人灵歌：“终于自由了！终于自由了！感谢全能的上帝，我们终于自由了！”

·作品赏析·

这是马丁·路德·金最为人们熟知的一篇演讲，它的魅力不仅仅在于它所表达的内容，还在于它诗一般优美的语言和其中令人感动的情感和信念。1963 年 3 月 28 日，马丁·路德·金在华盛顿林肯纪念堂前举行的声势浩大的示威集会上发表了这篇演讲，标志着 20 世纪黑人民权运动进入了高潮阶段。这篇演讲的成功首先在于它的语言魅力，这些感人肺腑的诗一样的语言中包含着演讲者真挚的情感，它热烈激越、生动，极富生命力，能够直接植入听众的心灵深处，演讲者的才华在其中发挥得淋漓尽致。演讲者的平民身份，平民的情感是演讲成功的一个重要因素，演讲者将这些深沉的情感亲切而真诚地传达给听众，收到了极好的效果。在修辞上，演讲者大量使用排比句，增强了语言的气势，形成一层层推波助澜的壮观情景，其势如大河奔流，将作者的理想一步步深化，最后形成一股强大的情感洪流，冲击着每一个听众的灵魂。演讲结束后，美国的各大报刊纷纷转载、引用，人们公认它是经典之作，是演讲史上的辉煌篇章。20 年后，当美国数十万人再次来到华盛顿，聚集在林肯纪念堂前播放马丁·路德·金的这篇演讲，人们仍然为之激动鼓舞。

作者简介……………………………………………………

马丁·路德·金，出生于美国佐治亚州的亚特兰大。

1954 年马丁·路德·金成为阿拉巴马州蒙哥马利的德克斯特大街浸信会教堂的一位牧师。1955 年 12 月 1 日，一位名叫作罗沙·帕克斯的黑人妇女在公共汽车上拒绝给白人让座位，因而被当地警察逮捕。马丁·路德·金立即组织了一场罢车运动（即蒙哥马利罢车运动），从此他成为民权运动的领袖人物。1964年马丁·路德·金被授予诺贝尔和平奖。

马丁·路德·金极具演说才能，著有《阔步走向自由》、《我们为何不能再等待》等著作，其思想对20世纪60年代美国黑人民权运动产生了重大影响。

人们一思索，上帝就发笑 / 米兰·昆德拉

演讲词档案

演讲者：米兰·昆德拉（1929— ）
演讲时间：1985 年
演讲地点：耶路撒冷
演讲者身份：捷克著名小说家

小说家不是代言人，严格说来，他甚至不应为自己的信念说话，当托尔斯泰构思《安娜·卡列尼娜》的初稿时，他心目中的安娜是个极不可爱的女人，她的凄惨下场似乎是罪有应得。这当然跟我们看到的定稿大相径庭。这当中并非托氏的首选观念有所改变，而是他听到了道德以外的一种声音。我姑且称之为“小说的智慧”。所有真正的小说家都聆听这超自然的声音。因此，伟大的小说里蕴藏的智慧总比它的创作者多，认为自己比其更有洞察力的作家不如真实性改行。

可是，这“小说的智慧”究竟从何而来？“小说”又是怎么回事？我很喜欢一句犹太谚语：“人们一思索，上帝就发笑。”这句谚语带给我灵感，我常想象拉伯雷有一天突然听到上帝的笑声，欧洲第一部伟大的小说就呱呱坠地了，小说艺术就是上帝笑声的回响。

为什么人们一思索，上帝就发笑呢？因为人们愈思索，真理离他愈远。人们愈思索，人与人之间的思想距离就愈远。因为人从来就跟他想象中的自己不一样，当我们从中世纪迈入现代社会的门槛，他终于看到的真面目：堂吉诃德左思右想，他的仆役桑丘也左思右想。他们不但未曾看透世界，连自身都无法看清。欧洲最早期的小说家却看到新环境，从而建立起一种新的艺术，那就是小说艺术。

无论是有意还是无意，每一部小说都要回答这个问题：

“人的存在究竟是什么？其真意何在？”

斯特恩同时代的费尔丁认为答案在于行动和大结局。斯特恩的小说答案却完全不同：答案不是在行动和大结局，而是行动的阻滞中断。

因此，也许可以说，小说跟哲学有过间接但重要的对话。18 世纪的理性主义不就奠基于莱布尼兹的名言：“凡存在皆合理。”

当时的科学界基于这样的理念，积极去寻求事物存在的理由。他们认为，凡物都可计算和解释。人要生存得有价值，就得弃绝一切没有理性的行为。所有的传记都是这么写的：生活总是充满了起因和后果，成功与失败。人类焦虑地看着这连锁反应，急剧地奔向死亡的终点。

今天，时光又流逝了 50 年，布洛克的名言日见其辉。为了讨好大众，引人注目，大众传播的“美学”必然要跟“Kitsch”同流。在大众传媒无所不在的影响下，我们的美感和首选慢慢也 Kitsch 起来了。现代主义在近代的含义是不墨守成规，反对既定思维模式，决不媚俗取宠。今日之现代主义（通俗的用法“新潮”）已经融会于卖力地迎合既定的思维模式。现代主义套上了媚俗的外衣，这件外衣就叫 Kitsch。

那些不懂得笑，毫无幽默感的人，不但墨守成规，而且媚俗取宠。他们是艺术的大敌。正如我强调过的，这种艺术是上帝笑声的回响。在这个世态领域里，没有人掌握绝对真理，人人都有被了解的权利。这个自由想象的王国是跟现代欧洲文明一起诞生的。当然，这是非常理想化的“欧洲”，或者说是我们梦想中的欧洲。我们常常背叛这个梦想，可也正是靠它把我们凝聚在一起，这股凝聚力已经赶超欧洲地域的界限。我们都知道，这个宽宏的领域无论是小说的想象，还是欧洲的实体是极其脆弱的，极易夭折的。那些既不会笑又毫无幽默感的家伙总是虎视眈眈盯着我们。

在这个饱受战火蹂躏的城市里，我一再重申小说艺术。我想，诸位大概已经明白我的苦心。我并不是故意回避谈论大家都认为重要的问题。我觉得今天欧洲文明内外交困，欧洲文明的珍贵遗产——独立思想、个人创见和神圣的隐私生活都受到了威胁。对我来说。个人主义，这个欧洲文明的精髓，只能珍藏在小说历史的宝盒里。我想把这篇谢词归功于小说的智慧。我不应再饶舌了，我似乎忘记了，上帝看见我在这儿煞有介事地思索演讲，他正在一边发笑。

·作品赏析·

演讲一开始，米兰·昆德拉就指出，他是作为小说家来接受这个奖的，而且重复了两次表示强调。如此表达，意在表明演讲中反复提及的“智慧”，说的就是小说的智慧。借用“人们一思索，上帝就发笑”的著名格言，通过对各个知名的小说家的评述，昆德拉展开了对小说智慧的探讨。演讲中，昆德拉还拿哲学的智慧和小说的智慧作比较，使听众对小说智慧的印象更加深刻。他认为小说不是从理论精神中产生而是从幽默精神中产生，因此，在这个不宣战的永久的战争年代，在这个命运如此悲惨和残酷的城市，他决定只谈小说。

昆德拉的演讲蕴涵深意、充满激情，讽刺了战争。虽然本篇演讲的篇幅比较长，但听众依然兴致勃勃，因为他们可以从昆德拉颇具讽刺意味的语言中能寻找到快乐的元素。这篇演讲的魅力还在于，它能让你在聆听之后，长久地去品味。

作者简介

米兰·昆德拉，1929年生于捷克布尔诺市。因为父亲为钢琴家，所以他从小就受到了良好的音乐熏陶。少年时代，他开始广泛阅读世界文艺名著。青年时代，他写过诗，创作过剧本，画过画，搞过音乐，从事过电影教学。20世纪50年代初，昆德拉作为诗人登上文坛，创作了《人，一座广阔的花园》、《独白》、《最后一个五月》等诗集。30岁左右，在写出自己的第一部小说之后，他确信找到了自己人生的奋斗方向，开始投身小说创作。1967年，他的第一部长篇小说《玩笑》出版，在捷克引起了广泛的关注。当时由于苏联入侵捷克，昆德拉的文学创作无法进行。1975年，他离开捷克，来到法国。在法国，他完成了《笑忘录》、《生命中不能承受之轻》、《不朽》等作品，成为最受欢迎的作家之一，之后多次获得国际文学大奖。

经营必须以用户为中心 / 科特勒

演讲词档案

演讲者：科特勒（1931— ）
演讲时间：1986 年 6 月
演讲地点：北京外贸大学
演讲者身份：美国著名营销学家

从中国历史上看，我发现中国社会阶层中，最高一层是学者，即中国人所说的“士”，最低层则是商人。当然，这只是在过去。现在时代变了，中国也希望商人能壮大起来，为社会作出贡献，而学者们则为他们出谋划策。

中国发展经济，市场营销会受到越来越多的重视。现在，我想以市场营销学者的身份来谈谈这方面的问题。

许多人并不了解市场营销，他们认为营销就是努力推销已生产出的产品，而实际上，市场营销的新观念却是生产那些能够卖出去的产品。所以我们应当把市场营销与推销区别开来。市场营销是一个含义更广的概念，在你还没有生产出什么产品之前，它已经开始了。“生产什么产品”是一个市场营销问题，即：“如何设计产品？”“顾客在购买一种产品时，他们的实际需要是什么？想得到什么利益？”这些问题，都要通过营销调研来解决，在产品生产出来之后，我们要开展促销活动和推销活动，产品售出之后还要考虑服务问题。因此，市场营销活动是没有止境的，在产品投产之前，市场营销已经开始，在生产和销售过程中以及在售出之后，我们还要确定顾客是否已得到满足，市场营销的目的是满足人类需要。人类需要是到处可见的，可通过各种不同方式来满足。市场营销所采取的方式是使产品具有吸引力，定价合理，使买主感到满意。这就是我们对市场营销的理解。

现在，我用一种特定方法来描述市场营销，我称之为“10P’s”法，大家都知道“4P’s”，但我要给你们一个更广的概念——“10P’s”，中国将是最早听到我这个概念的国家之一。“4P’s”可以这样表述：如果公司生产出适当的产品，定出适当的价格，利用适当的分销渠道，并辅之以适当的促销活动，那么该公司就会获得成功。这已经成为一个有用的公式。我把“4P’s”称为市场营销的战术。这里的问题是，你如何确定适当的产品、价格、渠道和促销？这就要由市场营销战略来解决了。

下面我来解释战略上的“4P’s”。战略“4P’s”的第一个“P”是探查。这是一个医学用语。医生检查病人时就是在探查，即深入检查。因此，“4P’s”的第一个“P”就是要探查市场，市场由哪些人组成，市场是如何细分的，都需要些什么，竞争对手是谁以及怎样才能使竞争更有成效。真正的市场营销人员所采取的第一个步骤，就是要调查研究，即市场营销调研。

第二个步骤是分割，即把市场分成若干部分。每一个市场上都有各种不同的人，人们有许多不同的生活方式。有些顾客要买汽车，有的要买机床，有的希望质量高，有的希望服务好，有的希望价格低。分割的含义就是要区分不同类型的买主，即进行市场细分。

但是，你不能满足所有买主的需要，必须选择那些你能在最大程度上满足其需要的买主，这就是第三个步骤：优先。哪些顾客对你最重要？哪些顾客应成为你推销产品的目标？假定你到美国去推销丝绸女装，你必须了解美国市场，必须分出各种不同类型的买主，即各类女顾客，必须优先考虑或选择你能够满足其需要的那类顾客。

第四个步骤是定位。定位的意思是，你必须在顾客心目中树立某种形象。大家都知道某些产品的声誉。如果你认为“梅西德斯”牌汽车声誉极好，那就是说，这个牌子的市场地位很高；而另一种汽车声誉不好，就是说它的市场地位较低。因此，每个公司都必须决定，你打算在顾客心目中为自己的产品树立什么样的形象。你一旦决定了如何定位，便可以推出四个战术上的“P”。如果我想生产出世界市场上最好的机床，那么我就应该知道，我的产品的质量要最高，价格也要高，我的渠道应该是最好的经销商，促销要在最适当的杂志上作广告，还要印制最精美的产品目录等等。如果我不把这种机床定在最佳机床的位置上，而只是定为一种经济型机床，那么我就采用与此不同的营销组合。因此，关键是怎样决定你的产品在国内或国际上的地位。

现在你也许要问，另外两个“P”是什么？我把另外两个“P”称为“大市场营销”。我认为，现在的公司还必须掌握另外两种技能，一是政治权力。就是说，公司必须懂得怎样与其他国家打交道，必须了解其他国家的政治状况，才能有效地向其他国家推销产品。二是公共关系，营销人员必须懂得公共关系，知道如何在公众中树立产品的良好形象。

现在我已讲完了10个“P”，我再说一遍，一个营销人员必须精通产品、地点、价格和促销。为了做到这一点，你必须先做好探查、分割、优先和定位，最后，还有权力和公共关系。

此外，还有第11个“P”，我称之为“人”。或许，这个“P”是所有“P”中最基本的一个，它的意思是理解人，了解人。这一点对所有的营销人员都是重要的。如果你经营一家旅馆、一家航空公司，或是一家银行，你必须擅长管理人——你的下属，因为是这些人与顾客打交道。你必须训练他们学会礼貌待客，帮助你的下属做好工作的问题，叫做“内部营销”；满足顾客需要的问题，叫做“外部营销”。有时一个公司的最大问题是内部营销的问题：使你的下属承担起全部为顾客服务的义务。整个市场营销的要领，在于满足顾客的需要。因为我们都希望有不断重复的销售，希望顾客再次登门购买。而达到这一目标的唯一途径，就是满足顾客的需要。一个得到满足的顾客就会再来购买，也会告诉他的朋友，说你的产品非常好，这就是舆论。你当然希望有好的舆论。如果顾客没有得到满足，他就会向他的朋友抱怨你的产品，而且，一个不满意的顾客会传给10个人，一个满意的顾客只会传给5个人。所以应当十分注意提供良好服务的问题。

日本有一种了解顾客态度的新方法，他们叫“顾客时刻反馈”。这是什么意思呢？这就是假如他们卖给某人一辆汽车，两个星期后，他们打电话给这位买主，问他“喜不喜欢这辆车？”买主说“喜欢”，他们又问“如果想改进这种汽车应当怎样改进？”那人就会说，“我希望车尾行李箱大些”，或者“我希望前窗和后窗都有刮水器……”他们记下这些意见，并转给工厂，要工厂改进产品。于是，他们从“顾客时刻反馈”，发展到“时刻改进产品”。这就使他们的产品日新月异，质量不断提高。因此，我们希望所有的人（工人和管理人员）都来关心产品，都要问一问自己：“我是否愿意买这种产品？”经理也要问一问“我是否愿意让我妻子来买这种产品？”只有当你认为应该让你的妻子和亲属来买你公司的产品时，你才能为你公司的产品感到自豪。这就是市场营销哲学。

有这样一个很著名的故事，美国一家制鞋公司正在寻找国外市场，公司总裁派一个推销员到非洲的一个国家，让他去了解那里的市场，这个推销员到非洲后发回一封电报：“这里的人不穿鞋，没有市场。”于是公司派出了第二名推销员，他在那里待了一个星期发回了电报：“这里的人不穿鞋，市场巨大”。现在让我们来判断一下，哪一个推销员是市场营销人才？第一个显然不是，而只是一个收取订单的人，没有订单，他也就无所事事。第二个也不是营销人员，而只是个推销员，因为他认为，“我可以推销任何东西，尽管人们不穿鞋，我也能让他们穿上”。什么是营销人员呢？第三个才是。他在非洲待了三个星期，发回了电报：“这里的人不穿鞋，但有脚疾，需要鞋。不过我们现在生产的鞋太瘦，不适合他们，我们必须生产肥些的鞋。这里的部落首领不让我们做买卖，除非我们搞大市场营销。我们只有向他的金库里进一些贡，才能获准在这里经营。我们需要投入大约 1.5 万美元，他才能开放市场。我们每年能卖大约 2 万双鞋，在这里卖鞋可以赚钱，投资收益率约为 15%”。你看他做了些什么呢？他并没说我可以“卖鞋”，他说明了这里需要什么鞋，投资收益率如何，怎样通过卖鞋赚钱。所以，营销人才必须懂得市场调研、产品设计、财务核算等等。

总之，市场营销是一门复杂的学问，在经济增长过程中，市场营销能起很大作用。令人不安的是，大多数发展中国家在制定经济计划时，只让经济学家参加，但我知道，经济学家在考虑问题时与营销人员有所不同，经济学家常思考一些宏观经济问题，但不了解市场上的行为，譬如，买方和卖方对不同的刺激因素实际上有什么反应。因此，我希望政府各部门在制定经济计划时，吸收优秀的、经过良好训练的市场营销人员参加，因为他们了解市场上的人类行为、投资行为、工人行为等等，这样会使计划更有效。

·作品赏析·

一开始，科特勒简单叙述了商人在中国的地位，拉近了与听众的距离。在结合4P's理论阐述他自己的10P's理论时，他用中国将是最早听到他这个概念的国家以吸引听众的注意力，“现在，我用一种特定方法来描述市场营销，我称之为‘10P's’法，大家都知道‘4P's’，但我要给你们一个更广的概念——‘10P's’，中国将是最早听到我这个概念的国家之一”。之后，他结合4P's，详细阐述了自己的理论，让听众对自己的理论有个全面准确的理解。最后，科特勒指出了中国在营销方面存在的问题和隐忧，鼓励听众认同营销、关注营销，而且他呼吁政府也要重视在这方面的认识。这篇演讲给中国的营销事业带来新的理念，注入了新的活力。

营销学是一门非常复杂的理论，要让听众接受和理解，就必须用通俗的语言表述，科特勒做到了这一点。他的演讲倾向于口语化，句式和语言都很简单，条理也比较清晰，而且还用事例来作说明，收到了很好的效果。

作者简介

科特勒是现代营销学的集大成者，被誉为“营销学之父”。他是美国西北大学凯洛格管理研究生院国际营销学终身教授，曾获得芝加哥大学经济学硕士学位和麻省理工学院经济学博士学位。在对美国40年来经济发展的观察和研究中，科特勒成就了完整的营销理论，培养了一代又一代大型公司的企业家。他著述甚丰，其中《营销管理》一书更是被奉为营销学的圣经，此外还有多部著作被采用为教科书。他的理论贡献体现在营销战略与规划、营销组织、国际市场营销、社会营销以及高科技市场营销等领域。他提出的诸如“反向营销”、“社会营销”等概念，被许多企业广泛应用和实践。

美国复兴的新时代（节选）

——首任就职演讲 / 克林顿

演讲词档案

演讲者：克林顿（1946—　）
演讲时间：1993 年 1 月 20 日
演讲地点：美国国会大厦
演讲者身份：美国第 42 任总统

今天，在冷战阴影下成长起来的一代人在世界上肩负着新的责任。这个世界虽然从自由的阳光得到温暖，但仍然受到新仇旧恨的威胁。

我们在举世无双的繁荣中成长，并继承了一个仍然是全世界最强大的经济，但是由于企业倒闭、工资增长停滞、不平等的程度加深以及我们人民的四分五裂，使得经济受到削弱。

当乔治·华盛顿第一次发表我刚才发出的誓言时，那一消息是使用马匹来缓慢地向全国传递的，又用船只将其载过海洋。而现在，这个仪式的实况即刻向全世界几十亿人播放。

通信和商务是全球性的，投资是流动的，技术几乎是有魔力的，改善生活的强烈愿望现在遍及全球。今天我们通过与世界各地的人民和平竞争来谋生。

各种深沉而强大的力量正在动摇和重新塑造我们的世界，我们时代的紧迫问题是我们能否使变革成为我们的朋友，而不是成为我们的敌人。

这个新世界已经使得千百万人能够竞争，并在竞争中取胜的美国人的生活丰富起来。但是，当多数人的工作增加而收入减少的时候，当其他人根本不能工作的时候，当医疗开支给家庭造成沉重负担并给我们的企业造成破产威胁的时候，当遵纪守法的公民因为惧怕犯罪活动而失去行动自由的时候，当千百万贫穷的儿童甚至无法想象我们呼唤他们过的那种生活的时候，我们则没有把变革作为朋友。

我们知道我们必须正视严酷的现实，并采取有力的步骤。但是我们没有这样做，而是放任自流，这种做法削弱了我们的力量，破坏了我们的经济，并动摇了我们的信心。

虽然我们的任务令人可畏，但是我们的力量也是令人可畏的。美国始终是一个永不满足、勇于追求和大有希望的民族。今天我们必须把我们前人的远见卓识和坚定意志注入我们的使命之中。

从独立战争到南北战争、从大萧条到民权运动，我们的人民始终具有从这些危机中建筑我们历史支柱的决心。

托马斯·杰斐逊认为，要保持我们国家坚实的基础，我们需要不时地作出激烈的变革。同胞们，这就是我们的时代。让我们拥抱它吧。

我们的民主制度必须不仅仅是世界羡慕的目标，而且是我们自由振兴的动力。美国没有任何错误的东西不能被正确的东西所纠正。

所以，今天我们保证结束这个僵持对峙和放任自流的时代——一个美国振兴的新时期已经开始。

要振兴美国，我们就必须勇敢大胆！

我们必须做我们的前辈没有做过的事情，我们必须更多地投资于我们自己的人民，投资于他们的就业机会和他们的未来，同时减少我们的巨额债务，我们必须在这个机不可失的世界上这样做。

这将不是轻而易举的事情，它要求作出牺牲。但这是可以做到的并且可以做得相当好，不是为牺牲而牺牲，而是为我们自己而牺牲。我们必须像一个家庭抚育孩子那样抚养我们的国家。

我国的缔造者是从后人的眼睛里看到他们自己的。我们也更应该这样做。任何一个看过孩子合上眼睛睡觉的人都知道后世是什么，后世是即将来临的世界——我们对这一即将来临的世界抱有理想，我们向它借用我们的星球，并对它负有神圣的责任。

我们必须做美国做得最好的事情：向所有的人提供更多的机会，并要求所有的人承担更多的责任。

现在是破除不良习惯的时候了，不付出任何代价就指望我们的政府或彼此之间给予某种好处。让我们都负起更多的责任，不仅是为我们自己和我们的家庭，还要为我们的社会和我们的国家负责。

为了振兴美国，我们必须恢复我们民主制度的活力！

这个美丽的首都，与文明时代出现以来的每一个首都一样，常常是一个钩心斗角、尔虞我诈的地方。势力强大的人物争权夺利，终日提心吊胆担心政府官员的更迭和升降。他们忘记了正是那些含辛茹苦的劳动者把我们送到这里，并承担我们的费用。

美国人应该生活得更好。在今天的这个城市里，人们想把事情办得更好。所以，我要向参加这一就职仪式的诸位说，让我们决心改革我们的政治生活，从而使权力和特权不再压倒人民的呼声。让我们把个人的利益放在一边，这样我们才能体会到美国的痛苦，并看到它的希望。

让我们决心使我们的政府成为一个正如富兰克林·罗斯福所说的进行“大胆的持久试验”的地方，即一个为我们的未来服务而不是一个留恋我们的过去的政府。

让我们把这个首都还给它属于的人。

·作品赏析·

克林顿当选为总统，标志着共和党连续12年的统治的结束。克林顿在就职典礼上发表这篇演讲时，他故意把时间压得很短（只有14分钟），让人听起来很轻松。在这篇演讲中，他并没有详细阐述他振兴美国的政策和措施，也没提出如何应付外交方面的挑战，只是定下了一个施政基调——变革与复兴。在演讲中，克林顿开宗明义，提出变革的主题，并以历史为依据，说明变革是促使美国长盛不衰的动力。此后，克林顿引导听众注意技术变革的巨大力量，激发听众对变革认同，同时，他还引导听众正视经济衰退、国力削弱的现实，呼吁民众承担起历史的责任，行动起来，用奉献促进变革，用奉献重振美国。

通篇演讲感情充沛，语调激昂，极为鼓舞人心，给被衰退笼罩的美国注入强大活力。这篇就职演说的发表，标志着美国进入克林顿时代。

作者简介

克林顿像

克林顿，美国第42任美国总统，民主党人。他是美国第一位出生于第二次世界大战之后的总统，也是美国历史上最年轻的总统之一。

1946年，克林顿出生于阿肯色州的霍普。1968年，克林顿大学毕业，获国际政治学学士学位。1970年，他考入美国耶鲁大学法学院，1973年毕业，获法学博士学位。同年克林顿到阿肯色州州立大学担任教授。1976年，克林顿出任阿肯色州司法部长，1978年至1980年任阿肯色州州长，1982年至1992年又连任。1992年11月，克林顿当选美国总统，1996年获得连任。执政期间，经济持续增长，财政赤字下降，通货膨胀率和失业率均保持在较低水平，国际竞争力得到恢复。克林顿因此成为得到公众肯定的美国总统之一。

保持求知欲，保持赤子心 / 史蒂夫·乔布斯

演讲词档案

演讲者：史蒂夫·乔布斯（1955—2011）
演讲时间：2005 年 6 月 12 日
演讲地点：斯坦福大学
演讲者身份：苹果电脑公司和皮克斯动画公司首席执行官

今天能参加你们的毕业典礼，我感到很荣幸。你们要离开的是世界上最好的大学之一，而我从来没有大学毕业过。说老实话，这是我最亲密接触大学毕业的时刻了。今天我想告诉你们，我生命中的三个故事。就这些，没啥壮举，不过是三个故事。

第一个故事是关于连起生命中的点滴。

我进里德大学读了半年之后就退学了，不过还是作为在校生在校园里晃荡了一年半才最终真正离开，我为什么要退出呢？

（退出）这事在我出生前就开始了。我的生母当时是年轻的未婚大学毕业生，她决定把我送给人收养。她态度很坚决，收养我的人必须是大学毕业生，这样，由一名律师及其妻子来收养我的事在我出生前就全都弄好了。可是当我呱呱坠地的时候，他们在最后关头确定他们真正想要的是女孩。这样，我现在的父母，当时他们也在备选名单上，在晚上接到一个电话，告诉他们有一个意外出生的男婴，问他们是否想要，他们说当然想要。我的生母后来才发现，我的养母不是大学毕业生，我的养父连高中都没有读完。她拒绝在最后的收养文件上签名。几个月后，当我养父母保证以后我会上大学之后，她才妥协。

17 年之后，我上大学了。不过当时不懂事，选择了一所花销昂贵的

大学，几乎和斯坦福大学不相上下。我父母都是工薪阶层，他们的积蓄都用来支付我的学费了。过了半年，我看不到这么做有什么价值。我不知道以后如何生活，也不知道大学如何来帮我对生活作出规划。而我在这里花的是我父母一生所积攒的钱。于是，我决定退学，并且相信这个决定会被证明是成功的。在当时，这个决定还是很让人惊慌的，不过回头去看，这是我作出的最好的决定之一。我退学了，就不用再去上那些我不感兴趣的必修课了，我开始旁听那些看起来有意思的课程。

整个事情并非全都那么具有传奇色彩，我没有宿舍房间，只好睡朋友房间的地板，我把可乐瓶还回去，这样可以得到 5 美分来买吃的东西，每周日的晚上我会步行 7 英里横穿城区，到黑尔克力斯纳教堂吃那每周一顿的美食。我喜欢这种状态，我凭着好奇和直觉，无意中涉足的很多事情，后来证明都是非常有价值的。

我给你们举个例子说明。

当时里德大学提供的可能是全国最好的书法课程，整个校园里每张海报，每个抽屉上的每张标签都是非常漂亮的手写体。因为我已经退学，不必再去上那些常规课程，于是我决定去上书法课，这样就能学会漂亮的手写体。我学习衬线和衬线字体，学习在不同字母组合中改变间距，学习如何使印刷排版和外观变得好看。这个过程非常美妙，具有历史意义和艺术上的精致，这种方式是科学所无法获取的，我发觉它令人陶醉。

当时我根本没有想到，这会在以后的生活中得到实际的运用。不过，10 年之后，当我在设计第一台迈克因特斯电脑时，它全都在我记忆中复活了。我将其设计到“迈克因特斯”中去，它是第一台具有漂亮的排版样式的电脑。如果我在整个大学生活中没有旁听，那么迈克因特斯就永远也不会有多种字体或间距合理的字体。由于 Windows 已经仿照迈克因特斯了，可能现在个人电脑没有用我们的这些字体了。如果我没有退学，我也不会旁听这门书法课，个人电脑也许就不会像现在那样具有奇妙的排版样式了。当然，我在大学的时候还不可能看那么远，将这些点滴连起来。不过，在过了 10 年之后回头来看，这个线索是非常清晰的。

再说一次，你们不可能联结未来的点滴，你只有回头看的时候才能将它们联结起来。因此，你们必须要相信那些点滴在将来总会连起来的，你们必须要信任某种事物——你们的直觉、命运、因缘，或者无论其他什么。这种方法从未让我失望过，它造就了我生命中所有的转机。

我的第二个故事是有关爱与失去的。

我很幸运，我很早就发现了我喜欢的是什么。当我20岁的时候，沃兹和我在我父母的车库里开创了我们的苹果公司。我们很努力，10年内，苹果公司从当初车库里就我们两个人，发展为拥有4000名员工，产值达20亿的公司。一年前，我们刚推出我们最完美的产品迈克因特斯，这时我刚到而立之年。可是，接着我就被炒了鱿鱼。你怎么会被你自己开创的公司炒了鱿鱼呢？是的，随着苹果的发展，我们聘用了新人，我认为他很有才干，能够和我一起管理公司，开始的一年左右一切正常。可是，接下来我们对于未来的设想开始有了分歧，最终我们闹翻了。当我们闹翻之后，董事会站在他那边。于是，在而立之年我就这样出局了，并且闹得沸沸扬扬。以前我整个成人生活中所集中关注的事情都消失了，这是摧毁性的。

我真的不知道如何来打发最初的几个月。我觉得我让业界的前辈们失望了，当接力棒传给我的时候，我却把它失落了。我碰到大卫·派科德和鲍勃·诺里斯，试图为自己的糟糕表现道歉。我是公认的失败者，我甚至想到从硅谷逃走。不过我渐渐明白了某件事，我仍然热爱我过去所做的事情，苹果公司所发生的事情的变动丝毫没有改变这一点。我被拒绝了，可是我还有爱。因此，我决定重新开始。

那时我没有看到这点，不过后来我发现，被苹果炒鱿鱼是我所经历的最好的事情。保持不败之地的重负被再次成为开拓者的轻松所取代，这使我得到解放，从而进入了我生命中最具有创造性的时期。

在接下来的五年，我开了两家公司，一家叫奈克斯特，另一家叫皮克斯。我和一个令人着迷的女人谈起了恋爱，她后来成为我的妻子。皮克斯制作了世界上第一部电脑动画电影《玩具总动员》，现在是世界上最成功的动画制作公司。形势发生了巨大的变化，苹果买下了奈克斯特，我回到了苹果，我们在奈克斯特研发的技术成了苹果公司现在复兴的核心因素。伦妮和我现在共同拥有一个美好的家庭。

我确信，如果我没有被苹果公司炒鱿鱼的话，这一切都不会发生。这是苦药，可是我想，病人是需要它的。有时生活对你的沉重打击让你措手不及，不要丧失信心。我确信，我之所以能够一直前进，唯一的原因就是我喜欢我所做的事情。你要去发现你所喜爱的，这点对你的工作是如此，对你的爱人也同样如此。你的工作将占据你生命中的很大一块，创造伟业的唯一办法就是去热爱你所做的事情。如果你还没有找到，那么就继续寻找，不要停顿，依靠心灵的力量，当找到它的时候你会知道你找到了，而且，正如其他所有伟大的事业一样，它也是随着时间的流逝而变得越来越好。因此，继续寻找，直到你找到，不要停顿。

我的第三个故事是有关死亡的。

我 17 岁的时候，读到如下的话：如果你把每天都看做是最后一天来过的话，那么，有一天你会发现你这么做肯定是对的。这句话给我留下了深刻的印象，从那以后，在过去的三十三年里，每天早上我对着镜子问自己："如果今天是我生命的最后一天，我还会做我今天打算要做的事情吗？"如果一段时间内每天的答案都是否定的，那么我知道我需要做出改变。

记住自己很快就要死去，这是我所遇到的最重要的工具，它能帮助我做出生命的重大抉择。因为几乎所有的事情、所有外在的期望、所有的尊严、所有对于尴尬或失败的恐惧，在面对死亡的时候就都烟消云散了，只留下真正重要的事情。记住你很快就要死去，能够使你避免陷入认为自己会遭受损失的心理误区。据我所知，这是最好的办法了。你已经是赤条条无牵挂了，没有理由不听从自己的内心。

大约一年以前，我被诊断出患有癌症。我是早上 7 点半做的扫描，结果清楚显示我的胰腺上有一个肿瘤。我当时连胰腺是什么都不知道。医生告诉我，这种癌症属于那种几乎无法治愈的，不要指望能够活过三到六个月。我的医生建议我回家安排后事，这话隐含的意思就是让我做好死亡的准备。它意味着你要在接下来的几个月中告诉他们你本打算在以后十年告诉他们的话；它意味着要确保对一切都要守口如瓶，这样才能使你的家庭尽可能轻松地面对；它意味着和这世界说拜拜。

那天我一直遭受这个诊断结果的折磨，晚上我做了一个活组织切片检查，他们在我的喉咙下面插入了一个内诊镜，穿过我的胃，到达我的肠子，插了一根针到我的胰腺，从肿瘤中取出了一些细胞。我还比较镇静，不过我妻子，她当时也在，告诉我说，当他们在显微镜下观察细胞的时候，医生们叫喊起来，因为证明那是一种少见的胰腺癌，可以通过手术治愈。我接受了手术，现在我一切正常。

这是我距离死亡最近的一次，我希望这也是我以后几十年内离死亡最近的一次。经历过这件事之后，比起死亡对我来说还是一个有用但纯粹是思维概念的时候，现在我可以更加肯定地告诉你们：没人想死。即使那些想上天堂的人也不会为了要去那里而想去死，死亡仍然是我们共同拥有的目的地，没人能逃脱。事实如此，因为死亡很可能是生命中唯一最好的创造了，它是改变生命的手段，它除旧布新。现在，你是新人，不过过不了多久，你就会逐渐成为老人，被清除出去。很抱歉，就是这样的具有戏剧性，不过，这真的是事实。

你们的时间是有限的，因此不要浪费时间去过别人的生活。不要被教条所羁绊，这样你就是在根据别人思考的结果来生活。不要让其他人的观点所发出的声音淹没了你自己内心的声音，最重要的是要有勇气听从你自己的心灵和直觉，它们总会知道你真正想成为什么人，其他一切事情都是次要的。

当我年轻的时候，有本令人感到惊奇的出版物《全球目录》，它是我们那一代人奉为经典书籍之一。它是由一个叫做斯图亚特·博兰德的人创办的，在门罗公园，离这儿不远。博兰德用他的诗意格调使这本杂志焕发生机。这是在 20 世纪 60 年代晚期，在个人电脑和台式印刷系统出现之前，因此这个出版物全部都是用打字机、剪刀、宝丽来制作的。它有点像纸质的谷歌，不过是在谷歌出现前的 35 年。它是理想主义的，充满着整洁的图案和卓越的观念。

斯图亚特和他的团队出版了几期《全球目录》，当刊物寿终正寝的时候，他们出版了最后一期。那是在70年代中期，那时我正处在你们现在这个年龄。在他们最后一期刊物的封底上有一幅清晨乡间小路的照片，如果你勇于冒险，你会在这种路上招手搭便车。照片下面印着这些话："保持求知欲，保持赤子心"，这是他们停止活动时的告别词。保持求知欲，保持赤子心，我一直都希望能做到这样。现在，当你们作为毕业生重新开始新生活的时候，我祝愿你们能做到这样。

保持求知欲，保持赤子心。

谢谢大家！

·作品赏析·

本篇演讲是由三个故事组成的，这种别开生面的演讲激起了听众的兴趣，同时也让演讲本身变得更具生动性和趣味性。说到底，乔布斯是用三个感人的故事对自己走过的人生作了一个简单的介绍。这些故事都是蕴涵哲理的，乔布斯想对斯坦福大学的毕业生说的话都包含在故事之中。在每一个故事结束之后，乔布斯都会作一个简单的总结，这让学生们有了更明确的听讲目标。

乔布斯的演讲主题突出，用三个发生在不同时间、不同地点的故事告诉听众——保持求知欲，保持赤子之心。乔布斯的一生并不顺利，第一个故事讲他被迫辍学，第二故事是他被炒鱿鱼，通过自己奋斗回归公司的一连串经历，第三个故事是他与病魔斗争。他都挺过来了，而且生活得很幸福，他是怎样做到的呢？靠的正是保持求知欲，保持赤子之心的精神。他用自己的亲身经历说服听众赞同自己的观点是明智的，这也是这篇演讲的成功之处。

作者简介

史蒂夫·乔布斯，1955年出生后不久就被人收养，1972年高中毕业后，进入俄勒冈州波特兰的里德学院学习。为了减轻家庭的负担，他在一个学期后就办理了休学。1974 年，乔布斯找到了一份设计电脑游戏的工作。1976 年，与沃兹尼艾克在自家的车库里成立了苹果电脑公司，并研制出了第一台个人电脑。1983 年，苹果公司的业务扩大，乔布斯聘任约翰·斯库利。1985 年，乔布斯离开苹果公司。1986 年，乔布斯买下了数字动画公司皮克斯，制作出了《玩具总动员》等畅销动画电影，开创了他事业上的第二个高峰。1996 年，苹果公司重新雇佣乔布斯担任兼职顾问一职。1997 年 9 月，乔布斯重新当上苹果公司的首席执行官。2011 年 10 月 5 日，因胰腺癌病逝，享年 56 岁。

乔布斯像

改变这个世界深刻的不平等 / 比尔·盖茨

演讲词档案

演讲者：比尔·盖茨（1955— ）
演讲时间：2001年5月21日
演讲地点：哈佛大学
演讲者身份：微软公司创始人

尊敬的博克校长、瑞丁斯坦前校长、即将上任的福斯特校长、哈佛集团的各位成员、监管理事会的各位理事、各位老师、各位家长、各位同学：

有一句话我等了30年，现在终于可以说了："老爸，我总是跟你说，我会回来拿到我的学位的！"

我要感谢哈佛大学在这个时候给我这个荣誉。明年，我就要换工作了……我终于可以在简历上写我有一个本科学位，这真是不错啊。

我为今天在座的各位同学感到高兴，你们拿到学位可比我简单多了。哈佛的校报称我是"哈佛大学历史上最成功的辍学生"，我想这大概使我有资格代表我这一类学生发言……在所有的失败者里，我做得最好。

但是，我还要提醒大家，我使得斯特夫·鲍尔莫也从哈佛商学院退学了。因此，我是个有着恶劣影响力的人，这就是为什么我被邀请来在你们的毕业典礼上演讲。如果我在你们入学欢迎仪式上演讲，那么能够坚持到今天在这里毕业的人也许会少得多吧。

对我来说，哈佛的求学经历是一段非凡的经历。校园生活很有趣，我常去旁听我没选修的课。哈佛的课外生活也很棒，我在英国的拉德克利夫过着逍遥自在的日子，每天我的寝室里总有很多人一直待到半夜，讨论着各种事情，因为每个人都知道我从不考虑第二天早起。这使得我变成了校园里那些不安分学生的头头，我们互相粘在一起，作出一种拒绝所有正常学生的姿态。

拉德克利夫是个过日子的好地方，那里的女生比男生多，而且大多数男生都是理工科的。这种状况为我创造了最好的机会，如果你们明白我的意思。可惜的是，我正是在这里学到了人生中悲伤的一课：机会大，并不等于你就会成功。

我在哈佛最难忘的回忆之一发生在 1975 年 1 月。那时，我从宿舍楼里给位于阿尔伯克基的一家公司打了一个电话，那家公司已经在着手制造世界上第一台个人电脑，我提出想向他们出售软件。

我很担心，他们会发觉我是一个住在宿舍的学生从而挂断电话，但是他们却说："我们还没准备好，一个月后你再来找我们吧。"这是个好消息，因为那时软件还根本没有写出来呢。就是从那个时候起，我夜以继日地在这个小小的课外项目上工作，这导致了我学生生活的结束以及通往微软公司的不平凡旅程的开始。

不管怎样，我对哈佛的回忆主要都与充沛的精力和智力活动有关。哈佛的生活令人愉快，也令人感到有压力，有时甚至会感到泄气，但永远充满了挑战性。生活在哈佛是一种吸引人的特殊待遇，虽然我离开得比较早，但是我在这里的经历、在这里结识的朋友、在这里发展起来的一些想法永远地改变了我。

但是，如果现在严肃地回忆起来，我确实有一个真正的遗憾。

我离开哈佛的时候，根本没有意识到这个世界是多么的不平等。人类在健康、财富和机遇上的不平等大得可怕，它们使得无数的人们被迫生活在绝望之中。

我在哈佛学到了很多经济学和政治学的新思想，我也了解了很多科学上的新进展。

但是，人类最大的进步并不来自于这些发现，而是来自于那些有助于减少人类不平等的发现。不管通过何种手段——民主制度、健全的公共教育体系、高质量的医疗保健，或是广泛的经济机会……减少不平等始终是人类最大的成就。

我离开校园的时候，根本不知道在这个国家里有几百万的年轻人无法获得接受教育的机会。我也不知道发展中国家里有无数的人们生活在无法形容的贫穷和疾病之中。

我花了几十年才明白了这些事情。

在座的各位同学，你们是在与我不同的时代来到哈佛的。你们比以前的学生更多地了解世界是怎样的不平等。在你们的哈佛求学过程中，我希望你们已经思考过一个问题，那就是在这个新技术加速发展的时代，我们最终怎样应对这种不平等以及我们怎样来解决这个问题。

为了讨论的方便，请想象一下，假如你每个星期可以捐献一些时间、每个月可以捐献一些钱，你希望这些时间和金钱可以用到对拯救生命和改善人类生活有最大作用的地方，你会选择什么地方？

对梅林达和我来说，这也是我们面临的问题：我们如何能将我们拥有的资源发挥出最大的作用？

在讨论过程中，梅林达和我读到了一篇文章，里面说在那些贫穷的国家，每年有数百万的儿童死于那些在美国早已不成问题的疾病。麻疹、疟疾、肺炎、乙型肝炎、黄热病，还有一种以前我从未听说过的轮状病毒，这些疾病每年导致50万儿童死亡，但是在美国，一例死亡病例也没有。

我们被震惊了，我们想，如果几百万儿童正在死亡线上挣扎，而且他们是可以被挽救的，那么世界理应将用药物拯救他们作为头等大事。但是，事实并非如此，那些价格还不到一美元的救命药剂并没有送到他们的手中。

如果你相信每个生命都是平等的，那么当你发现某些生命被挽救了，而另一些生命被放弃了，你就会感到无法接受。我们对自己说："事情不可能如此，如果这是真的，那么它理应是我们努力的头等大事。"

所以，我们用任何人都会想到的方式开始工作，我们问："这个世界怎么可以眼睁睁地看着这些孩子死去？”

答案很简单，也很令人难堪。在市场经济中，拯救儿童是一项没有利润的工作，政府也不会提供补助。这些儿童之所以会死亡，是因为他们的父母在经济上没有实力，在政治上没有能力发出声音。

但是，你们和我在经济上有实力，在政治上能够发出声音。

我们可以让市场更好地为穷人服务，如果我们能够设计出一种更有创新性的资本主义制度——如果我们可以改变市场，让更多的人可以获得利润，或者至少可以维持生活。那么，这就可以帮到那些正在极端不平等的状况中受苦的人们。我们还可以向全世界的政府施压，要求他们将纳税人的钱花到更符合纳税人价值观的地方。

如果我们能够找到这样一种方法，既可以帮到穷人，又可以为商人带来利润，还可以为政治家带来选票，那么我们就找到了一种减少世界性不平等的可持续的发展道路。这个任务是无限的，它不可能被完全完成，但是任何自觉地解决这个问题的尝试都将会改变这个世界。

在这个问题上，我是乐观的。但是，我也遇到过那些感到绝望的怀疑主义者，他们说：“不平等从人类诞生的第一天就存在，到人类灭亡的最后一天也将存在——因为人类对这个问题根本不在乎。”我完全不能同意这种观点。

我相信，问题不是我们不在乎，而是我们不知道怎么做。

此刻在这个院子里的所有人，生命中总有这样或那样的时刻，目睹人类的悲剧，感到万分伤心。但是我们什么也没做，并非我们无动于衷，而是因为我们不知道做什么和怎么做。如果我们知道如何做是有效的，那么我们就会采取行动。

改变世界的阻碍并非是人类的冷漠，而是世界实在太复杂。

为了将关心转变为行动，我们需要找到问题、发现解决问题的方法、评估后果，但是世界的复杂性使得所有这些步骤都难于做到。

即使有了互联网和24小时直播的新闻台，让人们真正发现问题所在，仍然十分困难。当一架飞机坠毁了，官员们会立刻召开新闻发布会，他们承诺进行调查、找到原因、防止将来再次发生类似事故。

但是如果那些官员敢说真话，他们就会说：“在今天这一天，全世界所有可以避免的死亡之中，只有0.5%的死者来自于这次空难。我们决心尽一切努力，调查这个0.5%的死亡原因。”

显然，更重要的问题不是这次空难，而是其他几百万可以预防的死亡事件。

我们并没有很多机会了解那些死亡事件，媒体总是报告新闻，几百万人将要死去并非新闻。如果没有人报道，那么这些事件就很容易被忽视；另一方面，即使我们确实目睹了事件本身或者看到了相关报道，我们也很难持续关注这些事件。看着他人受苦是令人痛苦的，何况问题又如此复杂，我们根本不知道如何去帮助他人，所以我们会将脸转过去。

就算我们真正发现了问题所在，也不过是迈出了第一步，接着还有第二步：那就是从复杂的事件中找到解决办法。

如果我们要让关心落到实处，我们就必须找到解决办法。如果我们有一个清晰可靠的答案，那么当任何组织和个人发出疑问“我如何能提供帮助”的时候，我们就能采取行动，我们就能够保证不浪费一丁点儿全世界人类对他人的关心。但是，世界的复杂性使得很难找到对全世界每一个有爱心的人都有效的行动方法，因此，人类对他人的关心往往很难产生实际效果。

从这个复杂的世界中找到解决办法，可以分为四个步骤：确定目标、找到最高效的方法、发现适用于这个方法的新技术，同时最聪明地利用现有的技术，不管它是复杂的药物，还是最简单的蚊帐。

艾滋病就是一个例子。总的目标，毫无疑问是消灭这种疾病；最高效的方法是预防；最理想的技术是发明一种疫苗，只要注射一次，就可以终生免疫。所以，政府、制药公司、基金会应该资助疫苗研究。但是，这项研究工作很可能十年之内都无法完成。因此，我们必须使用现有的技术，目前最有效的预防方法就是设法让人们避免那些危险的行为。

要实现这个新的目标，又可以采用新的四步循环。这是一种模式，关键的东西是永远不要停止思考和行动。我们千万不能再犯上个世纪在疟疾和肺结核上犯过的错误，那时我们因为它们太复杂而放弃了采取行动。

在发现问题和找到解决方法之后，就是最后一步——评估工作结果，将你的成功经验或者失败经验传播出去，这样，其他人就可以从你的努力中有所收获。

当然，你必须有一些数字统计，你必须让他人知道，你的项目为几百万儿童新接种了疫苗。你也必须让他人知道，儿童死亡人数下降了多少。这些都是很关键的，不仅有利于改善项目效果，也有利于从商界和政府得到更多的帮助。

但是，这些还远远不够，如果你想激励其他人参加你的项目，你就必须拿出更多的数字统计。你必须展示这个项目的人性因素，这样，其他人就会感到拯救一个生命对那些处在困境中的家庭到底意味着什么。

几年前，我去瑞士达沃斯旁听一个全球健康问题论坛，会议的内容有关于如何拯救几百万条生命。天哪，是几百万！想一想吧，拯救一个人的生命已经让人何等激动，现在你要把这种激动再乘上几百万倍。但是，不幸的是，这是我参加过的最最乏味的论坛，乏味到我无法强迫自己听下去。

那次经历之所以让我难忘，是因为之前我们刚刚发布了一个软件的第 13 个版本，我们让观众激动得跳了起来，喊出了声。我喜欢人们因为软件而感到激动，那么，我们为什么不能够让人们因为能够拯救生命而感到更加激动呢？

除非你能够让人们看到或者感受到行动的影响力，否则你无法让人们激动。如何做到这一点？这并不是一件简单的事。

同前面一样，在这个问题上，我依然是乐观的。不错，人类的不平等有史以来一直存在，但是那些能够化繁为简的新工具却是最近才出现的。这些新工具可以帮助我们将人类的同情心发挥出最大的作用，这就是为什么将来同过去是不一样的。

这个时代无时无刻不在涌现出新的革新——生物技术、计算机、互联网……它们给了我们一个从未有过的机会去终结那些极端的贫穷和非恶性疾病的死亡。

60年前，乔治·马歇尔也是在这个地方的毕业典礼上宣布了一个计划，帮助那些欧洲国家的战后建设，他说："我认为，困难的一点是这个问题太复杂，报纸和电台向公众源源不断地提供各种事实，使得大街上的普通人难于清晰地判断形势。事实上，经过层层传播，想要真正地把握形势是根本不可能的。"

马歇尔发表这个演讲之后的30年，我那一届学生毕业，当然我不在其中。那时，新技术刚刚开始萌芽，它们将使得这个世界变得更小、更开放、更容易看到、距离更近。

低成本的个人电脑的出现，使得一个强大的互联网有机会诞生，它为学习和交流提供了巨大的机会。

网络的神奇之处不仅仅是缩短了物理距离，使得天涯若比邻，它还极大地增加了怀有共同想法的人们聚集在一起的机会，我们可以为了解决同一个问题共同工作。这就大大加快了革新的进程，发展速度简直快得让人震惊。

与此同时，世界上有条件上网的人只是全部人口的1/6。这意味着还有许多具有创造性的人们没有加入到我们的讨论中来。那些有着实际操作经验和相关经历的聪明人却没有技术来帮助他们，将他们的天赋或者想法与全世界分享。

我们需要尽可能地让更多的人有机会使用新技术，因为这些新技术正在引发一场革命，人类将因此可以互相帮助。新技术正在创造一种可能，不仅是政府，还包括大学、公司、小机构、甚至个人，能够发现问题所在，能够找到解决办法，能够评估他们努力的效果，去改变那些马歇尔60年前就说到过的问题——饥饿、贫穷和绝望。

哈佛是一个大家庭，这个院子里的人们是全世界最有智力的人类群体之一。

我们可以做些什么？

毫无疑问，哈佛的老师、校友、学生和资助者已经用他们的能力改善了全世界各地人们的生活。但是，我们还能够再做什么呢？有没有可能哈佛的人们可以将他们的智慧用来帮助那些甚至从来没有听到过“哈佛”这个名字的人？

请允许我向各位院长和教授提出一个请求——你们是哈佛的智力领袖，当你们雇用新的老师、授予终身教职、评估课程、决定学位颁发标准的时候，请问你们自己如下的问题：

我们最优秀的人才是否在致力于解决我们最大的问题？

哈佛是否鼓励她的老师去研究解决世界上最严重的不平等？哈佛的学生是否从全球那些极端的贫穷中学到了什么？世界性的饥荒、清洁水资源的缺乏、无法上学的女童、死于非恶性疾病的儿童、哈佛的学生有没有从中学到东西？

那些世界上过着最优越生活的人们，有没有从那些最困难的人们身上学到东西？

这些问题并非语言上的修辞，你必须用自己的行动来回答它们。

曾经我的母亲在我被哈佛大学录取的那一天，感到非常骄傲，她从没有停止督促我去为他人做更多的事情。在我结婚的前几天，她主持了一个新娘进我家的仪式。在这个仪式上，她高声朗读了一封关于婚姻的信，这是她写给梅林达的。那时，我的母亲已经因为癌症病入膏肓，但她还是认为这是又一次传播她的信念的机会。在那封信的结尾，她写道：“对于那些接受了许多帮助的人们，他们还在期待更多的帮助。”

想一想吧，我们在这个院子里的这些人被给予过什么？天赋、特权、机遇？那么可以这样说，全世界的人们几乎有无限的权力期待我们作出贡献。

同这个时代的期望一样，我也要向今天各位毕业的同学提出一个忠告：你们要选择一个问题、一个复杂的问题、一个有关于人类深刻的不平等的问题，然后你们要变成这个问题的专家。如果你们能够使得这个问题成为你们职业的核心，那么你们就会非常杰出。但是，你们不必一定要去做那些大事，每个星期只用几小时，你就可以通过互联网得到信息，找到志同道合的朋友，发现困难所在，找到解决它们的途径。

不要让这个世界的复杂性阻碍你前进，要成为一个行动主义者，将解决人类的不平等视为己任，它将成为你生命中最重要的经历之一。

在座的各位毕业的同学，你们所处的时代是一个神奇的时代。当你们离开哈佛的时候，你们拥有的技术，是我们那一届学生所没有的。你们已经了解到了世界上的不平等，我们那时还不知道这些。有了这样的了解之后，如果你们再弃那些你们可以帮助的人们于不顾，就将受到良心的谴责。只需一点小小的努力，你们就可以改变那些人们的生活。你们比我们拥有更大的能力，你们必须尽早开始，尽可能长时期坚持下去。

知道了你们所知道的一切，你们怎么可能不采取行动呢？

我希望，30年后你们还会再回到哈佛，想起你们用自己的天赋和能力所做出的一切。我希望在那个时候你们用来评价自己的标准不仅仅是你们的专业成就，更包括你们为改变这个世界深刻的不平等所作出的努力，以及你们如何善待那些远隔千山万水、与你们毫不涉及的人们，你们与他们唯一的共同点就是同为人类。

最后，祝各位同学好运。

·作品赏析·

演讲前面的部分是轻松的，比尔·盖茨幽默地讲述了自己年轻的时候放弃学业，进入微软的往事。随后，比尔·盖茨用自己的感受和世界上存在的实际情况，来告诉哈佛的毕业生们，现实中存在着深刻的不平等，它们的减轻和消失需要有智慧、有能力的人作出努力，而哈佛的毕业生就具备这样的条件。可以说在这次毕业典礼上，比尔·盖茨让即将踏上社会的学生们知道了自己身上神圣的使命。比尔·盖茨呼吁哈佛学生行动起来，并告诉他们要做些什么，该如何去做。当然这方面也没有泛泛而谈，而是结合了世界上存在的比较严重的事实，如还有几百万儿童受疾病的折磨，挣扎在死亡线上。事实的加入，让演讲变得更加有说服力。

盖茨的演讲开始时“幽默”，继而“严肃”，过渡自然，浑然天成。演说中饱含着对人类命运的关怀和对青年一代的殷切期望，体现了一位卓越领袖的阔大襟怀和崇高信念。

作者简介

比尔·盖茨，微软公司创始人。1955年10月出生于美国西雅图。曾就读于西雅图的公立小学和私立的湖滨中学。1973年，考上哈佛大学。在哈佛学习期间，他为第一台微型计算机MITS Altair开发了BASIC编程语言的一个版本。1975年，大学三年级的时候，盖茨毅然离开校园，与好友把全部的精力放在了计算机研究和创建微软公司上。在他的带领下，微软公司迅速壮大，成为全球软件企业霸主。1999年，盖茨撰写了《未来时速：数字神经系统和商务新思维》，论述了计算机技术是如何以崭新的方式来解决商业问题的，赢得了广泛的欢迎，被翻译成几十种语言在各个国家出版。比尔·盖茨29岁的时候就成为世界首富，2001—2007年蝉联世界首富。2008年6月27日，比尔·盖茨宣布退休。

是的，我们能 / 奥巴马

演讲词档案

演讲者：奥巴马（1961— ）
演讲时间：2009 年 1 月 20 日
演讲地点：格兰特公园
演讲者身份：美国第 44 任总统

芝加哥，你好！

如果有人怀疑美国是个一切皆有可能的地方，怀疑美国奠基者的梦想在我们这个时代依然燃烧，怀疑我们民主的力量，那么今晚这些疑问都有了答案。

学校和教堂门外的长龙便是答案。排队的人数之多，在美国历史上前所未有。为了投票，他们排队长达三四个小时。许多人一生中第一次投票，因为他们认为这一次大选结果必须不同以往，而他们手中的一票可能决定胜负。

无论年龄，无论贫富，无论民主党人或共和党人，无论黑人、白人，无论拉美裔、亚裔、印第安人，无论同性恋、异性恋，无论残障人、健全人，所有的人，他们向全世界喊出了同一个声音：我们并不隶属“红州”与“蓝州”的对立阵营，我们属于美利坚合众国，现在如此，永远如此！

长久以来，很多人说，我们对自己的能量应该冷漠，应该恐惧，应该怀疑。但是，历史之轮如今已掌握在我们手中，我们又一次将历史之轮转往更美好的未来。

漫漫征程，今宵终于来临。特殊的一天，特殊的一次大选，特殊的决定性时刻，美国迎来了变革。

刚才，麦凯恩参议员很有风度地给我打了个电话。在这次竞选中，他的努力持久而艰巨。为了这个他挚爱的国家，他的努力更持久、更艰巨。他为美国的奉献超出绝大多数人的想象，他是一位勇敢无私的领袖，有了他的奉献，我们的生活才更美好。我对他和佩林州长的成绩表示祝贺。同时，我也期待着与他们共同努力，再续美国辉煌。

我要感谢我的竞选搭档当选副总统乔·拜登。为了与他一起在斯克兰顿市街头长大、一起坐火车返回特拉华州的人们，拜登全心全意地竞选，他代表了这些普通人的声音。

我要感谢下一位第一夫人米歇尔·奥巴马。她是我家的中流砥柱，是我生命中的最爱。没有她在过去16年来的坚定支持，今晚我就不可能站在这里。我要感谢两个女儿萨沙和玛丽娅，我太爱你们两个了，你们将得到一只新的小狗，它将与我们一起入住白宫。我还要感谢已去世的外婆，我知道此刻她正在天上注视着我，她与我的家人一起造就了今天的我。今夜我思念他们，他们对我的恩情比山高、比海深。

我要感谢我的竞选经理大卫·普鲁夫，感谢首席策划师大卫·阿克塞罗德以及整个竞选团队，他们是政治史上最优秀的竞选团队。你们成就了今夜，我永远感谢你们为今夜所付出的一切。

但最重要的是，我将永远不会忘记这场胜利真正属于谁——是你们!

我从来不是最有希望的候选人。起初，我们的资金不多，赞助人也不多。我们的竞选并非始于华盛顿的华丽大厅，而是起于德莫奈地区某家的后院、康科德地区的某家客厅、查尔斯顿地区的某家前廊。

劳动大众从自己的微薄积蓄中掏出5美元、10美元、20美元，拿来捐助我们的事业。年轻人证明了他们绝非所谓“冷漠的一代”。他们远离家乡和亲人，拿着微薄的报酬，起早贪黑地助选。上了年纪的人也顶着严寒酷暑，敲开陌生人的家门助选。无数美国人自愿组织起来，充当自愿者。正是这些人壮大了我们的声势。他们的行动证明了在两百多年以后，民有、民治、民享的政府并未从地球上消失，这是你们的胜利。

你们这样做，并不只是为了赢得一场大选，更不是为了我个人。你们这样做，是因为你们清楚未来的任务有多么艰巨。今晚我们在欢庆，明天我们就将面对一生之中最为严峻的挑战——两场战争、一个充满危险的星球，还有百年一遇的金融危机。今晚我们在这里庆祝，但我们知道在伊拉克的沙漠里，在阿富汗的群山中，许许多多勇敢的美国人醒来后就将为了我们而面临生命危险，许许多多的父母会在孩子熟睡后仍难以入眠，他们正在为月供、医药费，孩子今后的大学费用而发愁。我们需要开发新能源，创造就业机会，建造新学校，迎接挑战和威胁，并修复与盟国的关系。

前方道路还很漫长，任务艰巨。一年之内，甚至一届总统任期之内，我们可能都无法完成这些任务。但我从未像今晚这样对美国满怀希望，我相信我们会实现这个目标。我向你们承诺——我们美利坚民族将实现这一目标！

我们会遇到挫折，会出师不利，会有许多人不认同我的某一项决定或政策。政府并不能解决所有问题，但我会向你们坦陈我们所面临的挑战。我会聆听你们的意见，尤其是在我们意见相左之时。最重要的是，我会让你们一起重建这个国家。用自己的双手，从一砖一瓦做起。这是美国立国 221 年以来的前进方式，也是唯一的方式。

21 个月前那个隆冬所开始的一切，绝不应在这一个秋夜结束。我们所寻求的变革并不只是赢得大选，这只是给变革提供了一个机会。假如我们按照老路子办事，就没有变革！没有你们，就没有变革！

让我们重新发扬爱国精神，树立崭新的服务意识、责任感，每个人下定决心，一起努力工作，彼此关爱。让我们牢记这场金融危机带来的教训：不能允许商业街挣扎的同时却让华尔街繁荣。在这个国家，我们作为同一个民族，同生死共存亡。

党派之争、琐碎幼稚，长期以来这些东西荼毒了我们的政坛。让我们牢记，当来自伊利诺伊州的一位先生首次将共和党大旗扛进白宫时，伴随着他的是自强自立、个人自由、国家统一的共和党建党理念。这也是我们所有人都珍视的理念。虽然民主党今晚大胜，但我们态度谦卑，并决心弥合阻碍我们进步的分歧。

当年，林肯面对的是一个远比目前更为分裂的国家。他说：“我们不是敌人，而是朋友！虽然激情可能不再，但是我们的感情纽带不会割断。”对于那些现在并不支持我的美国人，我想说，虽然我没有赢得你们的选票，但我听到了你们的声音，我需要你们的帮助，我也将是你们的总统。

对于关注今夜结果的国际人士，不管他们是在国会、皇宫关注，还是在荒僻地带收听电台，我们的态度是：我们美国人的经历各有不同，但我们的命运相关，新的美国领袖诞生了。对于想毁灭这个世界的人们，我们必将击败你们。对于追求和平和安全的人们，我们将支持你们。对于怀疑美国这盏灯塔是否依然明亮的人们，今天晚上我们已再次证明，美国的真正力量来源并非军事威力或财富规模，而是我们理想的恒久力量：民主、自由、机会和不屈的希望！

美国能够变革，这才是美国真正的精髓。我们的联邦会不断完善。我们已经取得的成就，将为我们将来能够并且必须取得的成就增添希望。

这次大选创造了多项“第一”，诞生了很多将流芳后世的故事，但今晚令我最为难忘的却是一位在亚特兰大投票的妇女：安妮·库波尔。她和无数排队等候投票的选民没有什么差别，唯一的不同是她高龄 106 岁。

在她出生的那个时代，黑奴制刚刚废除。那时路上没有汽车，天上没有飞机。当时像她这样的人由于两个原因不能投票，第一因为她是女性，第二个原因是她的肤色。

今天晚上，我想到了安妮在美国过去一百年间的种种经历，心痛和希望，挣扎和进步，那些我们被告知我们办不到的年代，以及我们现在这个年代。现在，我们坚信美国式信念——是的，我们能！

在那个年代，妇女的声音被压制，她们的希望被剥夺。但安妮活到了今天，看到妇女们站起来了，可以大声发表意见了，有选举权了。是的，我们能！

安妮经历了上世纪 30 年代的大萧条，农田荒芜，绝望笼罩美国大地。

她看到了美国以新政、新的就业机会以及崭新的共同追求战胜了恐慌。是的，我们能！

“二战”时期，炸弹袭击我们的海港，全世界受到独裁专制威胁，安妮见证了一代美国人的英雄本色，他们捍卫了民主。是的，我们能！

安妮经历了蒙哥马利公交车事件、伯明翰黑人暴动事件、塞尔马血腥周末事件。来自亚特兰大的一位牧师告诉人们：我们终将胜利。是的，我们能！

人类登上了月球、柏林墙倒下了，科学和想象把世界连成了一块。今年，在这次选举中，安妮的手指轻触电子屏幕，投下自己的一票。她在美国生活了106年，其间有最美好的时光，也有最黑暗的时刻，她知道美国能够变革。是的，我们能！

美利坚，我们已经一路走来，我们已经看到了那么多变化，但我们仍有很多事情要做。今夜，让我们问自己这样一个问题：假如我们的孩子能够活到下一个世纪，假如我的女儿们有幸与安妮一样长寿，她们将会看到怎样的改变？我们又取得了怎样的进步？

现在，我们获得了回答这个问题的机会。这是我们的时刻，我们的时代。让我们的人民重新就业，为我们的孩子打开机会的大门，恢复繁荣，促进和平。让美国梦重放光芒，再证这一根本性真理，那就是：团结一致，众志成城，一息尚存，希望就在！倘若有人嘲讽和怀疑，说我们不能，我们就以这一永恒信条回应，因为它凝聚了整个民族的精神——是的，我们能！

谢谢大家！愿上帝保佑你们，保佑美利坚合众国。

·作品赏析·

2008年11月4日，经历了两年多的美国总统大选终于落下了帷幕，历史毫无悬念地将奥巴马推上了第44任美国总统的宝座。奥巴马成为美国历史上第一位非洲裔总统。由于种族问题一直以来是美国的敏感问题，再加上当时世界处在全球经济危机的大背景下，因此，奥巴马的当选对美国、对世界都有着深刻而非凡的影响。

这是奥巴马竞选获胜时所作的演讲。他谈到了胜选的意义、麦凯恩、家庭、外婆的去世、两党合作及美国的力量等问题，宣称美国变革的时代已经到来。尤其是演讲词的后半部分，6个“是的，我们能！”的排比，读来不由得令人心潮澎湃、热血奔腾。

奥巴马演讲有激情，有力量，极具感染力。他唤起人们的希望，让人们重新看到美国梦。可以这样讲，在全球经济危机的背景下，奥巴马不仅是给美国选民传达梦想和信念，同样也给世界传达了希望与信心。

作者简介

奥巴马，美国第44任总统，民主党人。奥巴马出生于美国夏威夷檀香山，两岁多时，父母婚姻破裂。中学毕业后，他进入加利福尼亚州西方学院学习，后转入位于纽约的哥伦比亚大学，1983年毕业。1985年，奥巴马来到芝加哥，从事社区工作。1988年，他进入哈佛大学法学院深造，成为院刊《哈佛法律评论》首位非洲裔负责人。1991年在获得哈佛大学法学博士学位后，他返回芝加哥，成为一名律师，并在芝加哥大学法学院教授宪法。

1997年，奥巴马进入政坛，当选伊利诺伊州参议员。2000年，他竞选联邦众议员，但没有成功。2004年11月，他当选伊利诺伊州联邦参议员。2007年2月，奥巴马参加总统竞选。2008年11月4日，奥巴马击败共和党候选人约翰·麦凯恩，正式当选为美国第44任总统。